LES AMANTS DE FEU

DU MÊME AUTEUR

AUX PRESSES DE LA CITÉ

Les Tigres de Tasmanie, 2003
La Dame d'Australie, 2004
La Fille de la pierre, 2006
Princesse maorie, 2006
La Louve de Cornouaille, 2007
L'Appel de l'Orient, 2008
La Prophétie des Glaces, 2009
Les Enfants du volcan, 2010

AUX ÉDITIONS ALPHÉE

Le Carrefour des ombres, 2009

AUX ÉDITIONS DU ROCHER

CYCLE DE « PHÉNIX »
Phénix, 1986, prix Cosmos-2000 1987, prix Julia-Verlanger 1987
Graal, 1988
La Malédiction de la Licorne, 1990
La Vallée des neuf cités, 2008

CYCLE « LES ENFANTS DE L'ATLANTIDE »

Le Prince déchu, 1994
L'Archipel du Soleil, 1995
Le Crépuscule des géants, 1996
La Terre des morts, 2003

CYCLE « LA PREMIÈRE PYRAMIDE »

La Jeunesse de Djoser, 1996
La Cité sacrée d'Imhotep, 1997
La Lumière d'Horus, 1998

ROMANS

La Porte de bronze, 1994, Prix Julia-Verlanger 1994
La Lande maudite, 1996
Antilia, 1999
La Fille du Diable, 2000
Le Roman de la Belle et la Bête, 2000
Le Secret interdit, 2001
Moïse le pharaon rebelle, 2002
La Légende de la Toison d'or, 2005

Pour en savoir plus, vous pouvez consulter
le site officiel de Bernard SIMONAY
www.simonay.com

Bernard Simonay

LES AMANTS DE FEU

Roman

PRESSES DE LA CITÉ

ISBN 978-2-258-07768-3

1

Inverdeen, Highlands, Ecosse, 1957...

Aileen avait mis pied à terre, laissant sa monture errer à sa guise sur la lande déserte. Vers le nord, les moutonnements des contreforts montagneux se couvraient d'une végétation rare. A l'ouest s'étendaient les eaux sombres du loch Starav. Un vent violent torturait les volutes mouvantes des nuages gris et bas, que déchiraient par moments des trouées de ciel bleu. Des rais de soleil éclaboussaient alors le paysage, générant des lacis éphémères de dentelles lumineuses et irisées. Il ne pleuvait plus, mais la nuit avait déversé sur les montagnes des pluies torrentielles. Elles avaient grossi la Deen, le petit cours d'eau tumultueux qui recueillait les eaux glacées du Ben Etive pour les offrir aux pêcheurs et à la distillerie d'Inverdeen. Une eau dont on tirait un excellent whisky en lui ajoutant un peu d'orge grillée et fermentée. La lande détrempée fumait çà et là, laissant échapper des spectres de brume que les bourrasques emportaient. Des parfums d'humus se mêlaient aux senteurs aquatiques et aux relents de vase et d'iode en provenance de l'océan.

Aileen se demandait si elle aurait le courage de retourner à l'endroit qui l'avait tellement effrayée, vingt ans auparavant. Le phénomène inexplicable dont elle avait été témoin à l'époque l'avait empêchée de dormir des nuits entières par la suite. Encore maintenant, devenue adulte, il lui arrivait de faire des cauchemars au souvenir de cette nuit infernale.

La vie et les épreuves douloureuses traversées pendant la guerre l'avaient pourtant endurcie. Tout cela aurait dû être oublié ou ramené à la dimension d'une anecdote sans mystère. Mais l'imagination d'une enfance impressionnable l'avait démesurément amplifiée. Ce qu'elle avait vu avait immanquablement une explication rationnelle ; elle en était convaincue. Malgré tout, l'angoisse restait tapie au fond d'elle, prête à remonter à la surface. Dans le même temps, un impérieux sentiment de curiosité la taraudait, qui l'attirait vers les lieux, comme un défi à relever. C'était pour exorciser ces démons insaisissables qu'elle avait décidé, ce matin-là, de revenir vers les ruines de Moorkyle.

Elle avait fait halte sur le bord du lac. Des vagues noires frangées d'écume venaient exploser sur la roche acérée qui bordait les rives sauvages. Aileen resserra les pans de son épais manteau de laine. Bien que l'on fût à la fin du printemps, le temps restait froid. Les nuées lourdes, chargées de pluie, poursuivaient leur course sans fin dans le ciel tourmenté, se déchiquetaient sur les sommets des Highlands qu'elles couronnaient de brouillards mouvants. On n'était pas très loin du Ben Nevis, le plus haut sommet des îles Britanniques. Mais ici, au nord de la baie d'Inverdeen, se dressait une montagne presque aussi imposante, le Ben Etive, dont la silhouette massive et environnée de brumes dominait les eaux sombres du loch Starav. Entre les deux s'étiraient des étendues de *machair*, ces zones vertes laissées par la dernière glaciation, des millénaires auparavant. Situées entre les rives du lac et les contreforts des montagnes, elles constituaient des pâturages fertiles où paissaient en liberté des troupeaux de moutons. On y trouvait toutes sortes d'orchidées sauvages, spiranthes, linaigrettes ou rhinanthes, ainsi que divers oiseaux, tels le râle des genêts, la linotte à bec jaune ou le bécasseau variable. Plus haut commençait la lande de bruyère, où l'on croisait également des plantes aux noms étranges, comme les plaquebières ou les alchémilles. Aileen prenait plaisir à tenter de reconnaître cette faune et cette flore que son père, Allan O'Donnell, lui avait enseignées autrefois.

Avant la guerre.

Des myriades d'oiseaux marins évoluaient en criaillant, se laissant porter par les caprices des vents. D'autres se posaient sur les rochers surpeuplés, ou en repartaient d'un battement d'ailes. Soudain, elle repéra, en altitude, un aigle pêcheur. Planant majestueusement au-dessus des eaux tumultueuses, le magnifique rapace fit entendre sa plainte stridente. Aileen l'observa avec patience, attendant l'instant où il allait fondre sur sa proie. Elle ne fut pas déçue. Tout à coup, l'oiseau se laissa littéralement tomber en direction de la crête d'une vague agressive et, effectuant une pirouette acrobatique, il agrippa un poisson avec une adresse stupéfiante, puis s'éleva souplement, échappant de justesse à l'assaut rageur de la lame. Une vive émotion s'empara de la jeune femme. Elle aimait ce paysage farouche, où la nature s'exaltait. Dans cet univers sans limites, elle se sentait libre, à mille lieues de l'atmosphère étouffante de la capitale britannique, où elle vivait désormais. Elle respira profondément l'air vif et chargé de senteurs iodées.

Elle était arrivée de Londres la veille au soir.

A peine installée, elle n'avait pu résister à l'envie de revoir ce loch dont la légende prétendait qu'il était habité par des chevaux ondins, autrement connus sous le nom de « kelpies », tout comme le loch Ness abritait, selon les autochtones, un monstre qu'ils appelaient familièrement « Nessie » mais que personne n'avait jamais vu, à part quelques fabulateurs amateurs de sensations fortes – et de notoriété éphémère. Aileen avait cru autrefois à la légende des kelpies. Un vieux berger lui en avait conté l'histoire, vingt ans auparavant.

Elle n'y croyait plus, à présent. Les horreurs vécues au cœur de Londres pendant la guerre avaient dissipé la magie du monde merveilleux de son enfance. Il n'en restait que des souvenirs teintés de nostalgie.

Devant le bonheur qu'elle ressentait à retrouver ce paysage grandiose et familier, elle culpabilisait un peu. Son mari, Andrew, avait dû s'absenter pour raisons professionnelles. Contraint à des déplacements dans des endroits qui devaient être tenus secrets parce qu'il travaillait pour l'Etat, il allait rester absent du domicile conjugal pendant plusieurs semaines. Tant qu'à rester seule, il lui avait suggéré d'aller s'installer en Ecosse pour quelque temps. Aileen avait perdu sa mère six mois plus tôt et elle avait hérité de sa maison, située un peu à l'extérieur de la petite ville d'Inverdeen, sur la côte ouest de l'Ecosse, entre Oban et Fort William.

Née en 1925, Aileen avait quatorze ans au moment de la déclaration de la guerre, en 1939. Son père, vétérinaire de son métier, avait été tué en juin 1940, au moment de la débâcle de Dunkerque. Aileen en avait conçu un mélange de douleur et de haine envers l'ennemi nazi, qui l'avait amenée à s'engager dans la défense passive dès 1942, alors qu'elle venait à peine d'avoir dix-sept ans. On avait besoin de bras pour relever les blessés et ramasser ce qui subsistait des cadavres après les bombardements des V1, puis des V2. Le Blitz s'était déchaîné sur l'Angleterre. Pendant plus de deux ans, Aileen avait vécu sous cette menace permanente. Elle avait vu les immeubles en flammes s'effondrer, elle avait tremblé de peur et de rage dans les galeries souterraines. A l'époque des fusées stratosphériques V2, le danger était encore plus insidieux. Si les pilotes de la RAF parvenaient assez souvent à dévier ou abattre les V1, lourds et maladroits, les V2, beaucoup plus rapides et tombant de plus haut, surgissaient de nulle part pour provoquer le maximum de dégâts. Il était presque impossible de les arrêter. Quant à ceux qui avaient le malheur de se trouver dans leur rayon d'action... Aileen entendait encore les gémissements et les hurlements des hommes, des femmes, des enfants dont la peau avait été brûlée par le souffle létal. Et l'on n'avait pas toujours de quoi atténuer leur souffrance. Combien de membres arrachés, de têtes tranchées, de morceaux de corps humains inidentifiables avait-elle collectés après le passage de l'ouragan de feu ? On lui faisait avaler des pilules euphorisantes à base d'éther pour lui éviter de vomir tripes et boyaux. On lui avait dit : « Tu finiras par t'habituer. » Elle ne s'était jamais habituée. Elle avait accompli sa tâche avec courage et dévouement, mais les réminiscences de ces moments épouvantables revenaient souvent hanter sa mémoire, peuplant ses nuits de cauchemars angoissants.

Cependant, cette accumulation de détresse avait déclenché sa vocation. Elle avait décidé de lutter de toutes ses forces pour soulager la souffrance des autres. Après la guerre, elle avait suivi des études pour devenir infirmière. Elle avait passé ses diplômes avec brio et avait été aussitôt engagée dans un grand hôpital de Londres. Là, son travail l'avait tellement accaparée qu'elle n'avait jamais eu le temps de penser à fonder une famille. Sa lourde chevelure auburn et le bleu pâle de ses yeux aux cils finement ourlés lui valaient un vif succès auprès des hommes. Mais s'il lui était arrivé d'entretenir des aventures avec certains, elle n'avait jamais eu envie de se lier définitivement à l'un d'eux.

Tout au moins jusqu'en 1955, lorsqu'elle avait croisé la route du professeur Andrew Fergusson, charmeur et bel homme, dont l'enthousiasme et le regard perçant l'avaient aussitôt séduite. Elle n'avait attaché aucune importance au fait qu'il avait quinze ans de plus qu'elle. Ils travaillaient tous deux dans le milieu médical et ils étaient l'un comme l'autre passionnés par leur métier.

Andrew était spécialiste du cerveau et des maladies mentales. Il effectuait un quart de temps dans le même hôpital qu'Aileen. Mais l'essentiel de son action s'exerçait dans une unité spéciale dépendant directement du gouvernement. Elle savait très peu de chose sur ses activités, car celles-ci étaient entourées par le secret militaire. C'était la raison pour laquelle Andrew était parfois amené à s'absenter pendant plusieurs semaines. Elle en avait été contrariée, au début. Elle s'était même demandé si ces missions ne cachaient pas en réalité l'existence d'une maîtresse aussi secrète que ces travaux. Mais les investigations discrètes auxquelles elle s'était livrée – en culpabilisant toutefois – n'avaient donné aucun résultat. Pas de traces de rouge à lèvres ou de cheveux étrangers, aucun parfum suspect, et, surtout, aucune attitude ambiguë de la part d'Andrew, qui se faisait pardonner ses absences avec des cadeaux somptueux et des nuits d'amour épuisantes. Avec le temps, elle s'était habituée à ces éloignements réguliers. Dès qu'il le pouvait, il s'arrangeait pour se ménager des pauses et venir la retrouver. Comme ces pauses avaient lieu la plupart du temps en semaine, elle avait fini par abandonner son poste d'infirmière, qui lui laissait trop peu de liberté. Andrew bénéficiait d'une fortune personnelle et gagnait très bien sa vie.

Elle avait ainsi pu profiter de ses absences pour rendre visite à sa mère, Molly, qui, bien qu'anglaise, était restée vivre en Ecosse, à Inverdeen, pour être proche du cimetière où reposait son mari.

Aujourd'hui, la jeune femme se félicitait de cette décision. Cela lui avait permis d'être là lors des derniers instants de Molly, emportée par un cancer six mois auparavant. Elle en conservait un immense chagrin et un vide que rien jamais ne pourrait combler. Par moments, elle avait eu l'impression que sa mère désirait lui parler. Mais elle se contentait de regarder sa fille avec intensité sans qu'aucun mot franchisse ses lèvres. Cela n'avait pas étonné Aileen. Molly avait toujours été une personne discrète, qui avait peine à dévoiler ses sentiments. Sans doute avait-elle voulu imprégner son âme de l'image de sa fille avant de s'éteindre. Elle nourrissait une grande admiration envers Aileen, qui s'était engagée à dix-sept ans pour servir son pays. Elle-même, bouleversée par la mort de son mari, n'avait pas trouvé le courage d'en faire autant. Elle avait préféré s'installer dans leur coquette maison d'Inverdeen, où elle avait exercé sa profession de couturière avec résignation, s'attendant d'un jour à l'autre à ce qu'on vînt lui annoncer que sa fille avait été tuée par une bombe ennemie.

Aileen avait survécu. Après la guerre, elle était revenue passer quelque temps à Inverdeen. Mais elle était très vite retournée à Londres pour passer son diplôme d'infirmière. Il avait fallu ce diable d'Andrew pour la convaincre d'abandonner, au moins temporairement, ses activités. Le décès de Molly avait conforté son choix. La vie est tragiquement courte, et l'on devait faire le maximum pour partager le plus de moments avec ceux que l'on aimait. Donc, elle devait consacrer plus de temps à Andrew. Personne ne savait de quoi demain serait fait.

L'attention d'Aileen se reporta sur le paysage farouche. Le loch Starav s'étirait tout en longueur. Son eau était salée parce qu'un court bras de mer le rattachait à l'océan, comme la plupart des lochs écossais. Elle avait lu quelque part qu'il en existait pas moins de trente mille. Mais celui-là avait un charme particulier. Elle avait passé son enfance sur ses rives dominées par des monts élevés, qui presque tous portaient le nom de Ben quelque chose. Ben était le nom gaélique pour désigner une montagne. Bien sûr, le Ben Nevis ne mesurait que 1 344 mètres. Elle était allée en France avec Andrew, et elle avait vu là-bas des montagnes beaucoup plus élevées, comme ce mont Blanc qui culminait à près de 4 810 mètres. Cependant, les montagnes écossaises étaient *ses* montagnes. Elle s'y sentait bien. Elle y était chez elle.

La petite ville d'Inverdeen, nichée au creux de sa baie, à l'embouchure du bras reliant le loch Starav à l'océan, n'abritait pas plus de deux mille habitants. Comme sa grande sœur, Oban, située à une trentaine de kilomètres plus au sud, elle possédait un port où sommeillaient des bateaux de pêche, ainsi que des navires de liaison avec les innombrables îles du Nord-Ouest écossais : Mull, Skye ou encore les Hébrides.

Skye était d'ailleurs le nom qu'Aileen avait donné à sa jument. Celle-ci patientait près d'elle, profitant de l'herbe grasse au parfum d'iode. La jeune femme avait appris à monter très jeune. Exerçant le métier de vétérinaire, Allan O'Donnell éprouvait une grande affection pour les chevaux. Il en possédait deux qui constituaient sa fierté. Malheureusement, ils avaient été réquisitionnés pour les besoins de la guerre et on n'en avait plus jamais entendu parler. Lorsque Molly avait demandé des comptes au gouvernement après le conflit, on lui avait répondu évasivement qu'on ignorait ce qu'ils étaient devenus. Elle avait fini par abandonner. Sans doute n'avaient-ils pas été perdus pour tout le monde, mais elle ne pourrait jamais rien y faire. Cette disparition avait semblé particulièrement injuste à la jeune Aileen. Elle n'avait jamais oublié ses longues promenades dans les Highlands, en compagnie de son père qui lui expliquait la nature et évoquait pour elle les chevauchées légendaires de William Wallace. Dès qu'elle avait gagné assez d'argent, elle s'était acheté un cheval. Depuis dix ans, Skye, une jument à la superbe robe gris et blanc, lui tenait compagnie lorsqu'elle revenait à Inverdeen. En son absence, elle était gardée par un vieux paysan du pays, le père Brown.

Aileen se remit en selle. Elle hésitait encore. Si elle avait été raisonnable, elle serait rentrée en ville. Elle devait faire quelques provisions pour les jours à venir. Mais la curiosité était trop forte. Elle n'était pas retournée près des ruines depuis vingt ans. Elle n'en avait jamais éprouvé l'envie, et sans doute la frayeur attachée à ce lieu n'y était-elle pas étrangère. Mais ces derniers jours, à Londres, elle en avait rêvé plusieurs fois, et ces cauchemars lui laissaient, au matin, une sensation désagréable, inquiétante, comme si une menace imprécise planait sur elle. Elle avait beau se dire que c'était une impression ridicule et sans fondement, elle ne pouvait la chasser.

Aussi avait-elle décidé de revenir sur place pour dominer sa peur. Elle respira profondément et donna un léger coup de talon sur les flancs de Skye. Quel danger pouvait-elle craindre ? Tout cela était dans son esprit, rien d'autre.

Longeant les eaux noires du loch vers le nord-est, elle se dirigea vers une lande de bruyère mauve peuplée de lagopèdes, que l'on appelait ici grouses. La lande menait jusqu'au pied du Ben Etive, qui culminait à 932 mètres. Derrière la lande s'étendait une forêt de bouleaux et de sapins. Elle parvint bientôt en vue d'une sorte de tertre naturel depuis lequel on bénéficiait d'une vue imprenable sur les terres situées au-delà. Celles-ci, entre la sylve et le machair, se couvraient d'une étendue grisâtre que l'on appelait le *scrub*. C'était un mélange inextricable d'arbustes aux branches basses, torturés par le sel et les vents féroces soufflant de l'océan, principalement des saules et des genévriers.

Arrivée sur la proéminence rocheuse, Aileen mit pied à terre. Elle se trouvait à l'endroit où ses compagnons et elle avaient été témoins du phénomène inexplicable. Il s'était produit la nuit, une nuit de pleine lune. Une partie d'elle-même, la petite fille qu'elle avait été autrefois, lui hurlait de fuir. L'autre, la femme forgée par la vie et les épreuves, lui disait de se calmer et d'observer. Elle devait maîtriser ses angoisses, affronter ses démons avec courage. Elle avait connu bien pire pendant la guerre. Mais les horreurs auxquelles elle avait été confrontée avaient une explication rationnelle. Pas ce qui s'était passé ici.

Un peu plus haut, à une distance d'environ un kilomètre, elle distingua les restes envahis par les herbes d'une vieille cabane au toit effondré. Et plus loin encore, elles aussi dissimulées par la végétation, se dressaient les ruines de Moorkyle. Il n'y avait plus que des pans de murs recouverts depuis des siècles par les ronces, mais on disait qu'autrefois se dressait à cet endroit un manoir fortifié de belle allure, dont les fondations s'avançaient jusqu'au bord d'une falaise surplombant le loch. On devinait encore les restes des murailles de granit dominant les eaux, agrippés à la roche et se fondant à elle.

Ce manoir avait jadis appartenu à l'un des deux clans du pays, celui des Mac Murhan. Mais il était détruit depuis longtemps, et personne n'avait jamais osé le relever de ses ruines, malgré la beauté grandiose du site

Une terrible malédiction pesait sur lui.

Une bourrasque glaciale bouscula Aileen. Elle frissonna. Une foule de souvenirs remontèrent à la mémoire de la jeune femme. Des visages surgirent du passé : Richard le risque-tout, Sean le raisonnable, Patrick l'impressionnable, Moyra, la plus jeune, l'autre fille de la bande, qui vouait depuis toujours à Aileen une grande admiration.

Vingt années s'étaient écoulées.

2

Inverdeen, 1937...

Aileen se demandait pourquoi elle avait cédé à l'orgueil. Car c'était bien un orgueil stupide qui l'avait poussée à accepter la proposition de Richard Weygans. Bien sûr, elle n'était pas la seule. Les trois autres gamins de la bande les accompagnaient dans cette expédition insensée. Richard était le plus vieux. Agé de treize ans, il en paraissait facilement deux de plus. Jeune colosse à la tignasse flamboyante, il avait une propension à se colleter sans cesse avec le danger. Bénéficiant d'une autorité naturelle due à son bagou, il exerçait sur ses compagnons une domination instinctive qui le poussait à leur lancer sans cesse des défis. Il s'était également institué leur protecteur attitré, ce qui lui valait parfois de belles bagarres avec d'autres garçons vindicatifs d'Inverdeen, aussi prompts que lui à faire le coup de poing. Il en sortait souvent vainqueur, car il bénéficiait d'une hargne que des garçons plus âgés ne possédaient pas. Cela lui valait une réputation de petit voyou, ce dont il n'avait cure. Son plus grand plaisir était d'entraîner ses camarades dans des expéditions toutes plus hasardeuses les unes que les autres. Cette fois, il avait eu l'idée d'un défi encore plus inquiétant que d'ordinaire.

Quelques heures plus tôt, les cinq gamins s'étaient retrouvés dans la cabane forestière qui leur servait de refuge.

— T'es pas un peu malade, non ? s'exclama Patrick O'Hara.

Agé de douze ans, comme Aileen, il était écossais, né à Inverdeen, mais son père était de souche irlandaise. Par peur d'être pris pour un peureux, perspective qu'il redoutait plus que tout, il était souvent le premier à adhérer aux propositions saugrenues de Richard. Cependant, il était aussi très superstitieux. Il y avait certaines choses avec lesquelles il valait mieux ne pas plaisanter, et des créatures qu'il était préférable de ne pas déranger. Mais Richard savait comment le prendre :

— Donc, t'as la trouille, conclut-il avec un large sourire.

— J'ai pas la trouille ! s'insurgea Patrick, tremblant de colère. Moi, je veux bien grimper aux arbres, me bagarrer, attraper des araignées, sauter par-dessus les gouffres marins. Je suis aussi allé piquer des bonbons dans l'épicerie du père Mac Cormack, et ça m'a valu une sacrée correction de la part de mon paternel. Mais aller guetter les spectres des Amants de Feu... Faut être cinglé !

Il se toqua la tête avec l'index.

— Ne t'inquiète pas, intervint Sean en haussant les épaules. Personne ne les a jamais vus. Tout ce qu'on risque, dans cette expédition, c'est une bonne crève et une engueulade de nos parents s'ils se rendent compte qu'on est sortis la nuit.

— Les Amants de Feu, c'est des fantômes, insista Patrick. Et on rigole pas avec ça. Vous savez d'où ils viennent, les fantômes ? De l'Enfer ! Tout droit !

Il se tourna vers Moyra, qui roulait déjà des yeux effrayés.

— S'ils te regardent, tu peux pas te défendre, tu peux plus bouger. Tu restes là comme si tu pesais plus lourd qu'un chaudron. Alors, la terre, elle s'ouvre sous tes pieds. Ça fait comme un grand gouffre ! Et au fond, il y a du feu qui coule. Mais c'est pas du feu, c'est de la roche fondue. Alors, tu tombes dedans, mais tu meures pas vraiment, puisque t'es déjà morte. Et puis tu brûles jusqu'à la fin des temps.

— Comment tu sais ça, toi ? demanda Richard, hilare.

— C'est le prêtre qui me l'a dit, riposta Patrick. Moi, je veux pas y aller.

— Donc, t'es pas cap !

Furieux, Patrick se leva d'un bond et se mit à arpenter le sol poussiéreux en bougonnant. Richard se tourna vers Aileen.

— Et toi, t'es cap ?

Elle hésita. Elle n'était jamais la dernière à relever les défis lancés par Richard. Elle supportait mal la domination masculine. Mais cette fois, l'idée était vraiment dangereuse.

— Ben je sais pas, répondit-elle. Moi aussi, mon père, il m'en a parlé, des ruines. Il a dit qu'il y avait quelque chose de mauvais qui rôdait par là et qu'il fallait pas que j'y aille.

Moyra glissa sa main dans la sienne. Elle ferait ce que déciderait sa copine.

— Et toi, Sean, t'es cap ?

Sean Kintyre, treize ans également, était connu pour conserver son calme en toutes circonstances. De loin le plus raisonnable de la petite bande, il les accompagnait pour les empêcher de prendre trop de risques inconsidérés. Mais il avait fort à faire avec un casse-cou comme Richard.

— Evidemment que je vais venir. Pour vous éviter d'aller trop loin. Et puis, je crois pas aux fantômes. Mon père, il va chasser par là ; il a jamais rien vu.

— Tu crois à rien, grommela Patrick, qui revint s'installer parmi eux. Même pas en Dieu. Et ton père, il est fou d'aller chasser dans le coin. Y a déjà des gens qui sont morts parce qu'ils se sont approchés trop près des ruines. Même par la mer. Il y a deux ans, le vieux Duncan

Donnegall, il s'est noyé parce qu'il est allé pêcher de ce côté-là. C'est mon grand-père qui l'a retrouvé, bouffé par les crabes. Il fait pas bon s'approcher trop près des Amants, moi je vous le dis. Et toi, Richard, t'es complètement dingue !

— Pourquoi on les appelle les Amants de Feu ? demanda Moyra d'une voix mal assurée, comme si les spectres en question risquaient tout à coup de se matérialiser.

— Ils ressemblent pas aux autres fantômes, répondit Patrick. Ma grand-mère dit qu'ils sont morts brûlés vifs, il y a très longtemps, des siècles et des siècles. Et ils continuent de brûler depuis. Ils ont la peau toute craquelée, bouffée par les flammes, et il y a de la fumée qui s'échappe de leur corps, de leur nez, de leurs oreilles et même qu'il y a du feu dans leurs yeux. Quand tu les vois, t'as la trouille de ta vie ! Tu veux t'enfuir en courant, mais tu peux pas, parce que tes pieds ils deviennent très lourds. Alors, les fantômes, ils t'attrapent par les bras ou les jambes, et tu sens que ta peau elle brûle tellement fort que t'en hurles de douleur. T'as mal, mais tu peux pas te dégager. Alors, ils t'entraînent sous la terre, dans des cavernes en feu, pleines de squelettes. Ma grand-mère, elle dit que ce sont les âmes perdues qui ont rencontré les spectres des Amants tout au long des siècles. Elle dit que Moorkyle, c'est une des portes de l'Enfer. Faut pas y aller !

Richard éclata de rire.

— Faudrait savoir ! Ton enfer, c'est des cavernes pleines de squelettes ou des gouffres de feu ? Le curé et ta grand-mère, ils disent pas la même chose. Alors, lequel a raison ?

Le visage de Patrick – qui s'était visiblement effrayé lui-même – était soudain devenu tout pâle. Il s'insurgea :

— Faut pas se moquer de ça !

Sean haussa les épaules.

— Personne n'a jamais vu les Amants de Feu, dit-il à Moyra pour la rassurer. Mon père, il dit que c'est une histoire qui a été inventée pour faire peur aux gens…

— C'est pas une histoire ! répliqua Richard, furieux de constater que son copain ne le prenait pas vraiment au sérieux. Ils n'apparaissent pas tout le temps. Pour les voir, il faut que ça soit la pleine lune. Et ce soir, justement, c'est la pleine lune. C'est ce soir qu'ils vont apparaître.

— Eh ben moi, je vais pas dans les ruines, décréta Moyra.

— On n'ira pas jusqu'à Moorkyle ! précisa Richard. J'ai repéré un coin, une espèce de monticule depuis lequel on voit très bien. Si les fantômes sont là, on les verra de loin. Moi non plus, j'ai pas tellement envie de les voir de trop près. Je suis pas fou.

— Si, t'es fou ! s'exclama Patrick. Parce que, les fantômes, ils peuvent se déplacer plus vite que le vent. S'ils nous aperçoivent, ils nous fonceront dessus. Alors, on sera perdus.

— Et moi, je dis que t'as les miquettes ! T'es qu'un dégonflé !

— Je suis pas un dégonflé ! s'emporta Patrick.

Près d'Aileen, Moyra se mit à trembler.

— En tout cas, moi, j'y vais pas, répéta-t-elle.

Richard haussa les épaules.

— Toi, t'es une fille ! C'est normal que les filles, elles aient peur. Une fille, c'est trouillard par nature.

Ce n'était pas le genre de discours qu'il fallait tenir devant Aileen. Elle prit la mouche aussitôt :

— Moi aussi, je suis une fille. Et j'ai pas peur. Qu'est-ce que tu crois ? Qu'il y a que les garçons qui sont courageux ?

— Alors, tu viens ? demanda Richard avec un large sourire ravi.

Il savait très bien comment elle allait réagir. Sean posa la main sur le bras d'Aileen.

— Attends, réfléchis un peu. Si tes parents découvrent que tu es sortie la nuit…

— Eh, ce sera pas la première fois ! Et puis, celui-là vient de me lancer un défi. C'est tout réfléchi. J'y vais. De toute façon, je crois pas aux fantômes !

Elle avait dit ça pour se rassurer, mais au fond d'elle-même elle n'était sûre de rien. A Inverdeen, personne ne se risquait jamais du côté de Moorkyle, à part quelques chasseurs non croyants, comme le père de Sean. On n'évoquait jamais le nom des ruines, ou alors à voix basse. Et les bergers racontaient parfois de drôles de choses.

Moyra contempla son amie. Elle non plus n'aimait pas passer pour une trouillarde.

— Si t'y vas, alors, j'y vais aussi, dit-elle dans un souffle.

Aileen lui sourit. Moyra était courageuse. Elle grelottait de peur, mais elle ne voulait pas la laisser prendre de risques sans être à ses côtés.

Tous les cinq avaient attendu patiemment que leurs parents soient couchés et leurs demeures respectives plongées dans le silence. Puis ils s'étaient glissés subrepticement à l'extérieur et s'étaient rejoints en rasant les murs à l'extrémité nord de la ville, près de la maison des parents d'Aileen.

A présent, les cinq gamins progressaient sur la lande à la seule lumière de la pleine lune et d'une torche électrique carottée par Patrick lors d'une expédition illicite chez Mac Cormack. Un trésor de guerre que le petit groupe conservait précieusement dans la vieille cabane, dans un coffre dont la clé était cachée derrière une pierre descellée.

Longeant les rives du loch, ils luttaient contre les bourrasques en provenance de l'océan. Patrick surveillait d'un œil inquiet les eaux noires sur lesquelles la lune blafarde et ronde faisait jouer des ocelles d'argent. Au loin traînaient des écharpes de brumes qui semblaient couler des flancs du Ben Etive, comme la lave immatérielle d'un volcan fantôme.

— J'aurais pas dû venir, grommelait le gamin d'une voix étouffée. D'abord, si mon père s'aperçoit que je me suis barré de la maison, il va me tanner les fesses. Et puis, c'est pas bon de se balader comme ça sur les bords du loch. Ma grand-mère, elle dit qu'un kelpie pourrait venir...

— La ferme, avec ta grand-mère ! gronda Richard.

— Ta gueule ! répliqua Patrick. Ma grand-mère, elle sait les choses mieux que toi. Elle dit qu'il faut pas s'approcher trop près du loch en pleine nuit.

— Tes kelpies, ils existent pas ! rigola Richard.

— Si, ils existent ! Ils apparaissent toujours sous la forme d'un cheval magnifique. Si tu le regardes, t'es perdu. Tu peux pas résister à lui monter sur le dos. Et alors, tu peux plus redescendre. Et le kelpie, il se met à courir très vite, et il t'emmène sous l'eau où il se transforme en un monstre terrifiant, avec une gueule pleine de crocs, et des griffes au bout des pattes. T'as même pas le temps de te noyer : il te dévore tout vivant. Il reste plus rien de toi, parce qu'il te bouffe même les os. Et après, ton âme peut pas s'échapper du loch et trouver le chemin du Paradis. Elle est condamnée à rester sous les eaux glacées jusqu'à la fin des temps. C'est ma grand-mère qui l'a dit.

Richard soupira et fit un geste pour signifier qu'il en avait assez entendu. Moyra serra très fort la main d'Aileen. Son grand-père lui avait aussi raconté une histoire de ce genre. Elle se mit à scruter avec anxiété les formes noires que la houle faisait naître à la surface, s'attendant à tout moment à voir un monstre émerger des flots pour se lancer à leur poursuite. Aussi fut-elle heureuse quand le petit groupe obliqua pour se diriger vers l'intérieur des terres. Cependant, au bout de quelques dizaines de mètres, une nouvelle angoisse la saisit. Les nappes de brume tendaient à s'épaissir. N'allaient-ils pas s'égarer ?

Mais Richard paraissait savoir où il les entraînait. Une étendue de scrub se dessina vers le nord, en direction des ruines. De l'épaisseur touffue provenaient des bruits impossibles à identifier, crissements, bruissements, sifflements, appels d'animaux nocturnes. Et sans doute aussi des chuchotements émanant de créatures démoniaques... Si cela n'avait tenu qu'à elle, Moyra aurait pris ses jambes à son cou et serait retournée à Inverdeen aussi vite que possible.

Bientôt, la masse sombre d'une petite surélévation se découpa dans la clarté sombre et bleutée.

— Depuis là-haut, on voit très bien les ruines, déclara Richard d'une voix qui se voulait assurée.

Cependant, Aileen devina qu'il n'était guère tranquille, lui non plus, bien qu'il fît tout pour donner le change. Il était bien trop orgueilleux pour avouer la moindre faiblesse. La fillette fut soulagée de constater que l'on n'irait pas plus loin. Ils étaient encore à plus de quatre cents mètres des ruines, dont ils devinaient les masses sombres et inquiétantes. En contrebas, un chemin incertain serpentait parmi les bruyères pour mener, à mi-distance, jusqu'à une petite cabane, juste assez grande pour loger un berger et ses moutons en cas de tempête.

Il était désormais près de minuit. Imitant Richard, les gamins s'étaient installés sur l'herbe épaisse qui tapissait le tertre, scrutant la nuit en quête de spectres glissant sans bruit parmi les ruines. La lune avait repris ses droits et inondait les pentes du Ben Etive de sa lumière d'opale. Seules quelques écharpes de brume s'attardaient sur le loch, dont les eaux s'étaient assagies. Sous la clarté argentée, les ombres des enfants se découpaient sur le sol de rocaille et de lichen. Parfois un nuage élevé masquait l'astre de la nuit. Alors, les ombres s'effaçaient pour se redessiner après le passage de la nuée.

Des parfums de tourbe et de plantes en décomposition leur pénétraient les narines, apportés par la brise soufflant du Ben Etive. Il s'y mêlait des senteurs aquatiques de varech et de vase. Aileen avait entouré ses genoux de ses bras. Elle sentait sur sa nuque le regard de Sean. Elle avait compris depuis longtemps qu'elle lui plaisait beaucoup. Cela lui procurait une sensation étrange et nouvelle, un peu gênante. Elle connaissait Sean depuis leur plus tendre enfance, et elle l'avait toujours considéré comme le frère que ses parents n'avaient jamais pu lui donner. Agé d'un an de plus qu'elle, il s'était toujours montré prévenant à son égard. Elle n'y avait jamais prêté attention. Elle le trouvait gentil et serviable, mais cela n'allait pas plus loin. Elle ne s'était d'ailleurs jamais posé de question à ce sujet. Jusqu'au moment où son corps s'était modifié et où des sensations inconnues s'étaient éveillées en elle, déclenchant dans son ventre et ses reins des pulsions impérieuses et embarrassantes. Elle avait remarqué que le regard des garçons avait changé. Et surtout celui de Sean. Cela l'agaçait et la ravissait à la fois. Elle aurait aimé en parler avec quelqu'un. Sa mère, pourquoi pas. Mais Molly fuyait ce genre de conversation. Elle avait eu toutes les peines du monde à lui expliquer que le petit inconvénient qui la rendait malade huit jours par mois allait se renouveler ainsi pendant des dizaines d'années. Elle n'avait pas fourni d'autres informations, estimant le sujet « inconvenant ». Aileen avait fini par découvrir quelques bribes d'information dans un dictionnaire et un livre de médecine, emprunté à la bibliothèque sous prétexte d'un devoir de sciences naturelles. Elle avait fini par comprendre qu'elle était tout simplement devenue une femme. La nouvelle l'avait laissée abasourdie. Molly ne lui avait jamais parlé de ça.

A douze ans, elle n'était pas vraiment préparée à se sentir désirée. Sean s'était placé derrière elle pour la protéger du froid et la tenait serrée contre lui d'une manière troublante. Elle avait envie à la fois qu'il reste là et qu'il la lâche, à cause des sensations bizarres que cette intimité soudaine déclenchait en elle, dans son corps et dans son esprit perturbé.

Ils attendaient ainsi depuis plus d'une heure. Aileen commençait à se dire que leur expédition était vouée à l'échec et qu'elle aurait bien aimé rentrer. Moyra souffrait du froid et se plaignait. Aileen l'avait prise dans ses bras pour la réchauffer à son tour. Mais le vent vif leur mordait les membres.

Soudain, quelque chose d'incroyable attira leur attention. Sans raison apparente, ils virent, au loin, la cabane de berger s'embraser comme si elle avait été frappée par la foudre. Il n'y avait pourtant aucun orage. Le ciel était clair. En quelques instants, elle se transforma en brasier. Moyra poussa un cri apeuré.

— Sacré bon Dieu ! jura Richard. Qu'est-ce qui se passe ? Vous avez vu ça ?

— C'est les fantômes, grelotta Patrick, qui s'était déjà levé, prêt à repartir en courant.

L'écho de crépitements violents leur parvint, tandis que de hautes flammes dansaient dans la nuit, illuminant la lande de bruyère. Simultanément, il s'y mêla des sortes de hurlements épouvantables, déformés par la distance. Ils frissonnèrent. Patrick s'apprêtait à déguerpir, mais les autres ne semblaient pas décidés à s'en aller. En tremblant, il revint vers ses compagnons, qui plissaient les yeux pour en voir plus. Bientôt, des vents violents rabattirent des nappes de brouillard entre eux et le sinistre, et ils ne perçurent plus qu'une vague lueur rougeâtre et tremblante.

— C'est quoi, ce truc ? souffla Sean. On dirait que l'incendie s'est déclenché d'un seul coup...

— Vous avez vu quelque chose ? demanda Richard. Il y a quelqu'un qu'a foutu le feu, c'est pas possible !

— Je... je vous dis que c'est les fantômes ! lança Patrick d'une voix tremblante. Allez, on fout le camp !

Les compagnons, fascinés, restèrent sur place. Là-bas, les hurlements s'étaient estompés. Aileen n'avait vu personne approcher de la cahute. Malgré la pleine lune, la visibilité n'était pas très bonne. La fillette sentait à peine la main protectrice de Sean sur son épaule. A présent, elle avait peur. Il se passait quelque chose d'anormal. La créature inconnue qui avait provoqué l'incendie pouvait se révéler dangereuse pour eux aussi. Elle n'avait qu'une envie : regagner la sécurité de la maison familiale au plus vite.

— Bon, on rentre ! dit-elle sans conviction, sachant que Richard ne l'écouterait pas.

Il ne répondit même pas, pestant contre la brume qui masquait la vue. Celle-ci s'épaississait d'instant en instant. A présent, ils ne distinguaient même plus la lueur de l'incendie. Tout à coup, Moyra faillit s'étrangler de terreur.

— Là ! là ! bredouilla-t-elle.

D'un doigt tremblant, elle indiquait la lande, en contrebas de leur refuge. Ils regardèrent. Et leur sang se glaça dans leurs veines. Emergeant de la brume sombrement éclairée par la lune, deux silhouettes effrayantes se dirigeaient vers eux, à pas lourds et lents. Une horrible odeur de chair brûlée leur fouetta les narines. Pétrifiée, Aileen eut le temps d'entrevoir deux visages méconnaissables, qui avaient dû être humains, autrefois, avant que le feu ne les dévorât. De la fumée suintait de ce qui leur servait de vêtements. Des mains noires se tendirent vers eux tandis que des grognements sans suite leur parvinrent.

— Les Amants de Feu ! bredouilla Patrick.

Ils demeurèrent figés un court instant, puis ils poussèrent des glapissements de terreur et détalèrent sans demander leur reste. Aileen saisit la main de Moyra, plus morte que vive. Une autre main, celle de Sean, s'agrippa à l'autre, et ils filèrent aussi vite que leurs jambes pouvaient les porter en direction de la ville. Aileen n'osait pas regarder derrière elle, de peur de voir les spectres calcinés les poursuivre.

Elle ne sut jamais comment elle réussit à regagner sa chambre cette nuit-là, sans réveiller ses parents. Elle ne parvint pas à dormir, se contentant de fermer les yeux avec force. Elle redoutait trop de voir les silhouettes embrasées se dessiner de l'autre côté de la fenêtre de sa chambre. Elle se promit que plus jamais elle n'écouterait Richard. S'il voulait aller défier les fantômes sur leur territoire, il le ferait sans elle. Et elle se faisait fort de convaincre les autres.

Ce fut dans cet état d'esprit qu'elle retrouva ses compagnons dans leur cabane, le lendemain après-midi. Elle tremblait encore d'une peur rétrospective. C'était une chose d'entendre parler de légendes effrayantes sur les revenants. C'en était une autre de les voir surgir de ses propres yeux au cœur du brouillard nocturne. Avant, elle n'avait jamais totalement cru aux récits effrayants colportés par les vieux d'Inverdeen. Les histoires de fantômes, c'étaient des contes pour faire peur aux enfants. Elle n'était pas aussi crédule que Patrick, qui gobait sans discuter toutes les fables rapportées par sa grand-mère.

A présent, elle avait changé d'avis. Il ne faisait aucun doute que la cabane s'était embrasée parce qu'elle se trouvait au-dessus d'un passage menant directement en Enfer. Il s'était ouvert, et il avait libéré les spectres de ceux que l'on appelait les Amants de Feu ! Il n'était même pas question de parler de tout ça à ses parents. Il lui aurait fallu s'expliquer sur la raison de son escapade. Allan lui passait beaucoup de caprices, mais il n'aurait pas admis qu'elle se mît ainsi en danger. Et il avait bien raison. Elle n'était pas près de recommencer. Elle avait eu trop peur.

Elle n'était pas la seule. Les quatre autres, y compris Richard, n'en menaient pas large. Ils avaient souhaité voir les fantômes et ils avaient été exaucés au-delà de toute espérance. A présent, même Richard le risque-tout se demandait si les spectres n'allaient pas revenir les hanter, tous autant qu'ils étaient, parce qu'ils les avaient surpris. Il s'en ouvrit à ses compagnons. Pas un instant il ne songea à s'excuser de les avoir entraînés dans cette aventure périlleuse. Il leur recommanda seulement de n'en parler à personne, et de bien fermer leurs volets chaque nuit.

Aileen ne dormit quasiment pas pendant plus de deux semaines. Pourtant, il ne se passa rien de particulier. Elle finit par en conclure que le passage infernal s'était probablement refermé. Devant elle, ses parents évoquèrent l'incendie bizarre qui avait complètement détruit une petite cabane de berger, près de Moorkyle. Le sinistre avait été découvert plusieurs jours plus tard par un groupe de chasseurs. Les pompiers s'étaient rendus sur place. Mais ils n'avaient pu donner aucune explication. Le feu semblait s'être déclaré spontanément. On aurait pu accuser la foudre s'il y avait eu de l'orage cette nuit-là. Mais la nuit avait été particulièrement calme. Ce qui renforça la conviction d'Aileen d'avoir eu affaire à des spectres surgis des abysses infernaux. Avec ses compagnons, elle tenta de chasser ce souvenir effrayant de sa mémoire. Sans vraiment y réussir.

Jusqu'au jour où elle croisa le regard espiègle du vieux Malcolm, un berger solitaire qui menait paître son troupeau de moutons sur une lande proche de Moorkyle. La rumeur prétendait qu'il était un peu fou. Aileen était ce jour-là en compagnie de Sean et de Moyra. Il s'approcha d'eux et leur glissa sur le ton de la confidence :

— Je vous ai vus !

— Comment ça ? demanda Sean, sur la défensive.

— Il y a trois semaines, la nuit de la pleine lune, la nuit où les Amants de Feu sont apparus, je vous ai vus.

Aileen blêmit. Le vieux ricana, dévoilant une dentition pour le moins capricieuse. Et s'il allait les dénoncer à leurs parents...

Cependant, il les rassura aussitôt :

— Je ne dirai rien pour cette fois. Vous avez eu la trouille de votre vie, hein ? Ça doit vous suffire, comme leçon.

Ils acquiescèrent en silence.

— Mais vous avez eu beaucoup de chance, ajouta-t-il. Les démons auraient pu vous emporter. Savez-vous ce qu'ils vous auraient fait ?

Ils secouèrent la tête.

— Ils vous auraient arraché les yeux et dévoré le cœur et les tripes pendant que vous viviez encore. Il ne faut pas provoquer les fantômes. Vous avez entendu leurs cris ?

— Oui, souffla Moyra, qui s'était mise à trembler.

Le vieux prit un air lugubre.

— C'étaient les hurlements des damnés. Croyez-moi, il fait pas bon s'approcher trop près de Moorkyle. Vos parents vous ont pas prévenus ?

— Si, confirma la gamine.

— Alors, demanda Aileen, nous avons vraiment vu des fantômes ? De vrais fantômes ?

— Pour sûr que c'était des vrais. Les spectres d'Aileas Mac Murhan et de Dugald Mac Cullins. On les voit parfois, quand la lune est pleine.

— On aurait dit qu'ils étaient en flammes...

— Il y avait de la fumée autour d'eux ! confirma Moyra. C'était horrible.

— Le feu ? Bien sûr qu'ils sont en feu. Vous ne connaissez pas leur histoire ?

— Non, pas très bien. On sait seulement qu'il y a des fantômes à Moorkyle.

Le vieux berger hocha la tête.

— C'est une histoire terrible. Voulez-vous que je vous la raconte ?

3

Le berger et les trois enfants prirent place sur une large dalle rocheuse bordant le chemin. Le troupeau de moutons s'était éparpillé, surveillé par les deux border collies du vieil homme. Celui-ci prit le temps de bourrer sa pipe et commença une surprenante histoire :

— Ecoutez-moi bien, les enfants, et que les dents me tombent si je mens une seule fois. On dit que les ruines de Moorkyle sont hantées par un couple de fantômes, un homme et une femme dont les vêtements sont en feu. Certains les ont vus, mais plus personne aujourd'hui ne connaît la légende. Plus personne à Inverdeen ne sait *qui* étaient ces fantômes. A part quelques anciens, comme moi.

Il prit le temps de tasser le tabac dans sa pipe, tira une longue bouffée avec volupté, puis montra le paysage d'un geste large du tuyau.

— Il y a bien longtemps, à l'époque du grand William Wallace, toutes ces terres appartenaient à deux clans, celui des Mac Murhan et celui des Mac Cullins. Les Mac Cullins régnaient sur le sud d'Inverdeen, et les Mac Murhan sur le nord. Ils vivaient là sans doute depuis l'aube des temps, et... il existait une véritable amitié entre ces deux familles.

Sean réagit :

— Tu te moques de nous, Malcolm. Mon père dit que ceux-là se haïssent depuis toujours.

— Pas depuis toujours, rectifia le vieil homme. Il y a plusieurs siècles, les Mac Cullins et les Mac Murhan étaient amis, à tel point qu'Aileas, fille de Gordon, earl[1] du clan Mac Murhan, avait été promise dès sa naissance à Dugald, le fils de Moray, earl du clan Mac Cullins. Il en avait toujours été ainsi, afin de sceller l'alliance entre les deux clans. Une alliance ancestrale, que personne jamais n'avait remise en cause. Aussi loin que remontait leur mémoire, les Mac Cullins et les Mac Murhan avaient toujours combattu côte à côte, jusqu'à l'époque très lointaine où les Romains, dit-on, avaient tenté de dominer le Pays haut. L'amitié des Mac Cullins et des Mac Murhan était une amitié de légende, une de ces amitiés que rien ne semblait pouvoir détruire. Et pourtant...

« Aileas et Dugald avaient le même âge, à quelques jours près, et ils se connaissaient depuis qu'ils étaient tout jeunes. Bien souvent, ces mariages conclus à l'avance n'étaient que des arrangements entre les familles, et il était rare que les deux époux soient amoureux l'un de l'autre. C'était la tradition à cette époque. Mais pour Aileas et Dugald, c'était différent. Ils s'aimaient depuis la première fois qu'ils s'étaient rencontrés. Et chacun s'accordait à dire dans le pays qu'ils feraient un couple magnifique et très heureux.

« Aileas n'était pas une jeune fille comme les autres. Son nom signifiait “pays noble”. On dit qu'elle était d'une grande beauté et qu'elle avait l'allure d'une reine. Elle possédait aussi un grand courage. La légende affirme qu'elle a affronté le Kelpie, le cheval marin qui vivait sous les eaux du loch Starav. Un jour, alors qu'elle se promenait sur les rives, elle vit un cheval magnifique, tout noir, qui semblait ne pas avoir de maître. Elle-même montait la pouliche que son père lui avait offerte l'année précédente. Aussitôt, l'envie lui vint de capturer ce superbe cheval. Mais elle n'ignorait pas que c'était sous la forme d'un cheval que le

1. Chef de clan écossais.

Kelpie apparaissait aux hommes. S'il s'agissait bien du monstre, elle ne pourrait plus descendre de son échine et il l'emporterait sous les eaux. Cependant, elle savait qu'il était possible de capturer le Kelpie. Si elle réussissait à lui passer une bride, il deviendrait aussi obéissant qu'un cheval normal. Alors, elle a ôté discrètement la bride de sa propre jument, elle a mis pied à terre et elle s'est approchée du cheval noir. Celui-ci l'a laissée venir. Et au dernier moment, au lieu de monter sur son dos comme il paraissait l'y inviter, elle lui a passé la bride autour du cou. D'un coup ! Et elle a serré de toutes ses forces. Le Kelpie s'est débattu, mais Aileas connaissait bien les chevaux. Elle avait été élevée avec. Et il n'a rien pu faire. Il était pris. Alors, il a reconnu sa défaite et il a accepté docilement de la suivre. Il ne pouvait plus se transformer, sauf si on lui enlevait la bride. Mais Aileas se garda bien de le faire. Elle savait qu'alors il redeviendrait le Kelpie, et malheur à ceux qui se trouveraient sur son chemin. En revenant au château de son père, elle fut acclamée par tout le clan. Cet exploit renforça sa réputation. Et Moray Mac Cullins vint la féliciter en personne. Il était très fier que son fils dût épouser une fille aussi courageuse. Lorsqu'ils auraient atteint l'âge, bien sûr, car Aileas n'avait encore que treize ans.

« Cependant, dans la forêt qui borde le Ben Etive au sud, vivait une vieille femme qui soignait les maladies et les blessures avec des herbes mystérieuses. On disait d'elle qu'elle avait conclu un pacte avec le diable et on la redoutait parce qu'elle avait le don de prévoir l'avenir. Or, elle racontait à tous ceux qui venaient la voir qu'une terrible menace pesait sur les deux enfants et qu'il se produirait un drame épouvantable au cours duquel ils trouveraient la mort. Ces rumeurs finirent par arriver aux oreilles de Gordon Mac Murhan et de Moray Mac Cullins. Cela les mit en colère et ils capturèrent la sorcière, qui fut pendue par les pieds à une potence. On alluma ensuite un grand brasier au-dessous et elle périt brûlée vive.

— C'est horrible ! s'exclama Aileen.

— Ouais, grommela le vieux berger. C'est horrible. Mais... c'était une sorcière. Cela se faisait, à l'époque, de pendre les sorcières. Les prêtres ne les aimaient pas beaucoup. Pourtant, Moray et Gordon auraient dû écouter ce qu'elle disait, car ses prédictions se sont réalisées.

— Qu'est-ce qui s'est passé ? demanda Moyra.

— Je crois vous avoir déjà dit que cette histoire se passait à l'époque de William Wallace ?

— Tu l'as déjà dit, Malcolm, déclara Aileen, qui, à l'école, s'était passionnée pour l'histoire du héros écossais. William Wallace, c'était à la fin du treizième siècle. A cette époque, le roi anglais, Edouard Ier, a tenté de dominer l'Ecosse. Et certains nobles du pays n'étaient pas opposés à un rattachement à l'Angleterre. Mais d'autres le refusaient, comme Wallace. Alors, il a mené une guerre contre l'envahisseur. Et il a vaincu les Anglais à la bataille de Stirling Bridge.

— C'est exact. Bravo, jeune fille ! Bien sûr, les Mac Murhan et les Mac Cullins s'étaient rangés à ses côtés. Et ils ont contribué à cette victoire. Pourtant, les Ecossais étaient bien inférieurs en nombre. Mais Wallace était un grand stratège.

— Malheureusement, continua Aileen, ravie de montrer son savoir, les Anglais sont revenus en force. Et ils ont fini par vaincre Wallace à Falkirk, un an plus tard. Il a réussi à s'enfuir. On dit qu'il s'est réfugié en France. Mais, plus tard, il est revenu. Il a été capturé à Glasgow et il a été exécuté dans des conditions terribles.

Malcolm acquiesça en silence, avant d'ajouter :

— Les mêmes tortures qui avaient été appliquées à Moray Mac Cullins, quelques années plus tôt.

— Moray Mac Cullins ? demanda Moyra. Il avait été capturé par les Anglais ?

Le vieil homme hocha la tête.

— Ouais. Après avoir été trahi par l'homme qu'il considérait comme son frère : Gordon Mac Murhan.

Il tira une longue bouffée et expira lentement, méditant ses paroles.

— L'âme des hommes est parfois bien noire, dit-il enfin. Après la victoire de Stirling, Moray Mac Cullins, en rentrant chez lui, avait appris que son épouse, la mère de Dugald, avait succombé à la fièvre des marais. Il en fut profondément affecté, car c'était une bonne épouse et une excellente mère. Mais il était encore jeune et bien gaillard. Après la période de deuil, il épousa une autre femme venue du Nord, dont la légende dit qu'elle était d'une beauté stupéfiante. Les hommes ne pouvaient pas la regarder sans tomber amoureux d'elle. Elle avait quinze ans de moins que Moray et s'appelait Neilina. Bien entendu, le clan Mac Murhan, Gordon en tête, fut invité au mariage. Et il advint alors que Gordon fut séduit par la belle Neilina. Malheureusement, au lieu de se contenter de l'aimer en secret, comme tous les autres, il voulut la prendre à son ami de toujours. Il lui fit des avances. Cependant, Neilina avait beau être très belle, elle était aussi très sage. Elle repoussa doucement mais fermement ses propositions. Et elle évita d'en parler à son mari, afin de ne pas gâcher la belle amitié qui l'unissait à Gordon.

« Celui-ci comprit qu'il ne pourrait jamais avoir Neilina tant que Moray serait vivant. Alors, fou de jalousie et de colère, il le trahit. Il refusa tout d'abord de participer à la bataille de Falkirk. Il ne fut d'ailleurs pas le seul dans ce cas. Nombre d'autres seigneurs écossais avaient renoncé à soutenir Wallace, qu'ils considéraient comme un noble de trop basse extraction. Ce fut d'ailleurs ce qui le perdit. Mais Moray Mac Cullins était présent à Falkirk. C'était un homme d'honneur et de grand courage. Il n'avait pas compris pourquoi son ami avait refusé de se battre à ses côtés. C'était la première fois qu'une telle chose arrivait.

« Au cours des combats, Moray faillit être blessé et capturé à plusieurs reprises. Mais il parvint à s'échapper. Cependant, il lui était désormais impossible de retourner dans son château sous peine d'y être arrêté immédiatement, car les Anglais en avaient pris possession. Il se réfugia donc chez Gordon, qui lui offrit l'hospitalité. Hélas, c'était une hospitalité hypocrite, une trahison innommable, car, dès que son ami se crut en sécurité, Gordon prévint les Anglais qu'un traître se cachait chez lui. Il s'était imaginé que Moray serait tué au cours de la bataille, mais il avait survécu. Il lui fallait donc agir par lui-même.

— Et il l'a livré aux Anglais !? s'écria Sean, écœuré.

— Il n'a eu aucun scrupule à le trahir. L'amour qu'il portait à Neilina l'avait aveuglé et avait détruit en lui tout sentiment d'amitié et de compassion. Il n'était plus qu'une bête qui cherchait à assouvir ses plus sordides désirs. Neilina était présente. Elle n'avait pas voulu abandonner son mari, qu'elle aimait tendrement. Lorsque les armées anglaises vinrent chercher Moray, elle voulut le suivre. Mais Gordon l'en empêcha. Il la garda enfermée dans une tour de son château, un endroit où personne n'avait le droit d'aller, même ses serviteurs.

« Emmené à Glasgow, Moray subit le traitement réservé aux traîtres. Il fut traîné par le cou dans les rues de la ville. Puis on lui ouvrit le ventre et on en arracha les entrailles alors qu'il était encore vivant. Pour finir, il fut décapité, démembré, et on exposa ses bras et ses jambes à différents lieux de l'Ecosse, afin de décourager d'éventuels rebelles. Tel serait aussi le sort que connaîtrait William Wallace, quelques années plus tard.

« Lorsqu'il apprit la mort de son rival, Gordon voulut faire valoir ses droits sur Neilina. Il se rendit dans la tour et il la prit de force. On dit qu'elle se défendit avec férocité et qu'elle lui laboura le visage avec ses griffes, à tel point qu'il en resta défiguré. Malheureusement, elle n'était pas de taille à lutter contre lui. Il finit par l'assommer pour accomplir son forfait. Celui-ci ne lui apporta pourtant pas la satisfaction qu'il espérait. Alors, furieux de ne pas avoir été aimé comme il le souhaitait, il l'égorgea et, par une nuit sans lune, il jeta son cadavre dans le loch Starav.

« Mais l'horreur de son crime épouvanta certains membres du clan et, bientôt, une légende naquit, qui prétendait que l'âme de Neilina avait été recueillie par les kelpies. Cette légende est sans doute vraie car, dans les années qui suivirent, plusieurs personnes du clan Mac Murhan trouvèrent la mort par noyade.

Malcolm laissa passer un silence, puis regarda de nouveau en direction des ruines.

— C'en était bien fini de la belle amitié qui avait uni les deux clans. Désormais, elle s'était transformée en haine. Une vieille haine, une haine féroce qui dure encore de nos jours, même si elle ne s'exprime plus aussi brutalement.

— Et qu'est devenue Aileas ? demanda Moyra.

— J'y viens. Depuis la trahison de Gordon, tous les membres des deux clans se haïssaient. Par tradition, les Mac Murhan avaient soutenu leur seigneur. Ses enfants, hormis Aileas, espéraient bien hériter d'une partie des terres que l'on ne manquerait pas de prendre aux Mac Cullins. Les autres, les cousins et alliés, épousèrent cette haine. Par respect, peut-être aussi par peur, car Gordon était devenu comme fou depuis qu'il avait tué Neilina. Mais il était le earl, celui qui dirige le clan, et auquel on devait une obéissance aveugle. Il en était bien sûr de même chez les Mac Cullins. Seuls Aileas et Dugald rejetaient cette haine absurde. Leur amour était plus fort que tout. Mais Gordon avait interdit à sa fille de revoir son fiancé. Il n'était plus du tout question de mariage. D'ailleurs, il avait promis Aileas à un vieux seigneur anglais, qui l'avait trouvée à son goût.

« Aileas était désespérée, et elle était bien résolue à ne pas céder au projet de son père. Malgré l'interdiction, les deux amoureux avaient pris l'habitude de se retrouver dans une grange située au pied du Ben Etive, là où les contreforts rejoignent le loch Starav. Ce lieu était appelé Moorkyle. On n'y trouvait que cette cabane, que plus personne n'utilisait. Aileas et Dugald avaient décidé de partir pour les îles, de fuir leurs clans pour se marier, malgré l'opposition de leurs parents. Hélas, ils furent dénoncés par Cormag, un cousin d'Aileas. Il était épris d'elle et l'espionnait souvent sans qu'elle s'en doute. C'est ainsi qu'il découvrit son secret. Par jalousie, il le révéla à Gordon. Celui-ci la suivit discrètement et constata que Cormag avait dit vrai. Furieux, il estima alors qu'elle avait trahi son clan. Aussi, pendant que Dugald et Aileas étaient dans la cabane, il en condamna toutes les issues et y bouta le feu. Les deux amoureux ne purent en sortir et ils périrent dans les flammes, tandis que Gordon restait à l'extérieur, écoutant leurs hurlements de terreur et de douleur.

« Tout le monde se doutait qu'il était l'auteur de ce double crime. Cependant, personne n'osa l'accuser publiquement. Depuis qu'il avait apporté son soutien au roi d'Angleterre, il bénéficiait d'un appui solide de la part de l'envahisseur. Et celui-ci était prompt à condamner ceux qu'il considérait comme des traîtres. Mais bientôt une rumeur se répandit dans le pays, qui prétendait que les deux amants revenaient hanter la lande de Moorkyle sous la forme d'un homme et d'une femme aux vêtements en flammes. Gordon n'en tint aucun compte. Cette terre de Moorkyle qui avait appartenu aux Mac Cullins lui fut donnée par les Anglais. Pour combattre la superstition, il y fit bâtir un château somptueux et solide, grâce aux biens pris au clan autrefois allié.

« Mais une terrible malédiction semblait peser sur Moorkyle. On dit que pendant la construction plus de trente ouvriers périrent dans des circonstances mystérieuses. Des pans de murs s'effondraient sans raison, des toits s'écroulaient. Gordon s'obstina et fit achever les travaux. Il vint habiter le manoir avec son clan. Les lieux étaient magnifiques et facilement défendables.

« Cependant, Gordon était un homme rusé et opportuniste. Après la mort de William Wallace, il comprit que les Anglais, loin d'avoir provoqué la terreur en exposant les morceaux de son corps aux quatre coins du pays, comme ils l'avaient déjà fait pour Moray, avaient déclenché un mouvement de colère dans le peuple d'Ecosse. Lorsqu'il sentit le vent tourner, il se rallia à Robert de Bruce et participa à la bataille de Bannockburn, au cours de laquelle les Ecossais vainquirent les Anglais. Ils accédèrent ainsi à l'indépendance, qui fut proclamée en 1328. Gordon rendit son âme sombre quelques mois plus tard. La légende prétend qu'il fut tué par un cheval noir surgi des eaux du loch Starav. Certains pensent qu'il s'agissait d'un cheval ondin femelle dans lequel s'était réincarnée la belle Neilina. Qui peut savoir ?

« Par la suite, le manoir de Moorkyle fut réputé pour porter malheur. On y mourait facilement. Des incendies se déclaraient, des murailles faisaient entendre des bruits étranges, du sang coulait sur les murs des chambres, les enfants en bas âge périssaient là plus qu'ailleurs. Les gens s'y suicidaient sans explication. Certains se jetaient du haut de la falaise. D'autres allaient se noyer dans le loch. L'un des descendants de Gordon périt même brûlé vif par un tronc énorme que l'on avait mis dans la cheminée, et qui avait roulé tout à coup hors de l'âtre. Les troupeaux étaient victimes de maladies. Parce qu'il faisait trop peur, le manoir fut abandonné moins d'un siècle après sa construction. Il finit par s'écrouler, miné par les tempêtes et maudit par les habitants du pays. Plus personne ne voulait y loger. On le disait hanté par les spectres de ceux qui y avaient péri. Parmi ceux-ci, Aileas et Dugald étaient les plus célèbres. Aujourd'hui, ils sont les seuls qui apparaissent encore les nuits de pleine lune.

Il y eut un nouveau silence, troublé seulement par les gémissements du vent dans la lande mauve et vert.

— C'est donc bien eux qu'on a vus ? demanda enfin Moyra, impressionnée.

— Ce sont eux, en effet.

— Mais on ne leur voulait pas de mal. Pourquoi ils ont tendu les mains vers nous, comme ça ?

— Ils ne savent plus ce qui est le bien ou le mal, petite. Il s'est écoulé plus de six cents ans depuis cette histoire. Pourtant, ils sont toujours là, incapables de gagner leur paradis.

Il pointa le tuyau de sa pipe vers eux.

— Cependant, vous devez savoir une chose importante. Il y a une autre légende, qui complète celle des Amants de Feu. Bizarrement, le cheval noir capturé par Aileas mourut de langueur quelques jours après sa mort. On récupéra la bride grâce à laquelle elle l'avait capturé et elle fut conservée précieusement par le clan Mac Murhan. Mais la mère de Moray Mac Cullins, la vieille Eimhir Nik Cullins, avait jeté une malédiction sur le clan ennemi.

« Une malédiction qui affirmait que le jour où cette bride viendrait à disparaître, tous les membres du clan Mac Murhan mourraient. Tous ! Jusqu'au dernier !

4

Inverdeen, 1957…

Aileen contemplait les ruines à demi noyées par les brumes. Un autre élément lui revint à l'esprit. Une rumeur étrange s'était répandue après l'incendie de la vieille cabane. Les bergers et les chasseurs qui se rendaient à proximité de Moorkyle avaient évoqué des hurlements terrifiants qui semblaient monter de la terre. Ses parents en avaient parlé devant elle. Ils lui avaient recommandé de ne pas se rendre par là. Elle n'avait eu aucun mal à obéir. Cette fois, Richard ne leur avait pas proposé d'aller les écouter. Il avait eu trop peur ce soir-là, lui aussi.

Ces cris avaient duré plusieurs mois. La police avait même mené une enquête qui n'avait abouti à rien. Les policiers avaient bien entendu quelque chose, mais ils en avaient conclu qu'il s'agissait probablement des appels d'un animal. A l'école, les commentaires allaient bon train. Les flics se trompaient. Ni une bête ni un être humain ne pouvait pousser de tels hurlements. C'était autre chose, certainement une créature infernale qui vivait sous la terre. Le phénomène mystérieux s'était estompé avec le temps. Puis il s'était arrêté comme il avait commencé.

Aileen et ses amis n'avaient jamais raconté ce qu'ils avaient vu la nuit de la pleine lune qui avait précédé. A l'époque, elle était persuadée que ces hurlements avaient un rapport avec l'apparition des fantômes. Mais les années de guerre, puis son travail d'infirmière, l'avaient rendue rationnelle, et beaucoup moins encline à accepter les événements surnaturels.

Il y avait certainement une explication à tout cela. Mais laquelle ?

A présent qu'elle était revenue sur place, elle n'était plus sûre de rien. Il sourdait des ruines de Moorkyle une sensation désagréable, inquiétante, comme si quelque chose de mauvais restait tapi au cœur des brumes épaisses et de la végétation faite de ronces et d'arbustes. De loin, agités par les vents, les branchages semblaient animés d'une vie propre, comme des milliers de tentacules hérissés de griffes et guettant leur proie. Elle ne pousserait pas jusque-là. Elle n'avait jamais pénétré dans les ruines, et ce n'était pas aujourd'hui qu'elle s'y rendrait. Les lieux l'effrayaient toujours autant.

Secouant la tête pour chasser l'humeur sombre qui l'envahissait, elle tourna bride et se mit en route vers Inverdeen. Ses pensées la ramenèrent vers ses amis. Les nouvelles n'avaient pas été très bonnes. Richard le téméraire avait péri sur les plages de Normandie, le jour du Débarquement. La gorge d'Aileen se serra. Elle croyait entendre sa phrase favorite : « Je parie que vous n'êtes pas cap de me suivre ! » C'était ainsi qu'il lançait ses défis à ses compagnons. Sans doute avait-il prononcé les mêmes mots à l'adresse des autres soldats avant de sauter le premier sur le sable. Richard aimait se frotter au danger. Cela lui avait coûté la vie. Il n'avait pas fait plus de dix mètres avant d'être fauché par des balles de mitrailleuse. Il venait d'avoir vingt ans.

Bien qu'il ait été dans les premiers à fouler le sable normand, le brave Patrick avait échappé par miracle au carnage du 6 juin 1944. C'était à cette occasion qu'il s'était lié d'amitié avec des Marines américains. Après la guerre, il s'était embarqué pour les Etats-Unis et n'avait plus jamais donné de nouvelles. Quant à la petite Moyra, elle s'était mariée et vivait à Oban.

A Inverdeen, il ne restait que Sean. Une jambe brisée au cours de l'entraînement lui avait évité de participer au Débarquement, ce qui lui avait peut-être sauvé la vie. Il en conservait une légère boiterie, mais cela ne l'avait pas empêché de suivre de brillantes études de droit, qui l'avaient conduit à la profession de policier. Peu soucieux de s'installer dans une grande ville, il avait pris le commandement de la brigade locale. Elle l'avait revu brièvement lors de son séjour précédent. Ils avaient échangé quelques mots, mais elle avait fort à faire à l'époque pour régler les problèmes de succession et n'avait pu lui consacrer beaucoup de temps.

Parvenue en vue de la petite cité, elle distingua, à plus d'un kilomètre vers le nord, la distillerie appartenant aux Mac Murhan, installée sur les contreforts solides du Ben Etive, en bordure de la Deen, la petite rivière qui avait donné son nom à la ville [1]. Les deux clans vivaient toujours dans la région. Et ils se détestaient toujours autant. L'aîné des Mac Cullins, Nichol, comptait se présenter aux prochaines élections, au grand dam du clan ennemi. Cela promettait des meetings électoraux animés.

Après avoir reconduit Skye sur son pré, Aileen prit sa voiture et fit quelques courses en ville, se félicitant d'avoir acheté un petit réfrigérateur lors de son séjour précédent. Ces appareils, qui commençaient à se répandre, étaient bien pratiques pour conserver la nourriture fraîche pendant plusieurs jours.

---

1. Inverdeen signifie « Embouchure de la Deen ». Inverdeen est une ville imaginaire, inspirée par Oban pour la situation et par Inverness pour le nom.

De retour chez elle, elle voulut parler à Andrew, mais l'un de ses collègues la prévint qu'il n'était pas là. Elle soupira, résignée. Il n'était pas toujours facile de le joindre lorsqu'il partait en mission.

Elle allait commencer à préparer son repas lorsqu'une voiture de police s'arrêta devant la maison. Elle vit une longue silhouette s'extraire du véhicule et pénétrer dans le jardin avec une légère claudication. Sean avait dû apprendre son arrivée. Elle lui ouvrit.

— Bonjour, Aileen.

— Bonjour, Sean.

Après un court moment d'hésitation, elle lui ouvrit les bras pour l'embrasser, comme ils le faisaient plus jeunes. Ils se connaissaient depuis les petites classes. Ils n'allaient pas se serrer la main maintenant.

— Ainsi, tu es revenue.

Ils avaient pris place dans le salon, autour d'un apéritif improvisé.

— C'est temporaire. Mon mari a dû s'absenter pour plusieurs semaines. J'avais encore beaucoup de travail à faire dans cette maison. J'en ai profité. Tant qu'à être seule, je préfère Inverdeen à la grisaille de Londres.

— C'est vrai que tu es mariée. Avec un grand professeur, je crois.

— Un spécialiste des maladies mentales. Il travaille pour le gouvernement. Des trucs secret défense, tu vois le genre. Il n'a même pas le droit de me tenir au courant.

— Je comprends. Tu es toujours infirmière ?

— Je l'étais. J'ai arrêté. Au moins pour l'instant. Avec les absences d'Andrew, nous avions de plus en plus de mal à nous ménager quelques moments ensemble. A présent, c'est plus facile. Sauf quand il est en mission, évidemment. Et toi ?

— Je suis marié également, avec une fille de Glasgow. Elle s'appelle Kirsteen. Elle...

Il hésita, puis poursuivit :

— Elle aurait aimé que nous allions nous installer là-bas, mais je n'aime pas trop la grande ville. Alors, quand on m'a nommé ici, elle m'a suivi. Elle écrit des nouvelles et des contes pour enfants. Cela l'occupe, mais, depuis quatre ans que nous sommes mariés, je crois qu'elle ne s'est pas vraiment faite à la vie des Highlands. Elle ne désespère pas de me voir un jour changer d'avis et que nous allions vivre à Glasgow.

— Vous avez des enfants ?

— Nous aimerions bien, mais jusqu'à présent cela n'a pas marché.

— Et ton travail ?

— Je dirige la brigade locale, comme tu le sais.

— Ça ne doit pas être trop fatigant, dit-elle avec un petit rire.

Il rit aussi.

— C'est le moins qu'on puisse dire. Inverdeen est un endroit calme. A part quelques ivrognes à reconduire chez eux de temps en temps, il ne se passe pas grand-chose dans la région.

— Même avec deux clans qui se haïssent ?

— Oh, le vieil Angus râle toujours autant. Malgré les années écoulées, il n'a pas digéré que sa fille Margareth fiche le camp avant la guerre avec Paul, l'un des fils Mac Cullins. Il est toujours de mauvaise humeur. C'est son fils aîné, Murdoch, qui a repris la distillerie, et il n'a pas meilleur caractère. D'autant que le vieux ne peut pas s'empêcher de venir mettre son grain de sel. Les employés se plaignent, mais il n'y a guère de travail dans la région. Alors, ils le supportent. Ici, les gens l'appellent l'Ogre.

— Alors, rien n'a changé à Inverdeen.

— Rien.

— Tu ne t'ennuies pas un peu, parfois ?

— Non. J'aime ce pays. Je m'y sens bien et je n'ai aucune envie de m'installer ailleurs. A Glasgow, j'aurais l'impression d'étouffer. Je suis peut-être un peu... égoïste, ajouta-t-il après un court silence.

— Si Kirsteen t'aime, elle doit le comprendre. Et puis, si tu acceptais de partir, c'est elle qui pourrait s'accuser d'être égoïste.

— Ouais... Rien n'est parfait.

Devant son air embarrassé, elle préféra changer de sujet

— Et Moyra, comment va-t-elle ? Je crois qu'elle est mariée, elle aussi.

— Avec un gars d'Oban. Je la vois de temps en temps. Elle vient toujours s'occuper de ses parents. Cela ne m'étonnerait pas qu'elle vienne te voir quand elle saura que tu es là.

— Toujours pas de nouvelles de Patrick ?

— Aucune. Il a disparu il y a neuf ans. Même ses parents ne savent pas ce qu'il est devenu.

— Tu sais pourquoi il est parti ?

— Il avait trouvé du boulot à la distillerie, mais il s'est engueulé avec Angus Mac Murhan. Tu te rappelles combien il avait la tête près du bonnet. Alors, le vieux l'a flanqué à la porte. Quand il est rentré chez lui, son père l'a engueulé à son tour, lui disant qu'il n'y avait pas de travail dans le pays et qu'il venait de faire une grosse connerie. Patrick ne l'a pas supporté et il est parti. Enfin, c'est ce que m'a raconté Moyra. Moi, je n'étais pas à Inverdeen, à l'époque. J'étudiais à Glasgow.

Ils restèrent un moment silencieux. Puis Aileen demanda

— Et... as-tu eu des nouvelles de... de ce que nous avons vu il y a vingt ans ? S'est-il produit autre chose de bizarre depuis ?

— Plus rien. Parfois, je me demande même si nous n'avons pas rêvé tout ça.

— Cela n'avait rien d'un rêve. Plutôt un cauchemar.

— Oui. Et il y a eu ces hurlements bizarres, par la suite. Personne n'a jamais su les expliquer. Lorsque j'ai pris mes fonctions, je me suis rendu sur place. J'ai exploré les ruines pour tenter d'en apprendre plus.

Elle le regarda avec des yeux ébahis.

— Tu as eu le courage de faire ça ?

— Tu sais, je n'ai jamais trop cru aux fantômes.

— Même après cette nuit-là ?

— Même !

Elle le soupçonna de ne pas tout à fait dire la vérité, mais ne releva pas.

— Tu as découvert quelque chose ?

— Absolument rien. D'après les collègues qui ont mené l'enquête à l'époque, les cris semblaient venir de sous la terre. Mais ils n'ont trouvé aucune ouverture. Certains prétendent qu'il y aurait un réseau de galeries sous les ruines de Moorkyle. J'ai cherché une entrée. En vain. Et ce n'est pas faute d'avoir essayé. Je ne vois vraiment pas où ce réseau pourrait aboutir, si toutefois il existe.

— Et la vieille cabane ?

— Il n'en reste plus que quelques pans de murs, avec des traces d'incendie recouvertes par la mousse et le lichen.

— Pas d'entrée secrète, là non plus ? Un trou dans le sol ?

— Rien du tout. Elle servait de refuge aux bergers. Il n'y a rien qui puisse faire penser à l'entrée d'une galerie. C'est un sol de terre battue. A présent, les chardons en ont pris possession. Personne ne sait comment le feu a pu prendre dans cette cahute. Ça reste un mystère.

— Alors, qu'est-ce qui s'est passé ?

— A mon avis, ce ne sont pas des fantômes que nous avons aperçus ; c'étaient des personnes bien vivantes, qui avaient fui l'incendie de la cabane. Elles cherchaient du secours. C'est pour ça qu'elles tendaient les mains vers nous. Nous avons fui parce que ces gens nous ont effrayés.

Mais si nous étions descendus à leur rencontre, nous aurions pu les aider...

— Qui étaient-ils ?

— Probablement des vagabonds. Il y en a dans la région. Ils s'installent dans les masures désertes. Ce soir-là, ils ont dû occuper la petite cabane. L'un d'eux aura voulu faire du feu et il aura provoqué un incendie par maladresse. Et voilà nos fantômes...

— Evidemment, dit Aileen, c'est beaucoup moins romantique que des spectres surgis de l'Enfer...

— Mais c'est plus rassurant, conclut Sean.

Aileen médita les paroles de son ami. Evidemment, il avait probablement raison, même si, quelque part, elle en éprouvait une certaine déception. L'histoire des fantômes était tellement plus excitante. Soudain, Sean déclara :

— Au fait, les Jeux écossais d'Inverdeen ont lieu dans deux semaines. Tu seras là ?

— Probablement. Andrew m'a prévenue qu'il serait absent pendant plus d'un mois. Je n'ai aucune raison de retourner à Londres s'il n'y est pas. Et puis...

Elle montra la maison autour d'elle.

— J'ai beaucoup de travail à faire ici.

Il eut un sourire ravi.

— Eh bien, c'est parfait. Nous aurons l'occasion de nous revoir et de parler du bon vieux temps.

Aileen lui rendit son sourire. Malgré les années, elle avait soudain l'impression de retrouver, derrière les traits de l'homme qu'il était devenu, ceux du garçon timide qui veillait sur elle comme un grand frère un peu amoureux. Elle en éprouva une brusque bouffée de tendresse.

La nuit suivante, Aileen eut peine à trouver le sommeil. Peut-être les saucisses achetées le matin dans l'épicerie du maintenant vieux Mac Cormack n'étaient-elles pas de la première fraîcheur. Elle finit par s'enfoncer dans un cauchemar où se mêlaient des visions de son appartement de Londres et de sa maison d'Inverdeen. Une demi-nuit brumeuse entourait la demeure hybride, par les fenêtres de laquelle elle apercevait tantôt les flancs du Ben Etive, tantôt les rues de la capitale anglaise. Des gémissements sourdaient d'un peu partout, mais il lui était impossible d'en localiser l'origine.

Par instants, elle se retrouvait à Londres, au cœur de la guerre, au milieu des lueurs des incendies. Autour d'elle gisaient des corps sans tête, des bras sans corps, des mains sans bras. Les yeux vides des cadavres la contemplaient, effrayants. Il y avait des blessés, aussi, qui geignaient sans trêve. Elle marchait comme un automate, incapable de leur porter secours, subissant elle-même une souffrance sourde qui la broyait de fatigue. A d'autres moments, elle se retrouvait dans la maison d'Inverdeen. Les blessés et les morts se transformaient en silhouettes imprécises qui rôdaient près des fenêtres, des spectres desquels émanaient des volutes de fumée.

Elle finit par s'éveiller en sursaut, le cœur battant, dans un état nauséeux. Elle se rendit compte que c'était elle qui avait poussé les gémissements.

— Maudit Mac Cormack, grommela-t-elle avant de se précipiter aux toilettes pour vomir. Il a dû vouloir se venger des chapardages d'autrefois !

Cependant, après avoir dégagé son estomac, elle ne trouva pas le repos pour autant. De ses visions subsistait une désagréable sensation de malaise. Comme si une menace imprécise planait sur elle. Elle avait beau se dire que c'était irrationnel, que cela ne reposait sur rien sinon des histoires vieilles de vingt ans, elle ne put fermer l'œil du reste de la nuit. Pire encore, l'impression de danger ne la quitta pas au matin, malgré le soleil revenu. Elle tenta d'appeler Andrew une nouvelle fois, espérant trouver le réconfort au son de sa voix. En vain. Elle raccrocha, en maudissant l'armée, le gouvernement et son fichu secret défense. C'était toujours comme ça lorsqu'elle essayait de le joindre. Il était très rare qu'elle pût l'avoir directement. Elle devait toujours attendre qu'il rappelle. De plus, d'après son collègue, il serait difficile à joindre pendant plusieurs jours. Quelle guigne ! Elle aurait tant voulu qu'il soit près d'elle.

Andrew avait quinze ans de plus qu'elle. Avant de l'avoir rencontré, elle n'aurait jamais imaginé pouvoir tomber amoureuse d'un homme présentant une telle différence d'âge avec elle. Pourtant, c'était ainsi ; elle l'aimait et elle partageait avec lui des nuits sensuelles et éprouvantes. Car même s'il n'était pas loin de la cinquantaine, Andrew conservait au lit une belle santé que lui auraient enviée des hommes bien plus jeunes. Mais il avait une autre qualité. Il se montrait très attentionné envers elle, surtout depuis qu'elle avait perdu sa mère. Elle avait parfois l'impression qu'il avait un peu remplacé un père disparu trop tôt. Inconsciemment, peut-être avait-elle cherché à compenser son absence en épousant un homme nettement plus âgé.

Andrew avait une voix chaleureuse et rassurante. C'était aussi un bel homme. A quarante-sept ans, il pratiquait régulièrement plusieurs sports et possédait une silhouette bien découplée, sans graisse superflue. Aileen avait conscience qu'il l'avait choisie pour sa beauté. Il était très fier de montrer qu'il avait épousé une femme de quinze ans sa cadette. Il était ainsi. Né sous le signe du Lion, il aimait paraître, éblouir, se montrer généreux et enthousiaste. A ses côtés, Aileen avait appris à se plier aux mondanités exigées par sa profession, même si elle ne se sentait guère d'inclinations pour ce genre d'obligations. Avec lui, elle fréquentait les réceptions huppées de la capitale londonienne. L'année précédente, ils avaient même été invités à New York pour un gala de bienfaisance organisé par des sommités médicales spécialisées dans le cerveau humain. Au cours de ces soirées, Andrew attirait l'attention, menait les conversations avec charme. C'était un séducteur. Il plaisait aux femmes, et parfois elle n'avait pu s'empêcher d'éprouver une certaine jalousie en voyant des donzelles en quête d'aventure lui tourner autour d'un peu trop près.

Andrew projetait de posséder un jour sa propre clinique. Seul problème : même s'il gagnait très bien sa vie et possédait une petite fortune personnelle, il lui faudrait envisager une association pour mener à bien cette ambition. Mais les candidats ne manquaient pas. Ses pairs le considéraient comme un homme éminemment brillant dans son domaine. C'était essentiellement pour construire ce projet qu'il fréquentait ainsi les milieux nantis de Londres, recherchant des alliances, nouant des amitiés, tissant un réseau de relations utiles. Dans son sillage, Aileen s'ennuyait un peu. S'il n'avait tenu qu'à elle, ils auraient mené une vie moins trépidante. Mais la construction de cette clinique constituerait le couronnement de sa carrière et elle savait qu'elle ferait tout pour l'aider à réaliser ce rêve.

Afin de ne pas trop penser à Andrew, elle se lança dans un ménage effréné de la maison, et particulièrement du grenier, dans lequel elle avait à peine mis les pieds depuis six mois. Ce fut une occupation longue et pleine de nostalgie. Chaque boîte, chaque coffret retrouvé éveillait en elle des souvenirs enfouis ; des images oubliées, des visages disparus, des anecdotes resurgissaient du passé. Sa mère adorait entasser les objets les plus inutiles, les plus baroques, avec l'intention d'en tirer quelque chose... un jour. Elle détestait jeter. Aileen découvrit ainsi un vieux mannequin hérité de sa grand-mère. Molly avait exercé toute sa vie la profession de couturière. Elle possédait son propre mannequin, un engin étrange, sans tête, dont elle pouvait régler les mensurations en fonction de ses clientes. Mais elle n'avait jamais pu se résoudre à jeter ce vieux machin dont le carton épais était défoncé en plusieurs endroits. Coffres et caisses s'empilaient dans tous les coins, agrémentés de toiles d'araignées, furieuses de se voir dérangées dans leur quiétude. Une odeur faite de relents de moisi, de vieux chiffons, de papier humide et de bois flottait dans l'air poussiéreux éclairé chichement par les lucarnes donnant sur le loch. Le grenier était plein à craquer : vieux vêtements aux couleurs délavées, pièces de tissu inutilisées et pliées avec soin, objets indéfinissables hérités du siècle précédent, pièces de vaisselle en étain ou en porcelaine, ménagère en argent, outils de toutes sortes égarés de l'atelier de son père, situé dans une remise indépendante.

Aileen se demandait ce qu'elle allait faire de tout ce fatras. Dans un coin trônait un coffre en bois verni fermé par une serrure. Malheureusement, la clé avait disparu. Ayant repéré un petit trousseau dans un tiroir du buffet de la cuisine, elle descendit le chercher. Mais aucune des clés ne correspondait. Un peu dépitée, elle s'attaqua à un autre coffre, fermé celui-là d'un simple crochet, et dans lequel elle découvrit quantité de jouets. Les siens, qu'elle avait complètement oubliés. Etant fille unique, ses parents l'avaient particulièrement gâtée, à une époque où la plupart des enfants ne recevaient pour Noël qu'une orange. Elle-même possédait plusieurs poupées, une dînette, des vêtements miniatures, et même un train électrique, lubie de son père Allan... qui s'en était beaucoup servi lui-même. Partagée entre le rire et les larmes, elle ne vit pas le temps passer.

Il faisait presque nuit lorsqu'elle redescendit, couverte de poussière et l'esprit embrumé par les souvenirs.

Seul le mystérieux coffre de bois n'avait pas livré son secret.

5

Prévenu des appels de sa femme par un collègue, Andrew appela le soir même.

— Comment te sens-tu ? lui demanda-t-il d'une voix inquiète. Tu as une voix fatiguée.

— J'ai passé la journée à ranger, à nettoyer, à classer des papiers. Je suis éreintée.

— Tu pourrais engager quelqu'un, suggéra-t-il.

— Pas question. Cette maison est pleine de souvenirs. Cela ne me dérange pas de fouiller partout. Mais ce n'est pas drôle de le faire seule. J'aimerais tellement que tu sois à mes côtés…

— Pour faire le ménage ? Merci bien !

— Je te signale que tu m'as donné un coup de main, il y a six mois, à la mort de maman.

— C'était différent, tu étais très éprouvée. Tu t'en sortiras ? Tout va bien là-bas ?

— Bien sûr. J'ai retrouvé des amis d'enfance.

— Des copains ? demanda-t-il avec une petite pointe de possessivité dans la voix.

Aileen eut un petit sourire amusé.

— Un copain et une copine. Mais rassure-toi, le copain est marié. C'est Sean Kintyre. Je t'en ai déjà parlé.

— Oui, je crois. Et, ajouta-t-il avec une légère ironie, pas de nouvelles manifestations des fantômes locaux ?

La dernière fois qu'il l'avait accompagnée à Inverdeen, elle lui avait raconté la scène étrange dont ses amis et elle avaient été témoins vingt ans auparavant. Il s'était gentiment moqué d'elle.

— Aucune ! répliqua-t-elle d'un ton faussement fâché.

— Fais attention tout de même qu'ils ne viennent pas te chatouiller les pieds la nuit...

— Idiot !

Il éclata d'un rire clair au téléphone. L'écho de sa voix chaude provoqua en elle une onde de désir. Elle aimait tellement entendre cette voix lui chuchoter des choses inracontables, au cœur de la nuit.

— Tu me manques, souffla-t-elle.

Il redevint sérieux :

— Moi aussi, tu me manques. Je te rejoindrai dès que possible.

— Les Jeux écossais vont avoir lieu dans une quinzaine de jours. Peut-être pourrais-tu te libérer ?

— Ça sera difficile. Il est probable que je doive partir un temps pour les Etats-Unis. J'essaierai quand même de passer quelques jours avec toi après. Mais je ne peux rien te promettre.

— Tant pis, soupira-t-elle, déçue.

— Je suis désolé, ma chérie. J'aurais vraiment aimé assister à ces jeux avec toi. Mais tu sais que je ne peux pas faire ce que je veux.

— Ne t'inquiète pas, je comprends. Je savais ce qu'il en était en t'épousant.

— Je te promets de venir dès que je pourrai me libérer. Juré.

— Je t'aime.

— Moi aussi, je t'aime.

Elle raccrocha, l'esprit perdu quelque part du côté de Londres.

La nuit suivante, ses cauchemars revinrent la hanter. Une nouvelle fois, elle eut l'impression irrationnelle qu'un danger la menaçait, ou tout au moins pesait sur la petite cité. C'était ridicule, elle le savait. Néanmoins, elle avait appris pendant la guerre à faire confiance à son intuition. Parfois, au cœur de la terrible nuit londonienne menacée par le Blitz, elle percevait comme des avertissements. Elle avait appris à en tenir compte. Cette espèce de sixième sens lui avait un jour sauvé la vie, ainsi qu'à un grand nombre de personnes. Au cours d'une sorte de rêve éveillé, elle avait vu le bâtiment où elle travaillait, et où l'on avait installé nombre de réfugiés, s'embraser et exploser. Au matin, en proie à une panique incontrôlable, elle avait prévenu ses collègues du danger. Au début, on l'avait prise pour une folle, mais elle avait su se montrer si convaincante qu'on avait fini par l'écouter. Par précaution, le directeur du centre avait ordonné le déplacement des réfugiés dans un autre quartier. Quelques médecins sceptiques avaient refusé de quitter les lieux. Mal leur en avait pris. A peine l'évacuation était-elle achevée qu'un V2 avait désintégré le bâtiment. Sans l'intuition inexplicable d'Aileen, les morts se seraient comptés par centaines. Il n'y avait eu qu'une vingtaine de victimes. Plus tard, au cours d'opérations chirurgicales auxquelles elle participait, elle avait à plusieurs reprises anticipé des complications, comme si elle percevait l'état des patients. Les médecins qui avaient travaillé avec elle pendant la guerre avaient appris à écouter ce qu'elle avait à dire, car ses prémonitions ne la trompaient jamais.

Pour cette raison, la jeune femme prenait au sérieux cette sensation de malaise. Elle avait beau se dire que tout allait bien, que la guerre était finie depuis douze ans, rien n'y faisait : une menace planait sur Inverdeen. Mais peut-être cette sensation désagréable était-elle provoquée par sa solitude et sa visite aux ruines funestes de Moorkyle. Aussi fut-elle heureuse, dans la matinée du lendemain, de voir arriver une silhouette qu'elle reconnut immédiatement Moyra.

Moyra n'était déjà pas très grande avant la guerre. Le temps n'avait rien changé à l'affaire. Elle semblait même avoir rapetissé. Jusqu'au moment où Aileen comprit que c'était elle qui avait plus grandi que son amie. Elles tombèrent dans les bras l'une de l'autre. Tandis qu'Aileen préparait du thé, Moyra expliqua :

— J'ai rencontré Sean, hier soir. Il m'a appris que tu étais là. Je suis chez mes parents pour quelques jours.

— Comment vont-ils ?

— Ma mère est très fatiguée. Elle vient de subir une grave opération. Je suis venue lui donner un coup de main. Parce que mon père... Enfin, il passe plus de temps au pub qu'à aider ma mère. Il dit que s'occuper du ménage, ce n'est pas une affaire d'homme. Remarque, le mien, d'homme, est pareil, soupira-t-elle.

— C'est vrai, j'ai appris que tu étais mariée.

— Avec un marin. Il est pilote de ferry. Il fait la liaison entre Oban et les îles. C'est un bon travail, mais il n'est pas tous les jours à la maison. Ni tous les soirs. Nous avons trois enfants, un garçon et deux filles. Et toi ?

— Mariée, mais pas encore d'enfant. Il y a deux ans, j'ai épousé un médecin londonien. Et je dois avouer que je n'ai pas encore pensé à avoir un bébé.

— Tu devrais. Nous ne sommes plus des gamines, ni l'une ni l'autre. Il ne faut pas attendre trop longtemps.

Aileen acquiesça, sans être vraiment convaincue. A la vérité, elle n'avait jamais songé à devenir mère. Son travail l'accaparait trop. Elle aurait pu y penser depuis six mois qu'elle avait arrêté son travail, mais, curieusement, l'idée ne l'avait jamais effleurée. Pas plus qu'Andrew. Ni l'un ni l'autre n'avait évoqué cette possibilité. Sans doute parce que leur mariage était relativement récent et qu'ils n'avaient guère de temps à se consacrer. Introduire un enfant dans leur relation n'était pas forcément une bonne idée, au moins actuellement. Elle n'avait que trente-deux ans ; elle avait encore le temps d'y songer.

— Je verrai, répondit-elle d'une manière évasive.

— Notre copain Sean avait l'air très heureux de te voir, dit soudain Moyra.

— Oui, je crois, répondit Aileen, amusée par la curiosité qu'elle devinait chez son amie.

Elles échangèrent un sourire complice.

— C'est bizarre... commença Moyra.

— Qu'est-ce qui est bizarre ?

— Nous nous entendions tous très bien. Et pourtant, tous les trois, nous avons épousé des étrangers. J'avais l'impression que Sean était un peu amoureux de toi.

— Nous étions des enfants, Moyra. Ça ne compte pas. Et puis, je suis partie à Londres à l'âge de dix-sept ans. C'était la guerre. On avait autre chose à penser que flirter.

— C'est vrai. Mais j'avoue que moi aussi j'avais un béguin pour...

— Pour Sean ?

— Non, pour...

Une ombre passa entre elles. Les yeux des deux jeunes femmes se mirent à briller.

— Pour Richard, finit-elle par dire. Mais des fois, c'était Patrick. Un coup l'un, un coup l'autre.

— Ils faisaient bien la paire, ces deux-là, ajouta Aileen. Pas un pour relever l'autre, quand il s'agissait d'inventer des âneries.

Elles se mirent à rire, les yeux pleins de larmes.

— Quand je pense à toutes les bêtises que nous avons faites, dit Moyra. Toutes les deux, on se faisait rarement prendre. Mais ce pauvre Patrick, qu'est-ce qu'il a reçu comme tannées, de la part de son père ! Il n'était pas commode, le vieil O'Hara !

Elle se tut un instant. Puis :

— Nous avons tout de même passé de bons moments, n'est-ce pas ?

— Oui.

Moyra s'essuya les yeux d'un geste rapide, puis demanda, avec une mine gourmande :

— Tu es mariée, toi aussi. Parle-moi de ton mari.

Pendant une bonne demi-heure, Aileen dut détailler les multiples qualités de son Andrew, répondant avec patience aux questions parfois indiscrètes de Moyra, qu'elle émaillait de commentaires de son cru.

— Tu ne t'ennuies pas, des fois, avec lui ? Un professeur en médecine ! Il doit avoir une tête grosse comme ça ! Pour moi, un professeur, c'est un vieux bonhomme chauve, avec des lorgnons, et qui est toujours dans la lune..

Aileen éclata de rire.

— Eh bien, tu as tort. Andrew est un bel homme. Il est grand et sportif, et il faut que je le surveille, parce qu'il plaît beaucoup aux femmes.

— Ça existe, des professeurs comme ça ?

— Bien sûr.

Aileen prit une photo sur la poutre de la cheminée et la tendit à son amie.

— C'est lui ? s'étonna Moyra. Waouh, il ne fait pas son âge, dis donc ! Et il n'a pas du tout l'air d'un professeur. Ne me le présente pas ! S'il me fait la moindre proposition, je craque !

Elle lui rendit le cliché.

— Tu en as, de la chance.

— Oui, mais il travaille beaucoup. Il est souvent absent. Parfois, je me dis que je préférerais que son métier ne lui prenne pas autant de temps.

— Oh, tu sais, le mien, c'est pareil. Toujours à naviguer. Souvent, il ne rentre pas pendant un ou deux jours, quand il va jusqu'aux Hébrides. Des fois, ajouta-t-elle avec un sourire coquin, ça peut avoir des avantages.

— Ah bon ? s'étonna Aileen.

— Eh, on n'est pas de bois, quand même.

Aileen secoua la tête, amusée et surprise. Pour sa part, jamais elle n'aurait imaginé avoir des aventures extraconjugales.

— Mais toi, tu n'en profites pas un peu ? demanda Moyra, visiblement en quête de révélations croustillantes.

— Eh bien, non, répondit Aileen. Je suis fidèle. C'est comme ça.

— Et lui ?

— Lui aussi. Enfin, je le crois. Je n'ai jamais retrouvé sur ses vêtements des cheveux ni quoi que ce soit d'autre qui m'ait inspiré des doutes.

Devant la mine comiquement déçue de son amie, elle rit de nouveau.

— Andrew est un homme remarquable, brillant, intelligent, ajouta-t-elle. Il est jaloux, mais cela ne me dérange pas. Je le suis aussi et je trouve ça plutôt flatteur.

— Evidemment, tu es la belle petite Ecossaise qui a su séduire un grand professeur de Londres. T'as un côté Cendrillon, tu sais ça ?

— Peut-être.

Aileen fit une grimace de déception.

— Je crois qu'il n'a pas trop le temps de penser à tout ça. Il est très pris par son travail. Mais j'espère qu'il aura bientôt l'occasion de venir. J'aimerais bien lui faire découvrir le pays.

— Le pays... et ses fantômes.

Une foule de souvenirs leur revint à la mémoire. Aileen resservit du thé, qu'elle prirent le temps de déguster en silence.

— Il m'arrive encore de rêver de cette nuit-là, dit Moyra. Parfois, j'entends des sortes de gémissements comme ceux qui se sont produits après. Surtout la nuit. Avec le temps, j'aurais dû oublier, mais ça reste là, incrusté dans ma tête.

Elle se frappa le front de ses doigts repliés.

— Et parfois, j'ai l'impression que ça pourrait recommencer.

— Moi, ce sont surtout les souvenirs des bombardements qui m'empêchent de dormir. Et puis, tu sais, je ne crois plus trop aux fantômes.

— Parce que tu es partie vivre à Londres ! On ne croit plus à rien, là-bas. Mais tu as tort. Les fantômes existent ! Et ce sont bien les fantômes des Amants de Feu que nous avons vus, cette nuit-là. J'ai failli en faire pipi dans ma culotte tellement j'ai eu la trouille.

Aileen sourit.

— Ne te moque pas ! s'insurgea Moyra. On les a vus, Aileen, tu les as vus aussi. Ceux de la légende, Aileas et Dugald. C'étaient eux. J'en suis sûre ! Et ils sont encore là !

Aileen renonça à discuter. Elle demanda :

— Mais ce terrain, ces ruines de Moorkyle, elles appartiennent à qui ?

— Au Diable, si tu veux mon avis.

— Peut-être, mais sur le papier, qui en est propriétaire ?

— Probablement le vieil Angus. Celui-là...

Elle n'acheva pas, mais se rapprocha et ajouta, sur le ton de la confidence :

— Tu sais qu'il se raconte de drôles de choses sur son compte.

— Quel genre ?

— Le père de Nichol Mac Cullins, celui qui se présente aux élections, il est mort vers la fin de la guerre.

— J'étais au courant.

— Eh bien, on murmure que les circonstances de sa mort ne sont pas très claires. Il servait dans la même unité que le père Mac Murhan. Certains laissent entendre que ce ne sont pas les Allemands qui l'ont tué au cours des combats.

— C'est-à-dire ?

— Sous le manteau, ils accusent Angus de l'avoir fait disparaître pour l'empêcher de parler. D'après eux, il se serait livré à des trafics douteux avec les nazis au moment de la débâcle allemande. On murmure que sa fortune aurait pris un sacré embonpoint après la guerre. Il possède des immeubles à Glasgow et à Edimbourg. Avant la guerre, il n'avait que la distillerie, une flotte de bateaux de pêche et des terres autour d'Inverdeen.

— Je ne vois pas le rapport avec la mort de Graham Mac Cullins...

— Lorsque les nazis ont fui l'Allemagne, ils ont emporté des fortunes, des tableaux, des bijoux, de l'or en grosse quantité. Tout ce qu'ils ont volé aux Juifs qu'ils ont massacrés. Angus était bien placé pour les aider à partir. Et on dit qu'il en a sacrément profité. Graham aurait surpris son trafic et aurait menacé de le dénoncer. C'est pour ça qu'il a été tué. Par Angus.

— Si Angus avait tué Graham, il y aurait eu une enquête.

— Il y a eu une enquête. Dans le cadre de l'armée. Mais ça n'a rien donné. Angus a été innocenté. Quand même, c'est bizarre. On dit que l'armée était au courant et a voulu étouffer l'affaire.

— Tu sais, les mauvaises langues racontent souvent n'importe quoi. Angus n'est pas sympathique et sa fortune inspire la jalousie. A mon avis, ce n'est pas autre chose.

— En tout cas, les Mac Cullins sont persuadés qu'il a trempé dans des trafics louches. Et ils ne se privent pas d'en parler. Parfois, ça provoque de belles bagarres...

Comme pour donner raison à Moyra, le soir même, alors qu'elle s'apprêtait à dîner, la voiture de police de Sean s'arrêta devant la maison.

— Pardonne-moi de te déranger, Aileen, mais j'aurais besoin de ton aide. Il y a eu une bagarre au pub et nous manquons de personnel médical à Inverdeen. Et comme tu es infirmière, j'ai pensé...

— J'arrive.

6

Chaises, tabourets, chopes de grès, bouteilles de bière et de whisky avaient volé bas. Lorsque Sean et Aileen arrivèrent sur les lieux, une douzaine de gaillards plus ou moins alcoolisés se remettaient de leurs émotions, le visage tuméfié, pissant le sang par le nez pour certains. Le patron, Robert Mac Dougall, avait fini par appeler la police, qui avait eu fort à faire pour calmer les énergumènes. Deux policiers figuraient au nombre des victimes.

Aileen pénétra dans les lieux, pas spécialement impressionnée. Les bagarres étaient monnaie courante dans les pubs écossais, et elles ne portaient jamais à conséquence.

Le docteur Samuel Honegger était présent, encore plus rondouillard qu'avant la guerre. Chauve et le nez chaussé de grosses lunettes à monture d'écaille, il posait sur les blessés un regard chargé de reproches, n'hésitant pas à les engueuler copieusement s'ils avaient le malheur de se plaindre. Tous mesuraient deux têtes de plus que lui, mais ils se comportaient avec lui comme des gamins pris en faute. Il les avait tous connus en culottes courtes.

Seuls deux d'entre eux continuaient à s'insulter et à se menacer en hurlant, malgré la présence des policiers qui les maintenaient à l'écart l'un de l'autre. Aileen les reconnut immédiatement, malgré les années écoulées : Monroe Mac Cullins, le plus jeune frère de Nichol, et Murdoch Mac Murhan, fils d'Angus et nouveau patron de la distillerie d'Inverdeen. Cela n'avait rien d'étonnant. La petite cité avait toujours vécu au rythme des conflits entre les deux clans. Lorsqu'un Mac Cullins et un Mac Murhan se rencontraient dans l'un des pubs de la ville, l'atmosphère devenait très vite électrique et il se trouvait toujours quelque grande gueule pour encourager l'affrontement, afin d'y participer ensuite.

Elle posa sa trousse sur une table que Sean lui remit obligeamment sur pied et s'approcha de Murdoch. C'était un homme au visage aussi sévère que celui de son père. Face de bouledogue, les yeux surmontés d'énormes sourcils qui se rejoignaient, une chevelure abondante et sombre. Il eût été assez bel homme si ses traits n'avaient été épaissis par l'alcool qu'il ingurgitait régulièrement. Les mauvaises langues qui chuchotaient qu'il était lui-même son meilleur client n'avaient sans doute pas tort.

Deux policiers avaient réussi à le faire asseoir sur une chaise encore valide, mais qui ne le resterait pas longtemps s'il continuait à s'agiter ainsi. Comme son père, Murdoch était une force de la nature.

— Allons, tenez-vous tranquille, le sermonna la jeune femme, vous avez une arcade sourcilière ouverte. Je vais devoir vous recoudre…

— C'est qui, celle-là ? gronda-t-il en la regardant méchamment, le visage ruisselant de sang.

— Elle s'appelle Aileen Fergusson, intervint Sean sur un ton particulièrement menaçant. Elle est infirmière et vous avez intérêt à lui obéir, sinon, je vous coffre pour la nuit. C'est compris ?

Murdoch voulut répliquer, mais il comprit que Sean était prêt à lui flanquer son poing sur la figure. Aileen, surprise par l'agressivité soudaine de Sean, commença à soigner Murdoch, qui accepta de se laisser faire, tout en se justifiant :

— Tout est de la faute de cet abruti de Mac Cullins. Ce crétin a insulté mon père en prétendant qu'il avait fait fortune en trafiquant avec les nazis pendant la guerre. Je pouvais pas laisser dire ça, chef !

De l'autre côté de la salle dévastée, Monroe Mac Cullins explosa :

— Tu le sais que c'est la vérité, espèce de salopard ! Et c'est pas tout. C'est ton père qui a assassiné le mien, il y a douze ans !

— C'est faux !

Murdoch se releva. Mais il en fallait plus pour décontenancer Aileen, qui n'était pas spécialement petite. D'une poigne vigoureuse, elle le repoussa sur sa chaise et cria :

— Restez tranquille ! Vous tenez absolument à ce que je vous plante une aiguille dans l'œil ?

Les autres bagarreurs s'étaient calmés. On en avait profité pour régler quelques comptes entre voisins, mais pour les buveurs assidus du pub les meilleures choses avaient une fin et il serait temps, lorsque l'on aurait soigné les éraflures et autres écorchures, d'arroser comme il convenait cette virile empoignade. Il n'y avait eu aucune haine dans ce vigoureux échange de coups de poing. D'ailleurs, le patron commençait à remplir les verres.

Seuls Monroe et Murdoch continuaient à s'invectiver. Solidement pris en main par le docteur Honegger, Monroe s'obstinait :

— Vous ne perdez rien pour attendre, les Mac Murhan ! Un jour, je vous ferai payer tout ça. Tous ! Et très cher !

Puis, jugeant qu'il avait assez perdu de temps avec le médecin, il se leva et quitta le pub d'un pas mal assuré, embrassant aussi involontairement que brutalement le chambranle au passage.

— Dans l'état où il est, il n'ira pas loin, grommela Sean.

Il adressa un signe à l'un de ses subordonnés, qui sortit pour aider le jeune homme à regagner la demeure du clan, située à la sortie sud de la ville. Aileen la connaissait. C'était un magnifique manoir de style victorien, construit un siècle auparavant. Murdoch eut un mouvement pour le suivre, mais la jeune femme l'en empêcha.

— Je n'ai pas fini, cingla-t-elle.

Pendant la guerre, elle avait maté des soldats récalcitrants autrement plus inquiétants que lui.

— Vous avez entendu ce qu'il a dit ? grommela-t-il pour se justifier. C'est une menace caractérisée. Je vais porter plainte...

— Si vous voulez. Mais arrêtez de bouger !

Il finit par se calmer. De son œil valide, il la regarda attentivement, puis déclara, sur un ton à peu près aimable :

— J'ai l'impression de vous connaître... Vous ressemblez à Molly O'Donnell.

— C'est normal. Je suis sa fille.

— Sa fille ? Alors, ça explique tout. Et vous êtes infirmière ?

— Ce pansement le prouve, non ?

— Ouais. Je n'ai presque rien senti quand vous m'avez recousu. Vous travaillez bien.

— Merci.

Elle l'abandonna pour s'occuper d'un autre blessé. Mais l'un des buveurs avait entendu son nom.

— C'est pas vrai ! s'exclama-t-il avec un sourire un peu édenté. Tu es la fille de notre Molly ? Notre Anglaise préférée ?

Tous s'approchèrent, les trognes tuméfiées fendues par des sourires hilares.

— La petite Aileen ? Ça par exemple ! Tu as bigrement changé.

— La dernière fois que je t'ai vue, c'était avant la guerre, dit un autre. Tu promettais de devenir un beau brin de fille. Eh bien, on peut dire que tu as tenu parole !

Il éclata de rire, imité par les autres. Aileen finit par sourire devant la bonne humeur revenue.

— Tu vas bien boire une petite goutte avec nous ? s'exclama l'un d'eux.

— Si vous ne voulez pas que je vous découpe en lanières, il vaudrait mieux éviter tant que je n'aurai pas fini...

— Prends ton temps, ma belle, dit un vieux au regard rigolard. Ce n'est pas si souvent qu'on a la chance de se faire recoudre par une aussi jolie fille... Ça nous change de ce vieux crapaud de Honegger. Oh, le prenez pas à mal, m'sieur le docteur, mais avouez qu'elle est plus appétissante que vous !

Sean écarta les bras en adressant un regard complice à Aileen. « Voilà l'essentiel de ma mission, semblait-il dire. Calmer les ardeurs belliqueuses d'une poignée d'ivrognes. »

Plus tard, lorsque Sean la raccompagna chez elle, l'esprit embrumé par le verre de whisky Mac Murhan qu'elle avait fini par accepter, elle lui demanda :

— Tu ne crains pas que cette affaire ait des suites ? Ce Monroe avait l'air vraiment haineux.

Sean haussa les épaules.

— Ce ne sont pas les premières menaces que j'entends, ni les premières bagarres auxquelles je mets un terme. Ce sont des paroles de colère, ça. Je passerai voir son frère, Nichol, pour l'inciter à le calmer. Ne t'inquiète pas. Demain, tout sera rentré dans l'ordre.

Pourtant, Sean se trompait. Le lendemain dans l'après-midi, Aileen vit arriver une Moyra tout excitée.

— Qu'est-ce qui se passe ? On dirait que tu as le diable à tes trousses.

— Tu ne devineras jamais. Tu te souviens de la légende que nous avait contée le vieux Malcolm ?

— Bien sûr.

— Elle parlait de la bride qu'Aileas Mac Murhan avait réussi à passer au cou d'un kelpie. La légende disait aussi que si le clan Mac Murhan venait à perdre cette bride magique, il serait exterminé..

— Oui, et alors ?

— Eh bien, la bride, elle a disparu ! Et les Mac Murhan vont bientôt mourir ! Tous !

7

— Qu'est-ce que tu racontes ?

— Tu ne te souviens pas ? C'est la malédiction lancée par la mère de Moray Mac Cullins, celui qui a été trahi par Gordon Mac Murhan. Elle a dit quelque chose comme ça « Le jour où la bride du kelpie disparaîtra, tous les membres du clan des Mac Murhan périront jusqu'au dernier ! »

— Oui, je me rappelle cette malédiction. Mais c'est une légende. Je ne crois pas que les Mac Murhan soient vraiment en danger.

Moyra écarta les bras d'un geste fataliste.

— C'est bien ce que je disais : tu ne crois plus à rien. Pourtant, tu étais présente lorsque Monroe Mac Cullins a menacé de tuer tous les Mac Murhan.

— Il n'a pas dit qu'il voulait les tuer. Il a dit qu'ils paieraient très cher.

— Ça revient au même !

— Pas du tout ! Il était en colère. Il venait de se battre avec Murdoch. Ils avaient le nez en sang, tous les deux. Ni l'un ni l'autre n'avaient les idées très claires. Sean m'a dit que ce n'était pas la première fois que ça arrivait. Pourquoi voudrais-tu que Monroe se décide aujourd'hui à tuer tous les Mac Murhan de la création ? C'est absurde.

— Moi, je suis sûre qu'il va se passer quelque chose. Tu verras, ajouta-t-elle en pointant un doigt convaincu sur son amie.

Aileen haussa les épaules.

— Tu ne crois pas qu'il pourrait s'agir plus simplement d'un cambriolage ? La demeure des Mac Murhan est réputée pour contenir des objets magnifiques...

— Justement, c'est ça le plus bizarre. Il paraît que rien n'a été dérobé, à part la bride. Pour moi, c'est un signe.

— Qui pourrait avoir intérêt à voler cette vieillerie ? Elle n'a aucune valeur en elle-même.

— Elle n'a pas été volée, elle a disparu, c'est différent ! C'est la bride de la légende. Elle est très ancienne. Et elle est magique.

— Parce que tu crois encore à tout ça ?

— Bien sûr !

— Rien ne prouve qu'il y ait une once de vérité dans la légende. D'ailleurs, comment peut-on être sûr que cette bride remonte au quatorzième siècle ? A mon avis, elle a déjà dû être remplacée plusieurs fois au cours du temps...

— C'est une bride magique, s'obstina Moyra.

Aileen renonça à discuter. Moyra était très religieuse, à l'inverse d'Aileen, que les horreurs vécues pendant la guerre avaient conduite à sérieusement douter de l'existence d'un dieu de miséricorde. Ame simple, Moyra croyait encore au merveilleux et à la toute-puissance d'une divinité bienveillante et invisible, mais omniprésente. Tout comme elle croyait aux fantômes et aux monstres tapis dans les profondeurs des lochs. Il était inutile d'essayer de la faire changer d'avis.

Devant le scepticisme d'Aileen, Moyra insista :

— J'en ai parlé autour de moi. Les gens sont d'accord. Ils pensent tous que les Mac Murhan vont mourir.

— Eh bien ! Et Sean qui disait que c'était une région calme... Il va enfin avoir de quoi s'occuper, dans les jours qui viennent !

Son ton moqueur mécontenta Moyra.

— On voit bien que tu as quitté la région. Tu as pourtant vu les fantômes des Amants de Feu, il y a vingt ans !

— Ce n'étaient pas des fantômes, Moyra. Nous avons eu très peur parce qu'il faisait nuit et que nous étions jeunes, mais nous avons eu affaire à des personnes bien vivantes. Des gens à qui nous aurions pu porter secours.

— Alors, comment tu expliques qu'ils ne soient pas allés à Inverdeen pour chercher du secours ?

— Je ne l'explique pas.

— Et voilà ! triompha Moyra. C'est la preuve que c'étaient bien des fantômes. Des humains seraient venus demander de l'aide en ville. Moi, ça me fait peur rien que de repenser à la manière dont ils ont tendu leurs mains vers nous. On aurait dit qu'ils voulaient nous attraper. Si on n'avait pas fui, ils nous auraient emmenés avec eux.

Aileen décida de calmer les choses.

— Bien, bien. Tu as peut-être raison.

Cependant, la nuit suivante, de nouveaux cauchemars vinrent hanter Aileen. Sous un ciel bas et rouge, elle montait Skye, tenant dans ses mains une bride hors d'âge, qui menaçait de se rompre à tout moment. Malgré ses injonctions, sa jument augmentait son allure, jusqu'au moment où elle s'apercevait qu'il ne s'agissait pas de sa monture mais d'un cheval noir, qui filait à toute vitesse vers le loch. Elle avait beau hurler, il lui était impossible d'arrêter le monstre, dont la robe se mettait à fumer, puis à brûler, communiquant le feu à ses propres vêtements et lui coupant la respiration.

Elle s'éveilla en sursaut, le corps trempé de sueur, le souffle haletant. Maîtrisant à grand-peine les battements de son cœur affolé, elle constata qu'il faisait trop chaud dans la chambre, ce qui avait sans doute provoqué son cauchemar. Elle se leva, alla boire un verre d'eau pour se calmer. Pourtant, sa sensation de malaise ne s'estompa pas pour autant. Moyra avait semé le doute dans son esprit.

Pouvait-il y avoir quelque chose de vrai dans cette malédiction vieille de plusieurs siècles ?

8

Comme chaque matin, peu avant le lever du soleil, Elizabeth quitta le manoir Mac Murhan et, s'aidant d'un solide bâton de marche, entreprit sa marche quotidienne en direction des flancs du Ben Etive. Qu'il pleuve, qu'il neige ou qu'il vente, elle n'aurait renoncé à cette promenade pour rien au monde. Elle lui permettait de s'évader pour un temps de l'atmosphère lourde de la vieille demeure, où il serait toujours bien assez tôt d'affronter le vieil Angus.

Avançant d'un pas déterminé, elle frappait le sol de coups hargneux. Elizabeth Mac Murhan était en colère. C'était chez elle une seconde nature. Qui pouvait encore se vanter de l'avoir vue sourire une fois ? Le visage mince, les lèvres serrées, les yeux sombres, les cheveux noirs striés de fils gris et plaqués en un chignon austère, elle portait également une paire de lunettes sans fantaisie qui ne contribuaient pas à la rendre plus avenante. Malgré un âge encore relativement jeune, son allure lui conférait déjà l'aspect d'une vieille femme.

Elizabeth détestait tout le monde. Son père, tout d'abord, qui avait encore plus mauvais caractère qu'elle, et qui vociférait à la moindre provocation. Son frère Murdoch, qui, bien que plus jeune qu'elle, avait repris l'exploitation de la distillerie. Nul doute qu'il complotait dans son coin pour l'écarter de l'héritage, celui-là. Mais il ferait beau voir ! Elle détestait aussi ses domestiques, qui ne lui obéissaient jamais assez promptement et qui se moquaient d'elle derrière son dos. Elle le savait, elle les entendait rire sous cape. De qui, sinon d'elle-même, parce qu'elle était laide, et parce qu'elle était une vieille fille ? A quarante-sept ans, elle n'avait jamais connu l'ombre d'un prétendant, tous écartés par son père – du moins le croyait-elle. Car il ne lui venait pas à l'esprit que les hommes de la région aient pu tout simplement être découragés par son caractère acariâtre. Il y avait eu la guerre, aussi, qui avait éloigné tous les partis possibles de la région. Elle avait déjà vingt-neuf ans lorsqu'elle avait éclaté. Et six de plus lorsqu'elle s'était achevée.

En dirigeant le manoir d'une main de fer, elle se vengeait de toutes les petites mesquineries que les autres, maîtres comme serviteurs, lui faisaient subir. Malheur à celui ou celle qui commettait la plus petite erreur.

Elizabeth n'était pas heureuse. Parfois, il lui arrivait d'envier sa sœur Margareth, qui avait eu le courage de tout quitter pour aller vivre en Amérique avec l'homme qu'elle avait choisi. Un Mac Cullins ! Elle avait osé braver l'interdit, ignorer la vieille haine ancestrale, dans laquelle leur père, Angus, et son père avant lui entretenaient la famille. Il en était ainsi depuis toujours. On ne pardonnait pas aux Mac Cullins d'avoir été l'objet d'une trahison commise par un Mac Murhan. Dans le clan, on avait d'ailleurs une interprétation bien différente de la légende. Car on ne pouvait admettre qu'un Mac Murhan ait été assez vil pour commettre une telle déloyauté. Selon la version de la famille, Gordon avait été ensorcelé par la nouvelle épouse de Moray Mac Cullins, la perverse Neilina. Elle l'avait attiré dans un piège immonde qui l'avait amené à dénoncer son meilleur ami aux Anglais. De là venait la malédiction. Car Neilina n'était autre qu'un démon succube surgi des entrailles de la Terre, qui n'avait agi ainsi que pour semer le malheur et la désolation. Gordon ne l'avait pas violée, ainsi que le prétendait l'histoire officielle, c'était elle qui l'avait contraint à s'accoupler avec elle. Lorsqu'il avait pris conscience de ce qu'il faisait, il était trop tard. Voilà pourquoi il avait sorti sa dague et égorgé la démone. Il s'était ensuite débarrassé du cadavre en le jetant dans le loch, afin qu'il soit repris par le diable. Voilà quelle était la vérité sur la légende de la prétendue trahison de Gordon ! La seule vérité !

Cela n'avait pas empêché ces maudits Mac Cullins de se poser en victimes et la vieille sorcière qui leur servait de mère de lancer sa malédiction à propos de la bride. Un frisson parcourut Elizabeth à l'évocation de sa disparition. Personne n'avait rien remarqué. Les domestiques n'avaient rien entendu. Elle les avait accusés, bien sûr, mais ils avaient tous nié. Les hypocrites ! Mais elle saurait bien découvrir celui qui avait commis le larcin. Pour lui faire peur ! A elle ! A cause de la légende !

Et cet imbécile de Murdoch qui avait cru malin de se battre avec l'autre abruti de Monroe Mac Cullins ! Il était rentré avec une arcade sourcilière amochée, ce crétin ! Leur père n'avait rien dit. Il n'avait plus l'âge de se battre et, surtout, son état de santé ne le lui permettait plus, mais elle se souvenait que, vingt ans plus tôt, il n'était pas le dernier à faire le coup de poing dans les pubs d'Inverdeen et d'ailleurs. Il en conservait quelques cicatrices, lui aussi.

Elizabeth reprit son souffle quelques instants. Les pentes du Ben Etive devenaient de plus en plus difficiles avec les années. Mais c'était le seul endroit où elle trouvait un semblant de paix. Elle était sûre de n'y croiser ni son père ni l'un de ses frères. Le deuxième, Lawrence, ne valait pas plus cher que l'aîné ! Un artiste ! Comme si on avait besoin de ça dans la famille ! Enfin, lui au moins ne hurlait pas au moindre prétexte.

Elizabeth contempla un moment la vue magnifique donnant sur le loch et la baie, encore plongés dans une demi-nuit. La lumière de l'aurore rosissait le ciel au-delà des flancs de la montagne. La journée promettait d'être belle, hormis quelques brumes qui traînaient sur les contreforts. Mais elle était peu sensible à la beauté. Ce qu'elle cherchait, c'était la solitude.

Elle frappa le sol de son bâton, puis reprit sa marche en grommelant. Cette histoire de bride disparue la troublait plus qu'elle ne l'aurait voulu. Se pouvait-il qu'il y ait quelque chose de vrai dans cette foutue malédiction ? Elle ne pouvait pas y croire. Pourtant, les domestiques la regardaient différemment depuis deux jours. Sans doute se demandaient-ils où et comment elle allait crever ! Mais elle ne leur donnerait pas cette joie. Elle était en pleine santé. Ce n'était pas pour rien qu'elle s'astreignait à cette marche quotidienne. Elle les enterrerait tous ! Tous ! Le vieux, les frères ! Et la distillerie lui reviendrait. La distillerie… et le reste. Son père ne l'avait jamais tenue au courant des biens qu'il avait accumulés au cours de la guerre, mais elle savait qu'ils existaient. Comment les avait-il obtenus ? Elle n'en savait rien et ne voulait pas le savoir. Aucune importance ! Tout ça lui reviendrait. Un jour !

Soudain, un bruit insolite retentit derrière elle. Elle se retourna d'un bloc. Il n'y avait rien. Sans doute un animal. Elle traversait un bosquet de genévriers. Plus loin, elle connaissait une source fraîche où elle pourrait se désaltérer avant de songer à redescendre. Elle arriverait quand le soleil serait levé, et gare à celui qui n'aurait pas commencé son travail !

Elle bougonna, se remit en route.

Le bruit recommença. Cette fois, elle était sûre qu'il y avait quelqu'un ! Un berger, peut-être, qui se cachait pour ne pas avoir à la saluer. Imbécile ! Elle frappa de nouveau sur le sol, puis haussa les épaules et reprit sa marche. L'instant d'après, elle reçut un coup violent dans le dos. La respiration coupée, elle voulut réagir, partagée entre la fureur et un début de panique. Elle tomba sur les genoux, voulut se retourner. Elle aperçut alors une silhouette sombre, gigantesque, des yeux profonds qui la contemplaient d'un regard glacé, sans aucune pitié. Un regard qui n'avait rien d'humain.

Elle sut alors qu'elle allait mourir.

9

Le lendemain, lorsque Aileen s'éveilla, la sensation de malaise ne s'était pas dissipée. L'esprit embrumé, elle prit une douche, puis un solide breakfast, et se sentit mieux. Elle passa la matinée à poursuivre son rangement, classant, ordonnant, remisant. Elle fit aussi le tri, avec remords et culpabilité, dans les vieilleries accumulées par Molly au fil des années, dont elle remplit plusieurs cartons destinés aux poubelles.

En début d'après-midi, après un repas rapide, elle estima qu'elle en avait assez fait pour la journée. Au-dehors resplendissait un soleil magnifique. La tempête de la veille n'était plus qu'un souvenir et le temps s'était réchauffé. Afin de chasser ses idées sombres, elle décida de faire une promenade à cheval.

Une heure plus tard, elle chevauchait le long des rives du Starav. La complicité qui la liait à Skye avait eu raison de son mal-être. Parfois, elle poussait la jument au galop, simplement pour respirer à pleins poumons le vent iodé qui lui fouettait le visage. Elle avait l'impression d'être revenue vingt ans en arrière, lorsque son père et elle s'évadaient ainsi pour de longues heures de chevauchée éperdue dans les Highlands. Il lui semblait percevoir son fantôme près d'elle. Mais elle savait ne rien avoir à craindre de lui. C'était un esprit bienveillant qui la protégeait. Vivement émue, elle laissa le vent sécher les larmes qui glissaient de ses yeux. Si

Allan avait pu être encore là... Ils avaient encore tant de choses à partager...

Elle s'arrêta un moment pour admirer le loch. La lumière bleutée irisait les crêtes des vagues au-dessus desquelles planaient des myriades d'oiseaux marins. Elle rechercha l'aigle aperçu quelques jours plus tôt. Sans succès. Elle reprit son chemin.

Soudain, un bruit de moteur attira son attention. C'était la voiture de police de Sean qui passait sur la petite route cahoteuse menant aux ruines. Il s'arrêta à sa hauteur.

— Tu viens de Moorkyle ? demanda-t-il.

— Non, je suis restée près du loch.

— Tu n'as rencontré personne ?

— Même pas un pêcheur ! Pourquoi ?

— Elizabeth Mac Murhan a disparu.

— Comment ça, « disparu » ?

— Elle a quitté le manoir ce matin juste avant l'aube, comme elle le fait tous les matins. Mais nous sommes en fin d'après-midi et elle n'est toujours pas rentrée...

— Elle a peut-être eu envie de s'évader un peu de l'atmosphère de son clan. Il paraît qu'on ne rigole pas tous les jours, chez eux.

Sean fit la moue.

— Ce n'est pas dans ses habitudes, de disparaître ainsi. Elle est réputée pour mener une vie réglée comme du papier à musique. Son père est très inquiet. Il m'a prévenu en début d'après-midi.

Sean remarqua qu'Aileen avait pâli.

— Cela n'a pas l'air d'aller, dit-il.

Elle secoua la tête.

— Ce n'est rien. Je pense à ce que m'a dit Moyra hier. Est-il vrai que la bride du kelpie a été volée ?

Il acquiesça.

— C'est exact. Un truc incompréhensible. Quelqu'un a forcé l'entrée du manoir Mac Murhan en l'absence des propriétaires. On a tout d'abord cru à un cambriolage, mais rien n'a disparu, à part ce vieux machin. Quel intérêt de chaparder cette antiquité ?

— Ce n'est pas une bride ordinaire, rectifia Aileen. Rappelle-toi ce que nous avait raconté le vieux berger. Selon la légende, il s'agit de celle qu'a utilisée Aileas Mac Murhan pour asservir un kelpie à l'époque de William Wallace. C'est un objet très ancien.

Sean haussa les épaules.

— Ça, c'est la légende. Cette bride date peut-être de la même époque et elle a sans doute une certaine valeur, mais le manoir des Mac Murhan renferme des objets autrement plus précieux. Ce voleur est un imbécile..

Aileen l'arrêta :

— Tu sais très bien quelle est la signification de la disparition de cette bride, Sean. Tu connais la malédiction.

— Oui, je la connais, mais je n'y crois pas du tout.

— Tu n'y crois pas, mais avoue que c'est tout de même étrange, insista-t-elle. Hier, la bride disparaît, et aujourd'hui, c'est au tour d'Elizabeth Mac Murhan.

Sean grommela :

— Hum... Je ne suis pas sûr qu'il y ait un lien entre ces deux événements. Mais je suis tout de même inquiet. On peut aussi imaginer qu'Elizabeth ait rencontré quelqu'un et qu'elle ait eu envie d'une escapade amoureuse. Après tout, elle n'est pas si âgée que ça. Mais elle aurait au moins emporté une valise. Or, les domestiques sont formels : elle n'a rien emmené. Elle a disparu au cours de la promenade solitaire qu'elle a coutume de faire chaque matin, à l'aube. Cette promenade dure entre une et deux heures et la mène généralement sur les flancs du Ben Etive, au-dessus de la distillerie. Des bergers disent l'avoir aperçue, comme chaque jour. D'ordinaire, elle est de retour peu après le lever du soleil, heure à laquelle elle commence à houspiller son monde. Seulement, aujourd'hui, elle n'est pas rentrée. Vers midi, le vieil Angus a commencé à s'inquiéter, et il a ordonné à ses gens de fouiller la montagne dans les endroits où elle se rend habituellement. Sans résultat. Elizabeth a bel et bien disparu. Alors, en désespoir de cause, il est venu me signaler cette disparition. J'ai envoyé des hommes à sa recherche. Rien ! Aucune trace.

— Elle a peut-être fait une chute dans une ravine...

— Elle connaît l'endroit comme sa poche. Je commence à penser qu'elle a été attaquée et que son agresseur l'a emportée ailleurs...

— D'habitude, les criminels s'en prennent à des filles plus jeunes, s'étonna Aileen. Et puis Elizabeth n'est pas exactement du genre qui inspire le désir...

— Avec un certain type d'individus, on ne sait jamais à quoi s'en tenir, répondit Sean. Cependant, je voudrais que tu te montres prudente. Si un tueur de femmes rôde dans le secteur, il faut être vigilant.

— Je ferai attention, je te promets, dit-elle.

Il la salua et remonta dans sa voiture.

Aileen le regarda partir, minée par l'inquiétude. Cette disparition inexplicable confirmait la sensation d'insécurité éprouvée depuis son arrivée. Cette histoire de bride était tout de même troublante. Sur le chemin du retour, elle ne put s'empêcher de penser aux menaces proférées par Monroe Mac Cullins à l'adresse des Mac Murhan. Aurait-il été assez lâche pour s'attaquer à une femme ?

Pendant les deux jours suivants, les recherches s'intensifièrent, essentiellement sur les flancs du Ben Etive. Aileen y participa, montée sur Skye, ravie de ces longues balades inattendues. La jeune femme fit ainsi le tour du massif montagneux, scrutant la moindre combe, la plus petite ravine, parfois en compagnie d'autres personnes possédant des montures. Malheureusement, au matin du troisième jour, il fallut se rendre à l'évidence, Elizabeth demeurait introuvable.

— C'est à n'y rien comprendre, déclara Sean. On dirait qu'elle s'est littéralement volatilisée...

— Tu ne penses pas qu'elle aurait pu partir elle aussi pour les Etats-Unis, comme Paul et Margareth ? suggéra Aileen.

— C'est peu probable. Paul et Margareth étaient amoureux l'un de l'autre. Ils ont planifié leur départ. Ils ont même écrit des lettres pour justifier leur décision. Elizabeth n'a rien laissé qui puisse faire penser à une fugue. Quant à partir, elle ne craignait pas son père. Elle avait aussi mauvais caractère que lui.

Il secoua la tête.

— Le vieil Angus vient de me passer un savon mémorable. Il m'a traité d'incapable et il a proféré des menaces contre tous les Mac Cullins du monde, et contre tous les habitants d'Inverdeen.

Le lendemain, délaissant la montagne, Aileen décida de longer le loch. La disparition d'Elizabeth avait éveillé en elle une angoisse sourde que seule une longue évasion à cheval était capable de chasser. Tant pis, son travail attendrait.

Elle s'aventura ainsi jusqu'à la limite de la falaise de Moorkyle qui surplombait les eaux du loch. C'était un endroit encore plus sauvage, où les écueils affleurants rendaient la navigation très difficile pour les barques des pêcheurs. Peu d'entre eux osaient s'y aventurer. Quelques-uns de ceux-là y avaient laissé la vie. Elle observa longuement les lames chargées d'écume qui venaient exploser sur les rochers dans un fracas d'enfer. Ces mouvements majestueux et puissants, sans cesse recommencés, avaient un effet apaisant sur l'âme troublée de la jeune femme.

Elle se rendit compte soudain que le temps s'était brusquement couvert. Elle frissonna, reprit le chemin du retour.

Soudain, quelque chose attira son attention, qu'elle n'avait pas vu à l'aller. Elle était arrivée en un lieu où la végétation arbustive infranchissable qui bordait les rives faisait place à une étendue de rocaille et de galets formant une grève accessible. Elle mit pied à terre et s'approcha prudemment. Abritée derrière un foisonnement de végétation, ce qui expliquait qu'elle ne l'ait pas aperçue avant, une masse informe dérivait au gré des vagues, ballottée par le ressac.

Un instant, elle songea à la légende du kelpie, puis se moqua d'elle-même intérieurement. Mais son angoisse avait resurgi dans l'instant. La prudence aurait voulu qu'elle fît demi-tour pour aller prévenir Sean. Mais quelque chose la poussait à avancer. Elle avança dans l'eau jusqu'à mi-cuisse, s'approcha au plus près...

Et poussa un cri d'horreur. En une fraction de seconde, la chose inconnue s'était retournée et un faciès grimaçant la fixa d'un coup. La masse informe n'était autre qu'un corps humain.

Un corps humain carbonisé.

10

Saisie par la terreur, Aileen recula et chuta dans l'eau glacée. Toussant et crachant, elle se releva et courut rejoindre Skye, tremblant de la tête aux pieds, plus à cause de la peur qu'en raison du froid humide qui lui pénétrait la peau. Elle avait pourtant vu nombre de cadavres pendant la guerre, et aussi au cours de son travail d'infirmière. Mais ici, c'était différent. Inverdeen avait toujours été comme un havre de paix. Il lui fallut plusieurs minutes pour maîtriser son souffle affolé. Un peu calmée, elle se risqua à regarder de nouveau. Le corps était toujours là, soumis au gré des vagues.

Elle prit une profonde inspiration, enfourcha son cheval et galopa jusqu'au poste de police d'Inverdeen, où, par chance, Sean était présent.

— Qu'est-ce qui t'arrive ? Tu es trempée...

— Il y a un cadavre dans le loch, répondit-elle en claquant des dents. J'ai peur que ce soit celui d'Elizabeth Mac Murhan.

— Quoi ?

Elle lui expliqua ce qu'elle avait vu. Il téléphona immédiatement à l'équipe spécialisée d'Oban, qui arriva moins d'une heure plus tard. Aileen avait juste eu le temps de rentrer pour se changer quand Sean et ses collègues se présentèrent chez elle.

— Je suis désolé, Aileen, dit le jeune policier. Il va falloir retourner sur place...

— Je viens.

— Tu es sûre que ça va aller ? s'inquiéta-t-il. Tu es toute pâle.

Elle secoua la tête.

— J'ai été auxiliaire de guerre. J'ai vu des choses bien pires, crois-moi.

Un peu plus tard, ils étaient sur place. L'examen du cadavre confirma qu'il s'agissait d'une femme d'une cinquantaine d'années, que l'on reconnut grâce aux bijoux ternes qu'elle portait.

— C'est bien Elizabeth Mac Murhan, dit Sean, le visage blême.

— Chef, regardez ça !

Son adjoint, Eliott Mulligan, désignait les mains de la victime. Avec horreur, on constata que le criminel ne s'était pas contenté de brûler le corps de la pauvre femme. Il lui avait également tranché les doigts. Il ne lui restait plus que l'auriculaire de la main gauche.

Sa déposition enregistrée, Aileen rentra chez elle, l'esprit en déroute. Elle téléphona à l'hôpital d'Andrew, mais, comme elle s'y attendait, il n'était pas joignable directement.

— Je l'ai en ligne tous les jours, madame, répondit son collègue. Il doit appeler ce soir.

— Dites-lui qu'il s'est passé quelque chose de grave ici. Ne l'affolez pas, je ne suis pas directement concernée. C'est... enfin, il y a eu un crime.

— Un crime ?

— Oui, mais... je n'ai aucun lien avec la victime, mais c'est moi qui ai découvert le corps. Cela m'a beaucoup impressionnée et j'aimerais lui parler.

— Je comprends. Je le lui dirai, madame Fergusson. Je suis sûre qu'il vous contactera aussitôt.

— Merci.

Désemparée, Aileen sortit sur la terrasse pour respirer l'air frais et tenter de retrouver la paix. Indifférent aux turpitudes humaines, le soleil déclinant inondait la petite baie d'une lumière dorée. Le vent lui-même s'était apaisé. Bien que la température se fût réchauffée, Aileen frissonnait. Rarement les montagnes éclairées par les rayons du couchant n'avaient été aussi belles, inspirant une atmosphère de quiétude trompeuse. La jeune femme pressentait que quelque chose venait de commencer. Même si elle n'avait fait que l'entrevoir, le corps calciné l'avait beaucoup plus impressionnée qu'elle ne l'aurait cru. Elle avait vu clairement, lorsqu'ils avaient sorti le cadavre de l'eau, que la quasi-totalité des doigts avaient été coupés. Il était fort possible qu'Elizabeth ait été torturée d'une manière abominable avant d'être brûlée vive.

Soudain, une nausée sournoise secoua Aileen et elle se précipita contre le mur pour vomir. L'image des mains mutilées et calcinées ne voulait pas s'estomper. Elle s'était crue forte parce qu'elle avait affronté l'innommable sous les bombardements. Mais c'était la guerre. Le danger était permanent, la mort une compagne quotidienne. Ici, dans les Highlands, elle s'était toujours sentie en sécurité. Pourtant, le spectre hideux de la violence barbare avait frappé. Et cela, elle avait du mal à l'accepter. Pas ici ! Pas comme ça !

Elle ne connaissait quasiment pas Elizabeth Mac Murhan. Elle l'avait croisée dans les rues d'Inverdeen, quelquefois dans la montagne, mais elle ne lui avait jamais parlé. Sa mort ne la touchait pas directement. Pourtant, elle ne pouvait s'empêcher de faire le rapprochement entre ce meurtre horrible et la disparition de la bride. Alors, allait-il y avoir d'autres meurtres ?

Le soir, Andrew appela, assez tard. Sa voix reflétait son anxiété.

— Qu'est-ce que c'est, cette histoire de crime dont m'a parlé ma secrétaire ?

Aileen lui expliqua ce qui s'était passé.

— C'est incroyable ! dit-il lorsqu'elle eut terminé son récit. Ma pauvre chérie, tu as dû avoir très peur.

— Je ne m'attendais certainement pas à trouver un cadavre dans le loch. Mais ne t'inquiète pas, ça va mieux. Tu sais, j'en ai vu d'autre pendant la guerre. Et à l'hôpital, il m'est arrivé plusieurs fois de soigner des grands brûlés.

— Bien sûr, mais tout de même. S'il y a un fou dangereux qui traîne par là-bas, il serait peut-être plus prudent que tu reviennes à Londres..

— Non. Je n'ai pas envie de me retrouver seule dans notre appartement. J'ai beaucoup de travail à faire ici. Et puis, je suis intimement persuadée que cette affaire a un rapport avec la malédiction qui pèse sur les Mac Murhan. A cause de la disparition de la bride de la légende.

— Je ne crois pas beaucoup aux légendes. Et s'il y a un tueur de femmes à Inverdeen...

— Ce n'est pas un tueur de femmes, le coupa Aileen. Ce sont les Mac Murhan qui sont en danger. Pas moi.

Andrew baissa pavillon :

— Tu fais comme tu veux, bien sûr. Mais promets-moi de revenir à Londres si tu sens le moindre danger peser sur toi.

— C'est promis.

— Je t'aime !

— Moi aussi, je t'aime ! Tu reviens quand ?

— Je dois partir quelques jours pour les Etats-Unis. Mais je pense que je pourrai me libérer un peu dès mon retour. Je te rejoindrai là-bas.

— D'accord.

Le lendemain, Aileen se leva de bonne heure. D'avoir entendu la voix d'Andrew l'avait un peu rassurée et elle avait réussi à trouver le sommeil. Au-dehors, un ciel couvert et bas avait remplacé le soleil de la veille. Un vent froid soufflait de l'océan, balayant la côte de bourrasques puissantes qui venaient s'écorcher en hurlant sur les murs de la maison. Pas question de sortir Skye aujourd'hui. D'ailleurs, elle n'en avait guère envie.

La sensation de menace revenait. Cependant, Aileen n'était pas d'une nature à se laisser abattre. Après tout, même s'il y avait une part de vérité derrière cette malédiction, elle n'était pas concernée. Elle n'était pas une Mac Murhan. Elle s'obligea à penser à autre chose. Depuis quelques jours, un grand projet lui trottait dans la tête, qu'elle allait mettre à exécution. La maison ne nécessitait pas seulement un gros nettoyage. Les pièces n'avaient pas été refaites depuis avant la guerre. Après la mort d'Allan, Molly n'avait jamais voulu toucher ni au papier peint, ni à l'agencement. Les meubles étaient restés en place, là où ils étaient de son vivant. Mais une vingtaine d'années s'étaient écoulées, et murs et boiseries avaient besoin d'une sérieuse rénovation. Aileen aurait pu faire appel à des ouvriers, mais elle aimait bricoler. Son père lui avait transmis le virus quand elle était petite. Pendant ses loisirs, il aimait fabriquer des meubles, des étagères, et posait lui-même le papier peint. Aileen l'aidait. Ces travaux en commun avaient soudé leur complicité. Et Molly, en souvenir de son mari, n'avait jamais pu se résoudre à transformer la maison. Aileen avait retrouvé dans la remise tous les outils de son père, qu'elle avait examinés avec émotion, la tête pleine de souvenirs.

Bien décidée à chasser son anxiété, elle passa la matinée à dessiner des plans, imaginant le futur aménagement, les couleurs de chaque pièce, les bibelots qu'elle amènerait de Londres. Elle aimait cette demeure, construite en L et orientée plein sud. Au rez-de-chaussée, une partie du L était occupée par deux chambres, celle de ses parents et la sienne, qu'elle avait conservée en l'état. Son père avait fait rajouter une salle de bains équipée d'une baignoire au bout du couloir. L'autre partie du L abritait une belle cuisine avec cheminée et un grand salon rendu plus lumineux par deux bow-windows. Sur toute la surface, la maison se doublait d'un vaste grenier éclairé par des lucarnes, dans lequel il était possible d'aménager des chambres pour les enfants à venir et les amis en visite.

Une seconde bâtisse, plus modeste, logeait l'ancien cabinet de vétérinaire d'Allan, qui était resté en l'état. Une troisième, accolée à la seconde, mais indépendante, faisait office de remise, de cave, de débarras. On y trouvait tout un fatras d'outils divers et variés, dans lequel Aileen avait pour l'instant renoncé à mettre de l'ordre.

En début d'après-midi, elle se rendit chez le droguiste d'Inverdeen, un vieux bonhomme jovial du nom de Flanaggan.

— Tiens, mais c'est la petite O'Donnell ! s'exclama-t-il en la voyant entrer. Tu as drôlement grandi, dis-moi.

Approchant allègrement les quatre-vingts printemps, il considérait tous les gens de moins de cinquante ans comme des gamins, et Aileen ne faisait pas exception à la règle.

— Bonjour, monsieur Flanaggan.

— Entre donc, ma belle.

Les sourcils broussailleux, la moustache et le cheveu perpétuellement en bataille, la blouse grise déshonorée par des taches indéfinissables et décorée de copeaux de bois, Robert Flanaggan était l'une des figures d'Inverdeen. On l'eût beaucoup étonné en lui signalant qu'il avait largement dépassé l'âge de prendre sa retraite. Ce mot ne faisait pas partie de son vocabulaire, pas plus que de celui de son épouse, une femme-tronc à l'air affable qui passait son temps derrière son comptoir. A se demander si elle possédait des jambes. Leur antre était une sorte de caverne d'Ali Baba, où bijoux et pièces d'or étaient remplacés par des outils, pots de colle et de peinture, tringles à rideaux, vis, clous, boulons et écrous de toutes tailles, pièces de tissu, lampes à incandescence ou au néon, ainsi que par une quantité impressionnante d'objets à l'usage improbable, le tout entreposé dans la plus parfaite anarchie et la poussière qui allait avec. Chaque année, le comptable chargé de l'inventaire s'arrachait les cheveux devant un tel foutoir. Le vieil homme, lui, savait exactement ce qu'il avait en réserve et dénichait toujours ce qu'on lui demandait en un temps record qui faisait l'admiration de ses clients.

Autre signe particulier, le bonhomme était curieux comme un vieux chat, et les indigènes savaient qu'il fallait satisfaire à un rituel établi depuis des lustres avant qu'il consente à s'occuper de votre commande : échanger des nouvelles du pays, ce qui consistait surtout à répondre aux questions inquisitrices du personnage. Mais il faisait cela avec une telle bonhomie qu'on ne songeait pas un seul instant à lui faire remarquer son indiscrétion. Aileen n'échappa pas à l'interrogatoire

— Alors, c'est vrai, ce qu'on dit ? C'est toi qui as découvert le cadavre ?

— C'est moi, en effet.

— Tu as dû avoir peur.

— Pas mal, oui.

— Bien sûr, un cadavre brûlé, ce n'est pas un spectacle pour une gamine de ton âge.

Gamine ? Le terme froissa quelque peu la jeune femme.

— Vous savez, monsieur Flanaggan, la gamine a tout de même trente-deux ans.

— Trente-deux ans ? C'est pas Dieu possible !

— Eh si, monsieur Flanaggan. Et j'aurais besoin de vos services. Je vais refaire la maison de ma mère.

La tentative pour l'amener à parler boutique échoua lamentablement. Le bonhomme joignit ses mains d'un air navré.

— Ah, cette pauvre Molly ! Qui aurait dit ça, hein ? Elle était pourtant pas bien vieille...

Aileen acquiesça silencieusement. Elle n'avait pas tellement envie de remuer de douloureux souvenirs, mais il en fallait plus pour arrêter le vieux fouinard. Et avec ce qui venait de se passer, il avait de quoi bavarder. A condition de retrouver le fil de la conversation :

— Qu'est-ce que je disais, déjà ? grommela-t-il en fourrageant dans sa tignasse grise. Ah oui ! Quelle histoire, hein ! Je veux dire, cette malédiction. Qui pouvait penser que de telles choses pourraient encore se produire de nos jours ? Après la guerre qu'on vient de vivre...

Aileen hocha la tête d'un air patient. Il leva un doigt sentencieux et jauni par le tabac.

— Tu vas voir qu'ils vont tous y passer, insista-t-il. Tu te rends compte, une malédiction qui date de si longtemps ! C'est pas Dieu possible.

Aileen lui adressa un sourire contrit, puis profita qu'il reprenait son souffle pour lui tendre la liste établie le matin même.

— Est-ce que vous pourriez me fournir tout ça ?

Il remonta ses lorgnons et examina le papier.

— Il va falloir que je commande la peinture et la tapisserie... Mais tu vas pouvoir choisir dans les nuanciers. Pour le bois, les clous, tout ça, je dois avoir ce qu'il faut. Mais tu es pressée, bien sûr, comme tous les gens de la ville. Parce que tu habites à Londres, maintenant, à ce qu'on m'a dit ?

— Oui, mais je suis à Inverdeen pour quelques jours et j'en profite pour faire des travaux. J'ai hâte de voir ces nuanciers.

Après deux heures de tergiversations et de papotages inquisiteurs, Aileen sortit, épuisée, de la droguerie. Mais sa commande était faite. Le père Flanaggan s'était engagé à la livrer le plus rapidement possible. Elle savait qu'il tiendrait parole, surtout à cause de sa femme, dont on savait qu'elle était toujours pressée de faire rentrer l'argent.

Dans la soirée, la voiture de Sean s'arrêta devant le portail. Les nouvelles qu'il communiqua à Aileen n'avaient rien de rassurant.

— Nous avons les premiers résultats de l'analyse, dit le jeune policier. Il semblerait qu'Elizabeth ait été brûlée vive, avec du whisky à soixante-dix degrés, tel qu'il sort de l'alambic...

— Quelle horreur ! Il s'agirait donc de quelqu'un qui avait accès à la distillerie... Un employé mécontent, peut-être.

— Je ne crois pas. Je les connais tous, et je les vois mal se livrer à un tel acte de barbarie. Ce qui est curieux, c'est qu'elle a été tuée le matin même du jour où tu l'as découverte. Or, elle avait été enlevée quatre jours avant. Elle a donc été séquestrée pendant tout ce temps-là. Où ? Nous n'en avons aucune idée. Mais tout prouve qu'il s'agit d'un crime prémédité. Le meurtrier devait l'attendre dans la montagne. Il l'a agressée, l'a emmenée dans son repaire. Les questions ne manquent pas : pourquoi a-t-il attendu plusieurs jours avant de la sacrifier ? Et surtout : pourquoi lui a-t-il coupé les doigts ? Elle aurait dû mourir avant, à cause de ses blessures, mais il a pris soin d'empêcher le sang de s'écouler à l'aide de garrots. Cette pauvre femme a subi un véritable martyre.

— Tu penses qu'il peut s'agir d'une vengeance ?

— Ou d'un crime sexuel. Nous n'écartons aucune hypothèse.

— Les Mac Cullins...

— Je les ai interrogés. L'annonce de la mort d'Elizabeth les a stupéfiés. Monroe a vraiment eu l'air de tomber des nues. A part les menaces qu'il profère contre les Mac Murhan quand il est saoul, on ne peut rien lui reprocher. Il a dit que s'il avait dû tuer quelqu'un, ça aurait été Angus ou Murdoch, mais certainement pas Elizabeth. Et il ne l'aurait pas torturé comme ça. Toute la famille condamne ce crime épouvantable, et je crois qu'ils sont sincères. Cependant... Monroe n'a pas d'alibi. Il possède sa propre demeure à Inverdeen et il y était au moment où Elizabeth a été enlevée. Je vais faire une demande de perquisition pour inspecter sa maison, par acquit de conscience.

— Mais tu n'y crois pas...

— Non. Monroe n'est pas un mauvais bougre, même s'il est impulsif. Je le vois mal tourmenter cette pauvre femme avec une telle cruauté.

— Et puis, un criminel ne prendrait pas le risque de torturer sa victime dans sa propre demeure.

— Exactement. Nous avons affaire à un homme méthodique. Il a prémédité son geste. Il savait qu'Elizabeth allait se promener chaque jour dans la montagne. Il l'avait certainement épiée sans qu'elle s'en doute et il avait noté ses habitudes. Il a aussi fallu qu'il s'introduise dans la distillerie pour voler du whisky à soixante-dix degrés. Nous avons interrogé les ouvriers. Ils ont confirmé qu'une quantité de plus de trente litres avait disparu. Quelqu'un s'est introduit de nuit dans la distillerie pour prélever l'alcool directement dans l'un des alambics.

— Tu es sûr qu'il ne s'agit pas de l'un d'eux ?

— Nous les avons interrogés. Tous ont des alibis en béton. Et puis, une porte a été fracturée. C'était à peine décelable. Ce qui prouve que le type qui a fait ça est très organisé. Il a agi suivant un plan bien précis. On dirait un travail de professionnel.

— Comment ça ?

— Il n'a rien laissé au hasard. Et c'est bien ça qui m'inquiète, car je me dis qu'il n'y a aucune raison pour qu'il s'arrête là.

— Tu penses donc qu'il va y avoir d'autres victimes ?

— J'en ai peur.

— Alors, les Mac Murhan sont en danger.

— C'est possible, mais rien ne prouve que ce crime ait un rapport avec la malédiction. Il s'agit peut-être d'un individu qui hait les femmes et qui prend plaisir à les torturer avant de les brûler vives. Un psychopathe. Il ne serait pas le premier. Il y a eu d'autres criminels du même genre.

Sean écarta les bras en signe d'impuissance.

— J'avoue que j'y perds mon latin. Nous poursuivons les investigations, sur les rives du loch, dans la montagne, à la recherche d'indices. Sans résultat pour l'instant.

— Tu me tiendras au courant ?

— Normalement, je ne devrais pas t'en parler. Mais toi, c'est différent. C'est toi qui as découvert le corps. Et puis, je ne suis pas tranquille. Si nous avons affaire à un tueur misogyne, tu n'es pas en sécurité ici. Tu vis toute seule. Je vais ordonner que l'on fasse des rondes par chez toi. On ne sait jamais.

— D'accord. Je vais me barricader.

— Tu as une arme ?

— J'ai le fusil de chasse de mon père. Je sais m'en servir, ne t'inquiète pas.

Le soir venu, elle ferma avec soin toutes les portes et fenêtres et arma son fusil, qu'elle garda près de son lit. Elle eut peine à trouver le sommeil.

11

L'enterrement d'Elizabeth Mac Murhan eut lieu deux jours plus tard.

Aileen n'aurait su expliquer ce qui la poussa à faire acte de présence aux obsèques. Bien sûr, elle avait découvert le cadavre, mais cela ne justifiait pas qu'elle s'associât à la peine du clan Mac Murhan. Ceux-ci avaient toujours affiché le plus parfait mépris pour tous les habitants de la ville, et les O'Donnell ne faisaient pas exception à la règle.

Aux temps anciens, la grande majorité des familles d'Inverdeen avaient été liées à l'un ou l'autre clan, ce qui expliquait la foule qui s'entassait dans l'église. Bien que l'époque en fût révolue, les liens de vassalité qui avaient jadis régi la vie du pays s'exprimaient encore lors des événements graves. Cette survivance trouvait également son écho au pub, lorsqu'un Mac Murhan croisait un Mac Cullins. Le souvenir de l'ancienne féodalité resurgissait et les partisans des uns et des autres s'empoignaient avec une vigueur et un enthousiasme reflétant la quantité de whisky absorbée.

Dans le silence du lieu de culte surchauffé par un soleil estival, le prêtre prononça une homélie dithyrambique vantant les qualités de la disparue. Sa bigoterie devint une piété sans faille, ses engueulades quasi quotidiennes avec son père furent gommées pour laisser place à un intense amour filial, son caractère acariâtre se métamorphosa en une « personnalité affirmée et généreuse ». Il déplora sa disparition à un âge encore jeune, loua son âme « modeste et exemplaire ». Puis il encensa le clan Mac Murhan, « cruellement marqué par le destin », et ajouta que Dieu connaissait l'auteur de ce crime immonde et que Sa justice s'abattrait bientôt sur lui. Le prêtre profita également de l'occasion pour fustiger copieusement ceux qui se détournaient du Seigneur et ceux qui abusaient honteusement du whisky et de la bière, ce qui fit baisser le nez aux trois quarts de la population mâle de l'église.

Puis le cortège funèbre prit la direction du cimetière situé sur les hauteurs dominant Inverdeen, sous une chaleur étouffante, plutôt rare dans le nord des îles Britanniques. Bien qu'ils ne le portassent plus dans la vie quotidienne, beaucoup d'hommes avaient revêtu leur kilt de cérémonie, dont le tartan indiquait leur lien avec le clan Mac Murhan. Aileen sourit. Les traditions ne s'oubliaient pas facilement en Ecosse.

Après l'inhumation, la foule se sépara. Sur la petite route qui ramenait vers la ville, Sean vint trouver Aileen. Il était en compagnie d'une jeune femme blonde très jolie, qui avait l'air de s'ennuyer ferme.

— Mon épouse, Kirsteen, la présenta-t-il. Aileen, une amie d'enfance. Je t'ai déjà parlé d'elle.

Les deux femmes se serrèrent la main. Kirsteen dédia à Aileen un sourire sans chaleur.

— C'est vous qui avez retrouvé cette pauvre dame, dit-elle.

— Oui. Ce n'était pas très agréable.

— Mon mari a tenu à ce que je vienne à ses obsèques. Je me demande bien pourquoi.

— Je te l'ai déjà expliqué, dit Sean. En tant que chef de la police, je me dois d'assister à l'enterrement d'une personnalité importante de notre petite ville. Et il est souhaitable que tu sois à mes côtés.

Kirsteen haussa les épaules.

— Ton enquête avance ? demanda Aileen pour briser la gêne.

— Pas vraiment. Il n'y a pas d'élément nouveau. Le criminel n'a laissé aucun indice derrière lui, et nous n'avons aucune idée du motif du meurtre. L'autopsie n'a pas révélé de violences sexuelles. Elizabeth a seulement été frappée dans le dos et à la tête. Puis elle a été séquestrée pendant quatre jours avant d'être ramenée sur les rives du loch Starav où elle a été arrosée de whisky à soixante-dix degrés et brûlée vive. Ses...

Il baissa la voix pour éviter de choquer son épouse.

— Quant à ses doigts, ils n'ont pas été retrouvés. Il semblerait qu'ils aient été tranchés au moins deux jours avant le crime. Un par un, mais, d'après le légiste, sur un laps de temps très court.

— Mais pourquoi avoir fait subir une telle torture à cette pauvre femme ?

— Va savoir ce qui peut se passer dans la tête d'un tel individu ? On a localisé, près des ruines de Moorkyle, l'endroit où l'assassin s'est livré à son rituel abominable. Là encore, aucune marque de pas aux alentours. Il les a probablement effacées, mais beaucoup ont eu vite fait d'interpréter ça à leur manière. L'histoire de la bride disparue a provoqué une espèce d'hystérie collective. Beaucoup d'anciens estiment que s'il n'y a pas de traces, c'est... qu'il n'y en a jamais eu. Et ils affirment à qui veut les entendre qu'Elizabeth n'a pas été tuée par un homme. Le fait qu'elle ait été brûlée vive relie sa mort à la légende des Amants de Feu, et beaucoup commencent à penser que ce sont peut-être les fantômes qui sont de retour pour concrétiser la malédiction des Mac Cullins...

— Des fantômes ! Et une malédiction à six siècles de distance ! intervint Kirsteen d'un ton sarcastique. Qui va croire de telles balivernes ?

— Evidemment, concéda Sean. Mais ils expliquent ça par le fait que le temps ne compte pas pour les fantômes.

D'autres estiment que les Amants de Feu n'y sont pour rien. Pour eux, ce crime est lié à ceux que le vieil Angus aurait commis pendant la guerre.

— Il a pourtant été innocenté, objecta Aileen.

— Bien sûr, mais nombreux sont ceux qui croient encore qu'il est responsable de la mort de Graham Mac Cullins.

Devant eux marchait un homme de haute taille. Agé d'une cinquantaine d'années, il triturait le bonnet de laine qu'il tenait entre les mains et affichait, malgré son aspect de brute, un air angoissé.

— Sa tête me dit quelque chose, remarqua discrètement Aileen.

— Gowan Mac Kensie, un marin au passé douteux, qui est aussi l'homme à tout faire du vieil Angus.

— Un coupable possible ?

— A première vue, non. Il est entièrement dévoué aux Mac Murhan, pour qui il tuerait père et mère. Il vouait un grand respect à Elizabeth. Et il a un alibi en béton pour le matin de la disparition d'Elizabeth : il était en prison pour ivresse. De toute façon, il n'est pas assez intelligent pour avoir commis un tel crime.

— Pourquoi semble-t-il avoir peur ?

— A cause de la malédiction. C'est un esprit simple, même s'il ne s'embarrasse guère de principes. Il redoute que la prédiction de la légende se réalise. Je le soupçonne aussi de partager avec le vieil Angus des secrets inavouables. Et si l'assassin est venu pour se venger des Mac Murhan, il risque fort de se retrouver sur la liste.

— Tu penches donc plutôt pour une histoire de vengeance ?

— C'est la piste la plus vraisemblable. Mais *qui* veut se venger ? Et de quoi ? Mystère.

— Les Mac Cullins ?

— C'est une conclusion trop évidente. A mon avis, il faudrait fouiller dans le passé du vieil Angus. Il a dû se faire pas mal d'ennemis au cours de sa vie. Et j'aimerais bien en savoir plus au sujet de ce qui s'est passé à la fin de la guerre. Mais le dossier militaire est clos et il va être très difficile d'y accéder. Il semble qu'Angus bénéficie de protections occultes au sein de l'armée. Ma première demande a été purement et simplement refusée.

— Tu penses qu'Angus a *vraiment* pu commettre des crimes qui ont ensuite été couverts par l'armée ?

— Ce n'est pas impossible. C'était une drôle d'époque. Mais si c'est le cas, je vais me heurter à un mur. L'armée m'a répondu que, la victime appartenant à la famille Mac Murhan, il n'y a aucun lieu de rouvrir un dossier clos depuis plus de dix ans, et qui a totalement lavé Angus Mac Murhan de tout soupçon. C'est une fin de non-recevoir

— Etrange, tout de même.

Revenue chez elle, Aileen demeura perplexe. Cette dérobade de l'armée semblait plutôt suspecte. La démarche de Sean consistait à rechercher dans le passé d'Angus la trace d'un possible ennemi. Elle ne remettait nullement en cause son innocence. Alors, pourquoi avait-on refusé de lui communiquer le dossier ?

Lorsqu'elle se mit au lit, ce soir-là, elle fut longue à trouver le sommeil. Sans pouvoir s'expliquer pourquoi, elle avait l'intuition que cette affaire avait un lien avec la rencontre extraordinaire que ses camarades et elle avaient faite vingt ans auparavant.

Mais lequel ?

12

Trois jours s'étaient écoulés depuis l'enterrement d'Elizabeth. Trois jours pendant lesquels Murdoch avait espéré croiser l'un de ces maudits Mac Cullins au pub où il se rendait chaque soir. Mais aucun d'eux n'avait eu le courage de montrer son nez. Même leurs partisans s'étaient faits discrets.

Murdoch avait envie de se battre, de cogner sur le premier qui lui résisterait. Les ouvriers de la distillerie en avaient fait les frais depuis les obsèques. Il n'était déjà pas d'humeur facile en temps normal. Depuis la mort de sa sœur, tout le monde en avait pris pour son grade. Et chacun avait courbé l'échine pour éviter d'entrer en conflit direct. Y compris le chef de fabrication, Duncan Macure, un colosse qui n'avait pourtant pas l'habitude de se laisser monter sur les pieds. Mais il avait été assez subtil pour comprendre que le patron n'était pas dans son état normal et qu'il n'hésiterait pas à le flanquer à la porte à la moindre rébellion, quand bien même il aurait du mal à remplacer ensuite un employé de sa valeur. Alors, tous faisaient le dos rond en attendant que l'orage se calme.

Ce soir-là, Murdoch n'était pas allé au pub avant de regagner le manoir Mac Murhan. Il était resté plus longtemps que prévu à la distillerie, sous prétexte de vérifier les comptes. En réalité, il avait fureté dans tous les coins, inspectant les bureaux des administratifs et les vestiaires des ouvriers dans l'espoir de découvrir un indice. Il était persuadé que l'un de ses employés avait partie liée avec l'ennemi de toujours. Et il était furieux parce qu'il n'avait rien trouvé.

Il était plus de vingt-trois heures lorsqu'il sortit enfin de la distillerie. Il avait faim, et surtout soif. Il avait résisté à la tentation de boire un whisky, afin de garder les idées claires. A présent, il comptait bien se rattraper. Pas au pub. Au manoir, où Elizabeth ne serait pas. Ne serait plus. Il ne s'était jamais très bien entendu avec elle. A la vérité, ils se parlaient peu. Elizabeth était sans doute la seule personne avec qui il n'avait pas d'altercations régulières, à l'inverse de son père, qui entendait toujours imposer sa loi, en despote qu'il était. Et Lawrence, qui vivait comme un parasite sur le dos de la famille. Un fainéant qui ne foutait rien de la journée à part barbouiller ses toiles immondes !

Murdoch n'aurait jamais imaginé que sa sœur aînée allait lui manquer autant. Elle était la seule présence féminine qui restait dans la grande demeure depuis la mort de leur mère, trente ans plus tôt, alors qu'il venait seulement d'avoir quatorze ans. Lui-même n'avait jamais réussi à trouver une femme qui accepte de l'épouser. Malgré la fortune plus que confortable du clan. Il en connaissait les raisons : son mauvais caractère, son autoritarisme et son penchant prononcé pour l'alcool. De toute façon, une femme l'aurait gêné. Lorsque l'envie le démangeait, il se rendait à Oban ou à Glasgow pour l'assouvir avec des demoiselles à l'esprit large et au portefeuille gourmand. Finalement, cela revenait beaucoup moins cher qu'une épouse légitime, qui lui aurait pourri l'existence avec des reproches perpétuels. Et avec qui il n'aurait pas pu se livrer aux fantaisies surprenantes que lui autorisaient les demoiselles précitées.

Pestant contre ces « maudits Mac Cullins », il se dirigea vers sa voiture. Soudain, un bruit léger le fit sursauter. Un reste de jour traînait encore en direction de l'océan, découpant les bâtiments de la distillerie en ombres mauves et noires sur le ciel nimbé d'une sombre clarté nocturne. Murdoch se retourna d'un bloc.

— Qui est là ? rugit-il.

Il vit une colossale silhouette noire s'avancer vers lui à pas lents et souples. Un vague relent de peur s'empara de lui un court instant, que la colère chassa aussitôt.

— Qu'est-ce que vous voulez ? cracha-t-il.

La silhouette passa dans une zone éclairée par la lune, et il distingua les traits du visiteur. Alors, la colère s'effaça, pour laisser la place à une panique incontrôlable. Car rien ne pouvait expliquer ce qu'il avait devant lui. Il recula en titubant.

— Non ! C'est pas possible ! C'est pas possible !

Il avait l'impression de devenir fou. Enfin, l'instinct de survie joua et il voulut s'enfuir. Il se mit à courir en direction de sa voiture. Il n'alla pas loin. Avant d'avoir pu atteindre le véhicule, il reçut un coup violent sur la tête et sombra dans le néant.

Lorsqu'il recouvra ses esprits, bien plus tard, il éprouva d'abord une douleur sourde au crâne. Il tenta de toucher la blessure, s'aperçut que ses membres étaient solidement entravés. Il voulut crier, ne réussit qu'à émettre un faible chuintement. Abasourdi, l'esprit en déroute, il regarda autour de lui. Il se trouvait dans une pièce sombre où régnait une épaisse odeur de poisson décomposé. Il en eut un haut-le-cœur.

Il se débattit pour rouler sur lui-même. Il ne réussit pas pour autant à desserrer ses liens. Il semblait n'y avoir personne. Il appela de toutes ses forces, espérant alerter quelqu'un. En vain. Personne ne répondit.

Une longue attente commença, qui dura plusieurs heures. La soif lui déchirait la gorge. Enfin, la porte du réduit s'ouvrit et laissa passer son agresseur

— Fumier ! cracha Murdoch.

La réponse ne se fit pas attendre. Un coup de poing d'une violence inouïe lui fit exploser les lèvres, lui brisant deux dents au passage. L'instant d'après, un poignard de combat apparut dans la main de l'autre. Alors, pour la première fois, il entendit la voix de son ennemi. Une voix rauque, basse, glaciale.

— J'ai une question à te poser !

Sous l'effet de la souffrance immonde, Murdoch s'était évanoui. Il avait répondu à la question posée par son tortionnaire. Mais cela lui avait coûté quatre doigts, que l'autre avait tranchés lentement, méthodiquement, sans tenir compte des hurlements de sa victime. Jamais Murdoch n'aurait imaginé que l'on pût souffrir autant. Il avait hurlé, pleuré, injurié son agresseur, rien n'y avait fait. L'autre avait poursuivi son œuvre épouvantable sans même répondre à ses insultes, se contentant de répéter inlassablement sa question. Jusqu'au moment où Murdoch avait craqué et lâché ce que l'autre demandait. Mais il savait aussi que le fait de lui donner la réponse signait sa condamnation à mort. A bout de force et de résistance, il avait perdu connaissance.

Il se trouvait à présent dans une zone boisée, qu'il ne parvenait pas à reconnaître. La nuit était sur le point de s'achever. A l'orient, de l'autre côté du Ben Etive, le ciel commençait à pâlir. Des douleurs intolérables lui cisaillaient les mains et les poignets, provoquées par les plaies et les garrots posés par le monstre pour éviter qu'il se vidât de son sang.

Une odeur familière flottait dans l'air, qu'il aurait reconnue entre mille : celle du whisky. Une odeur qu'il appréciait particulièrement, mais qui provoqua cette fois en lui une onde de terreur. Il n'avait pas oublié la manière effrayante dont avait péri Elizabeth. Il chercha l'autre des yeux. La haute silhouette noire était là, à quelques pas, qui l'observait d'un œil glacial.

— Ne fais pas ça ! supplia-t-il, en proie à la terreur la plus profonde.

L'autre ne répondit pas. Murdoch s'égosilla :

— Je te donnerai de l'argent. Beaucoup d'argent !

Pour toute réponse, l'homme saisit une nourrice, d'où émanait l'odeur alcoolisée. Murdoch se mit à hurler et à gigoter pour essayer de distendre ses liens. En vain. Epouvanté, il vit l'homme s'approcher. Le regard que son bourreau lui adressa n'avait rien d'humain.

— Ecoute ! C'est pas moi ! gémit-il. C'est mon père J'étais jeune, à l'époque. Je lui ai obéi...

Pas de réponse.

— Mais parle ! s'égosilla Murdoch. Dis quelque chose ! Tu ne peux pas me tuer comme ça !

Peine perdue. Il éclata en sanglots. Il ne voulait pas crever. Pas comme ça ! Mais l'autre ne tint aucun compte de sa panique. Avec terreur, Murdoch vit la nourrice s'élever au-dessus de lui. Il s'en écoula un liquide doré qui imprégna ses vêtements, son corps, ainsi que son visage et ses cheveux. L'alcool lui brûla les yeux. Il brailla de plus belle. Il y avait peut-être des bergers dans les environs. On allait venir à son secours. Il n'allait pas mourir maintenant ! C'était trop injuste !

Il y eut le craquement d'une allumette. L'instant d'après, ce fut l'enfer. Une sensation de lumière intense et, immédiatement après, la morsure insoutenable des flammes qui consumaient ses vêtements, des torrents de feu qui pénétraient ses poumons, étranglant ses hurlements d'agonie dans sa gorge.

Indifférent à sa souffrance, l'homme regarda le feu dévorer sa victime. Lorsque les soubresauts cessèrent, il se fondit dans les profondeurs des arbres.

Dans deux jours commenceraient les Jeux écossais.

13

Une foule enthousiaste se pressait sur le terrain où les épreuves allaient se tenir. Il se situait au sud de la ville, en limite d'une forêt de bouleaux, de chênes et de genévriers. Les spectateurs venaient de tout le pays, mais essentiellement d'Oban. Lors des compétitions, les habitants des deux villes s'affrontaient avec bonne humeur. Mais on accueillait aussi des concurrents venus de Fort William, de l'île de Skye, parfois même de Glasgow. La manifestation réunissait souvent plus de cinq mille personnes. On venait en voiture, en carriole tirée par des chevaux, quelquefois à pied, par les chemins de montagne.

Aileen regretta l'absence d'Andrew. Elle aurait aimé partager ce spectacle avec lui. Il l'avait appelée la veille au soir, toujours aussi inquiet. Il lui avait confirmé qu'il partait quelques jours pour les Etats-Unis. Mais il comptait bien la rejoindre dès son retour.

Un soleil magnifiquc illuminait les pentes du Ben Etive, ce qui n'était pas toujours le cas pour les Jeux. Les gens commençaient à prendre place autour de l'aire, délimitée par des banderoles de couleur, où allaient se dérouler les épreuves. On venait en famille, chargés de lourds paniers débordant de victuailles et abondamment fournis en lager, la bière blonde, ou en ale, la bière brune, que l'on buvait fraîches, et non pas tièdes comme les Anglais. Sans oublier quelques bonbonnes de scotch local..

Aileen aperçut Sean au milieu des spectateurs. Il était en compagnie de Kirsteen. Comme à toutes les grandes occasions, il arborait fièrement un kilt superbe, que l'on appelait plutôt « filleadh beag », en gaélique écossais. Tissé dans de la laine de mouton, il était décoré de motifs colorés, le tartan, ou *breacan*, qui symbolisait l'appartenance à un clan. Plat sur le devant, il se plissait à l'arrière. La qualité d'un kilt s'appréciait à la beauté de la laine et à la manière dont les plis s'accordaient, de manière à respecter le dessin du tartan. De même, le tissu n'était pas bordé d'ourlets. Le kilt était serré par une ceinture ornée de motifs entrelacés, le *crest*, qui rappelait lui aussi l'appartenance à un clan. Le motif du crest se retrouvait sur la garde de l'épingle qui maintenait le rabat en place afin d'éviter au kilt de se soulever. Ne comportant pas de poches, il se complétait du *sporran*, une pochette de cuir ornée de fourrure. La tenue comportait des chaussures, les *ghilie brogues*, dont les lacets étaient noués en triangles.

Selon la tradition, on ne portait rien sous un kilt, ce qui nourrissait grandement l'imagination des dames... surtout lorsqu'un vent malicieux leur venait en aide. En réalité, certains hommes, pour préserver leur intimité, utilisaient malgré tout des caleçons ou des slips. Il était de bon ton de ne pas se préoccuper de ce que les autres portaient ou non sous leur filleadh beag. Cependant, il arrivait parfois qu'un visiteur aussi curieux qu'étranger ose demander à un Ecossais ce qu'il portait sous son kilt. La réponse qu'il obtenait en général était la suivante : « L'avenir de l'Ecosse ! »

A l'origine, le *filleadh mor*, ou grand kilt, était composé de cinq à sept mètres de tissu. Sa longueur permettait de l'enrouler autour du torse, drapé sur l'épaule et fixé par une broche. Il ne constituait pas seulement un vêtement, mais aussi un abri lorsque l'on était surpris par le mauvais temps en pleine campagne. La nuit, on pouvait s'en envelopper complètement et il préservait efficacement du froid. Plus tard, la partie supérieure fut abandonnée et le filleadh mor devint le filleadh beag, ou petit kilt. La tradition voulait que cette modification fût le fait d'un Anglais propriétaire d'une fonderie à Invergarry, qui estimait que le grand kilt gênait ses ouvriers dans leur travail.

La défaite de Culloden, en 1746, faillit sonner le glas du kilt, qui fut interdit par les Anglais parce qu'il symbolisait l'esprit d'indépendance de l'Ecosse. Il survécut cependant, grâce aux régiments des Highlands, composés de soldats écossais au service de l'Angleterre, qui l'adoptèrent comme uniforme.

Le kilt revint à la mode par la suite, dans le courant du dix-neuvième siècle, mais il ne fut plus utilisé que dans les grandes occasions, comme les mariages... ou les Jeux écossais. Les participants devaient tous, par tradition, le porter.

Sean, quant à lui, portait un kilt à l'ancienne, un filleadh mor dans les tons gris-bleu, dont une partie venait lui couvrir l'épaule gauche. Aileen se dirigea vers lui et le contempla avec un large sourire.

— Mais tu es très élégant comme ça !

— Merci du compliment.

La jeune femme se tourna ensuite vers son épouse.

— Bonjour, Kirsteen. Pardonnez-moi, mais Sean et moi, nous nous sommes connus tout petits. Je ne l'avais encore jamais vu en kilt. Il le porte bien.

— Vous êtes très élégante, vous aussi, répondit Kirsteen, sur un ton qui masquait mal une pointe de jalousie.

Aileen portait une robe légère bleu pâle, au décolleté sage mais suggestif, qui mettait les formes de son corps en valeur. Elle avait longuement hésité à la passer. Elle n'ignorait pas son pouvoir de séduction. Aileen aimait plaire. Même si Andrew n'était pas là, et si elle ne songeait pas un instant à en profiter, elle aimait sentir les regards des hommes sur elle. Et ces derniers ne se privaient pas.

— Merci. Je peux aussi vous retourner le compliment.

Elle le pensait sincèrement. Kirsteen était très belle. Mais elle parvenait mal à dissimuler une hostilité latente envers Aileen. Il n'y avait pourtant jamais rien eu entre Sean et elle. Pour briser le malaise, ce dernier déclara :

— Je n'ai pas emporté ma cornemuse. Je fais partie du pipeband d'Inverdeen, mais aujourd'hui, je leur fais faux bond. J'ai bien l'intention d'observer les spectateurs. Peut-être que l'assassin d'Elizabeth est parmi eux.

— Et le voilà reparti à parler travail... soupira Kirsteen.

Sean ne releva pas. Il semblait habitué aux récriminations de sa jolie épouse, qui lui faisait sans doute payer ainsi le fait d'avoir accepté de vivre loin de la ville.

— Malheureusement, poursuivit-il, je ne dispose pas d'effectifs suffisants. Mes supérieurs parlent de m'envoyer des enquêteurs de Glasgow.

— Je suppose qu'Angus Mac Murhan a dû faire jouer ses relations pour qu'on t'enlève la direction de l'affaire...

— Probablement. Mais je doute que les gugusses qu'ils enverront puissent faire mieux que moi. J'ai épluché tous les indices dont nous disposons. Il n'y a pas le plus petit début de piste. On sait seulement que l'assassin connaît très bien le pays, ce qui signifie qu'il doit s'agir de quelqu'un du coin. En revanche, il a agi à la manière d'un véritable professionnel, méthodique et sans états d'âme.

Il se tut, parce qu'ils venaient d'être rejoints par Moyra, qui leur présenta son mari, William, et leurs enfants.

Soudain, un vacarme aigu éclata à l'entrée du terrain. Les différents pipebands de la région commençaient à arriver, revêtus de leurs costumes traditionnels, sous les acclamations d'un public enthousiaste.

Lorsqu'ils eurent fait deux fois le tour de l'aire de jeu, on assista à un spectacle de danse exécuté par des hommes et des femmes en costume, au son des cornemuses et des tambourins, dont les rythmes déclenchèrent des démangeaisons dans les jambes d'Aileen. Enfant, elle avait pratiqué toutes ces danses. Mais elle savait aussi que les filles terminaient souvent ces exhibitions les pieds en sang.

Puis les épreuves commencèrent, présentées par un animateur bavard et exalté, au débit impressionnant. On assista d'abord au *tug of war*, le tir à la corde. Les équipes, dont le poids total ne pouvait excéder une certaine limite, s'agrippaient à chaque extrémité d'une corde de trois centimètres de diamètre, de part et d'autre de deux lignes marquées au sol et espacées d'une dizaine de yards. Le jeu consistait à amener l'équipe adverse à franchir la ligne de son propre camp, ou à la faire chuter. La palme revint à l'équipe d'Inverdeen, ce qui provoqua un tonnerre d'applaudissements de la part des autochtones, particulièrement les femmes, en raison des gadins spectaculaires ramassés par des participants qui ne portaient rien sous leur kilt.

Tandis que la bière coulait à flots, les épreuves se poursuivirent avec le lancer d'énormes pierres, soit en longueur, soit par-dessus une barre située en hauteur. Lui succédèrent le lancer de marteau, des courses à pied en portant de lourdes charges, et enfin le très attendu *caber toss*, qui consistait à projeter en l'air un tronc d'arbre de cinq à six mètres de long, pesant entre quarante et soixante kilos. Le but n'était pas de l'envoyer le plus loin, mais de lui faire effectuer un demi-tour pour qu'il retombe le plus perpendiculairement possible. Les concurrents étaient tous de rudes gaillards aux trognes déjà rougies par l'ale ou la lager, sans oublier de réconfortantes doses de whisky.

Aux tartans des kilts, on reconnaissait les partisans des clans du pays. Même si la plupart des habitants d'Inverdeen ne se sentaient plus concernés par la haine qui opposait les deux familles, la rivalité trouvait toujours à s'exprimer au cours des Jeux.

Parmi les spectateurs figuraient les notables de la ville, comme le notaire, maître Reginald Saunders, qui avait aidé Aileen à régler ses problèmes de succession. Ils croisèrent également Robert Flanaggan, le vieux droguiste, qui assura la jeune femme qu'elle aurait son matériel dans le courant de la semaine. « Robbie » Mac Dougall, le patron du pub où elle était allée soigner les bagarreurs, la complimenta sur sa robe. Aileen aperçut aussi le vieil épicier, Mac Cormack, celui à qui elle avait chapardé des bonbons autrefois.

Le clan Mac Cullins était présent au grand complet. Surprise, Aileen aperçut Lawrence Mac Murhan en train de bavarder avec Nichol.

— Il leur parle ? s'étonna-t-elle.

— Bien sûr. Lawrence se moque de la haine ancestrale, qu'il trouve ridicule et déplacée à notre époque. Il s'est engueulé plusieurs fois à ce sujet avec son père. Il y a deux ou trois mois, le vieux l'a même frappé en l'accusant de trahir son clan.

— C'est un imbécile.

— Ça ne fait aucun doute. J'ai vu Lawrence après. Il avait un œil tout bleu et une dent cassée. Il était furieux contre Angus. Jamais je ne l'avais vu dans cet état.

— Pourquoi ne s'en va-t-il pas ? Il pourrait couper les ponts avec sa famille.

— C'est compliqué. Lawrence est artiste peintre, mais ses tableaux ne se vendent pas assez bien pour lui permettre de vivre. Alors, pour garder son confort, il accepte de supporter les engueulades paternelles.

Le docteur Samuel Honegger rejoignit le petit groupe. Il était l'un des rares hommes à ne pas porter de kilt, ce qui s'expliquait de par sa confession juive.

— Bonjour, mes enfants, dit-il.

Il appelait ainsi familièrement les trois quarts de la population d'Inverdeen, qu'il avait presque entièrement mise au monde.

— Je suis passé chez les Mac Murhan, confia-t-il. Le vieil Angus ne viendra pas, contrairement aux autres années. Cela vaut mieux, car il est d'une humeur massacrante à cause de son diabète. Mais il est en colère aussi contre son fils Murdoch, qui a disparu depuis avant-hier

— Disparu ? s'inquiéta Sean.

— Oh, ça lui arrive souvent, intervint un nouveau venu, dans lequel Aileen reconnut Lawrence, le frère cadet de Murdoch, venu les saluer.

A l'inverse des autres membres de la famille, il affichait un visage avenant.

— Cela ne vous inquiète pas, après ce qui est arrivé à votre sœur ? s'étonna le policier.

— Un peu, mais pas vraiment. Murdoch est coutumier du fait. Lorsqu'il se sent perturbé par quelque chose, ou lorsqu'il s'est engueulé avec notre père, il part ainsi plusieurs jours. Je sais qu'il se rend à Glasgow, pour...

Il toussota en regardant les femmes.

— Enfin, il rend visite à certaines dames à l'esprit large et à la vertu compréhensive... moyennant finances, bien sûr. Lorsqu'il revient, il est de meilleure humeur.

— Je comprends, acquiesça Sean. Tout de même, il serait bon que vous m'informiez de son retour

— Je n'y manquerai pas.

Malgré tous ses efforts, Sean ne put déceler aucun comportement suspect parmi les spectateurs. Les gens étaient en groupes, riaient fort, mangeaient de bon appétit et buvaient solidement, tout était normal. Il n'y eut même presque pas de bagarres, peut-être à cause du beau temps et de la bonne humeur ambiante.

Tout bascula en fin d'après-midi. Les épreuves étaient déjà bien engagées lorsqu'un hurlement strident retentit dans la forêt située derrière l'aire des épreuves. Sean et Aileen se regardèrent, puis se mirent à courir, suivis par d'autres personnes. Ils s'enfoncèrent dans la forêt, écartant les branches basses, enjambant buissons et ronces. Il ne leur fallut que peu de temps pour découvrir un couple d'adolescents qui s'étaient apparemment éloignés de la foule pour pouvoir s'embrasser tranquillement loin des regards indiscrets. Le garçon comme la fille restaient pétrifiés devant un spectacle horrible. Allongé au milieu d'une petite clairière reposait un cadavre calciné, dont les membres étaient entravés par du fil métallique, vraisemblablement des câbles électriques. Le visage noirci gardait la trace d'une immense souffrance. Malgré l'œuvre du feu, Sean reconnut immédiatement la victime :

— Murdoch Mac Murhan !

14

— C'est officiel ! Je suis dessaisi de l'affaire !

— Comment ça ?

— Glasgow m'a envoyé un inspecteur et son adjoint, spécialisés dans les affaires criminelles. On m'a reproché mon manque de résultats.

— Ce n'est pas juste ! C'est une affaire compliquée. Ces deux types s'imaginent peut-être qu'ils en obtiendront plus ?

Sean eut une moue de dépit.

— Ils en paraissent persuadés, en tout cas. Ils se la jouent à l'américaine, tu sais, Marlowe et compagnie. Ils me prennent pour un bouseux, comme tous les habitants d'Inverdeen, d'ailleurs. A leurs yeux, nous sommes des montagnards crottés à peine capables de lire et d'écrire...

— Quels crétins !

— Ce qui m'ennuie, c'est que Kirsteen le prend encore plus mal que moi. Mais c'est contre moi qu'elle en a. Depuis hier, elle me fait la gueule. Elle me reproche d'être incompétent.

— C'est faux. Tu es un excellent policier.

— Merci, Aileen. Tu es gentille. Mais, parfois, je me demande s'ils n'ont pas raison, à Glasgow.

— Comment ça ?

— Il est vrai que j'ai toujours maintenu l'ordre à Inverdeen. Sur ce plan-là, ils ne peuvent me faire aucun reproche. Mais il est vrai aussi que je n'ai jamais eu d'énigme de cet ordre à résoudre.

— Et alors, tu as été formé pour ça, non ?

— Bien sûr, j'ai les diplômes et la fonction. Mais cela fait deux crimes que l'on commet sur ma juridiction, et je n'ai toujours aucun résultat.

— Eh bien, on va voir comment se comportent tes Sherlock de Glasgow. On verra s'ils font mieux que toi. Et rien ne t'empêche de continuer à enquêter discrètement de ton côté. Si tu veux, je t'aiderai.

Il sourit.

— Tu es une véritable amie, Aileen. Mais je préfère que tu restes en dehors de tout ça. Cela pourrait être dangereux. Et puis...

— Et puis ?

— Kirsteen m'a fait une scène de jalousie, hier soir.

— A cause de moi ?

— Entre autres. Elle n'aime pas trop voir d'autres femmes me tourner autour. Elle est très possessive.

— Mais c'est ridicule. Nous sommes des amis d'enfance.

— Pour elle, l'amitié entre un homme et une femme, ça ne peut pas exister. Il y a toujours quelque chose derrière.

— C'est complètement idiot. Tu veux que j'aille la voir ?

— Oh, surtout pas ! Quand elle a quelque chose en tête, rien ne peut la faire changer d'avis. Elle peut avoir très mauvais caractère, quand elle s'y met.

— D'accord.

Elle secoua doucement la tête avec un sourire.

— Mon pauvre Sean...

Il eut une moue désabusée.

— C'est de ma faute, aussi. J'ai péché par orgueil, comme on dit. J'étais très fier d'avoir épousé une fille très belle. Mais j'aurais préféré qu'elle soit plus facile à vivre.

— Elle est jalouse parce qu'elle est possessive. Cela prouve qu'elle tient à toi.

— Oui, sans doute.

Après la découverte du cadavre, Sean avait écarté tous les curieux et avait rameuté ses hommes, qui tous assistaient ou participaient aux épreuves. Après les premières constatations, il avait fait emmener le corps à la morgue pour une autopsie. Le médecin légiste avait immédiatement constaté qu'il manquait quatre doigts à la main droite et que le mode opératoire était le même que pour Elizabeth.

Dès le lundi matin, Sean avait vu débarquer deux hommes, Fred Brenner et Robert Robson, dit « Bob », qui avaient aussitôt pris les choses en main d'un air supérieur.

« Ça devient une véritable hécatombe, chez vous, avait ironisé Robson, le plus jeune. Il ne fait pas bon s'appeler Mac Murhan, en ce moment. »

Puis ils avaient prié Sean de retourner s'occuper des nombreux ivrognes de la ville et de les laisser faire leur travail. Dépité, il avait rendu visite à Aileen.

— Après avoir pris connaissance de la haine existant entre les deux clans, ils ont analysé mes rapports. Comme Monroe n'a pas d'alibi pour les deux meurtres, ils l'ont emmené au poste pour le cuisiner.

— C'est bien ce que je disais, insista la jeune femme, ce sont des crétins. Je suis sûre que Monroe n'a rien à voir là-dedans.

— Ils vont avoir du mal à prouver sa culpabilité

— Et quels seraient ses motifs, d'après eux ?

— La vengeance, tout simplement.

— Et la vengeance ne peut évidemment venir que du clan ennemi. C'est un peu simplet, comme raisonnement.

— Ils ne vont pas se contenter de Monroe ; ils entendent bien interroger toute la famille Mac Cullins. Nichol est furieux. Cette histoire tombe très mal pour les prochaines élections.

— En attendant, cela fait le deuxième membre du clan Mac Murhan qui est assassiné.

— Et si la légende dit vrai, il ne reste plus que le vieux et Lawrence. Je pense que leurs jours sont en danger.

— Il faudrait les protéger.

— C'est ce que je fais. Mes hommes surveillent le manoir. Sur ordre de Brenner.

Aileen demeura songeuse un moment.

— Ce Lawrence, comment est-il ?

— Différent. Il ne ressemble pas aux autres Mac Murhan. Pourquoi me demandes-tu ça ?

— Et si la raison de ces meurtres était tout simplement... l'intérêt ? Lawrence pourrait avoir décidé de se débarrasser de toute sa famille pour empocher l'héritage. La rumeur prétend que le vieil Angus est très riche. Les immolations par le feu et les mutilations ne seraient alors qu'une mise en scène pour faire croire qu'il s'agit d'une vengeance.

— J'y ai déjà pensé, mais c'est peu vraisemblable. Lawrence est le seul membre fréquentable de la famille. Et puis, pourquoi aurait-il décidé tout à coup de passer à l'acte ?

— A cause de la raclée que son père lui a flanquée il y a quelques mois. C'est toi-même qui m'en as parlé.

Sean réfléchit un instant.

— Oui, bien sûr. Mais c'est à son père qu'il en voulait. Il n'avait pas de mauvaises relations avec les deux autres. Enfin... je ne crois pas.

— Ce n'est qu'une hypothèse, tu sais. Je n'ai rien contre Lawrence, bien sûr. Mais il faut reconnaître qu'il était le mieux placé pour faire disparaître la bride. Et... pour prendre du whisky dans la distillerie.

— C'est exact, mais s'il reste le seul héritier survivant, il sera aussitôt soupçonné. Je ne l'imagine guère en coupable. D'autant plus qu'il ne possède pas d'alibi, lui non plus. S'il était le criminel, il aurait certainement pris soin de s'en fabriquer un.

Le lendemain, dans l'après-midi, Aileen vit arriver la vieille fourgonnette de monsieur Flanaggan qui venait lui livrer son matériel. Le droguiste était dans tous ses états.

— Ils ont arrêté Monroe Mac Cullins ! s'exclama-t-il dès qu'il aperçut la jeune femme. Quelle histoire ! C'est pas Dieu possible !

Aileen voulut lui dire qu'elle était déjà au courant, mais elle ne put en placer une. C'était un grand jour pour un bavard comme monsieur Flanaggan.

— Ces flics de la ville sont des imbéciles ! Monroe, je le connais depuis qu'il est tout môme. Il est incapable de faire du mal à une mouche. De toute façon, ils seront bien obligés de le relâcher. Parce que c'est pas un homme qui a fait ça !

— Qu'est-ce que c'est, alors ?

— C'est la vengeance des Amants de Feu. On parle que de ça dans le bourg. La malédiction des Mac Murhan. La bride a disparu, ils vont disparaître aussi ! Et personne pourra rien faire pour l'empêcher. Les flics, ils peuvent rien contre les esprits !

Aileen acquiesça silencieusement, espérant endiguer le flot de paroles de l'incorrigible bavard. Mais elle n'était pas quitte pour si peu. Tout le temps que dura le déchargement, il lui narra par le menu la légende des Amants de Feu, qu'elle connaissait déjà. Elle tenta bien de le lui dire, mais il ne l'écoutait pas. Elle parvint tout de même à lui poser une question qui l'intriguait :

— Les Mac Murhan ne sont plus que deux. Ne pourrait-il pas y en avoir d'autres ?

— Oh non. Angus est le seul survivant de sa génération. Il avait un frère. Craig, qu'il s'appelait. Mais ils étaient fâchés. Craig était parti vivre en Angleterre. Ça a d'ailleurs été un coup dur pour ton père, parce que Craig était son meilleur ami quand ils étaient jeunes.

— Mon père ne m'en a jamais parlé. Mais il vit peut-être toujours, ce Craig ?

— Non, il est mort bien avant la guerre. Angus est le dernier héritier du clan.

— Il reste Lawrence.

— Lawrence ? Oh, c'est un bon à rien qui vit aux crochets de son père ! Fainéant comme une couleuvre. Et ça se donne des airs d'artiste parce qu'il a barbouillé quelques toiles. Mais c'est pas un métier, ça !

— Il y a des peintres qui gagnent très bien leur vie, objecta Aileen.

— Ouais, bah, c'est pas un métier quand même !

Elle renonça à discuter. Pour le vieil homme, tout ce qui touchait à l'art ne méritait apparemment aucune marque d'intérêt.

Le soir, elle tenta de joindre Andrew. Puis elle se souvint qu'il devait être aux Etats-Unis. Cependant, contacté par sa secrétaire, il l'appela une heure plus tard. Il s'inquiéta aussitôt :

— Tout va bien ?

— Oui, mon chéri. Moi, je vais bien. Mais il y a eu un nouveau meurtre.

— Encore un Mac Murhan ?

— Oui, Murdoch, le directeur de la distillerie. Mort comme sa sœur Elizabeth, brûlé vif par du whisky à soixante-dix degrés. Et on lui a coupé quatre doigts.

— C'est incroyable, cette histoire ! Tu crois que quelqu'un a pu avoir l'idée d'utiliser cette malédiction pour régler ses comptes avec les Mac Murhan ?

— Je n'en sais rien. Sean pense que tout cela pourrait avoir un lien avec les activités douteuses du vieil Angus pendant la guerre.

— C'est une possibilité, en effet. Mais pourquoi l'assassin s'est-il attaqué à ses enfants ? C'est lui qu'il aurait dû frapper.

— Il compte le faire souffrir, peut-être.

— Ouais… Et toi, comment te sens-tu ? Tu veux revenir à Londres ?

— Non. Ce deuxième meurtre confirme qu'il ne s'agit pas d'un tueur de femmes. Je ne risque donc rien.

— Tout de même…

— Et puis, je viens de faire livrer du matériel pour bricoler dans la maison. Je vais refaire toutes les pièces.

— Oh là ! Ma jolie épouse métamorphosée en plâtrier ! J'ai hâte de te rejoindre pour voir ça !

— Quand viens-tu ?

— Je ne peux pas encore te le dire. Bientôt, j'espère. Mais je te préviens, ne compte pas sur moi pour manier la truelle ! Je suis un piètre bricoleur. Dis-moi, il a une idée, ton ami Sean ?

— Les soupçons se portent sur Monroe Mac Cullins, à cause des menaces qu'il a proférées contre les Mac Murhan. Mais Sean ne s'occupe plus de l'affaire. Glasgow a envoyé deux enquêteurs, qui ont pris le relais.

— Ah ?!

— On dirait que ça te fait plaisir.

— Non, ça ne me regarde pas. Mais il ne doit pas être très content, dis-moi.

— C'est surtout sa femme qui le prend mal.

— En tout cas, il faut reconnaître qu'il n'a pas beaucoup avancé.

Aileen s'insurgea :

— C'est une affaire compliquée. Le criminel n'a laissé aucune trace. Et on s'interroge toujours sur les mobiles des meurtres. Je ne suis pas sûre que les deux flics de Glasgow fassent mieux.

— Ce sont des enquêteurs spécialisés. A mon avis, ils connaissent mieux leur travail que Sean.

— Andrew ! Tu es jaloux !

— Mais non. Seulement, admets qu'il n'a jamais eu à traiter d'affaires de ce genre. A part des ivrognes et des voleurs de poules, il n'y a guère de délinquants à Inverdeen.

— Il a été formé pour mener des enquêtes.

— Probablement, mais il manque de pratique, c'est tout.

— Quand même, ils auraient dû lui laisser plus de temps.

— Ne te fâche pas, ma chérie.

— Je ne me fâche pas.

Mais elle devait reconnaître que ses dernières remarques l'avaient agacée. Cependant, il avait mis le doigt sur un point sensible, et il avait semé le doute en elle. Bien sûr, Sean avait choisi de revenir s'installer à Inverdeen parce qu'il aimait le pays. Mais peut-être aussi parce qu'il ne se sentait pas capable de s'intégrer à la brigade criminelle d'une grande ville. Etait-il vraiment qualifié pour résoudre cette énigme ?

L'instant d'après, elle s'en voulut d'avoir eu cette pensée. Sean était intelligent. Elle le savait. Il avait fait un choix, c'est tout. Cela ne remettait pas ses compétences en cause.

Lorsqu'elle se coucha, ce soir-là, sa colère ne s'était pas estompée. Elle en voulait à Andrew, à Kirsteen, et à ces deux imbéciles de flics de Glasgow qui se prenaient pour des héros de romans policiers. Tous ces gens méritaient une bonne leçon. C'est alors qu'elle prit la décision de faire tout son possible pour aider Sean à résoudre ces crimes...

Au nez et à la barbe de ses idiots de supérieurs.

15

Le lendemain, lorsque Aileen s'éveilla, la colère ne l'avait toujours pas quittée. C'était plus une sensation obscure et irrationnelle qu'une rancune réelle. Elle ne comprenait pas pourquoi « on » avait retiré l'affaire à Sean. C'était une sorte de désaveu immérité. Elle l'avait vu travailler. Il était efficace et apprécié de ses hommes. Elle soupçonnait autre chose derrière cette éviction. Sans doute Angus Mac Murhan n'avait-il pas eu envie que Sean vienne mettre le nez dans ses affaires. Il avait probablement appris que le jeune policier avait demandé à ce qu'on lui fasse parvenir le dossier sur l'enquête militaire, et il n'avait aucune envie que l'on rouvre le dossier. Ce qui prouvait bien que cette histoire n'était pas claire.

Pour couronner le tout, Sean n'était pas soutenu par sa propre femme. Jusqu'à Andrew, qui s'était mis de la partie en tentant de semer le doute dans l'esprit d'Aileen. Peut-être était-il un peu jaloux de Sean. Mais ce n'était pas une raison. Et il y avait ces deux flics de Glasgow, qui n'avaient rien trouvé de mieux à faire que d'arrêter Monroe. Si ces deux-là étaient de fins limiers, elle-même était l'archevêque de Canterbury

Elle se leva avec détermination. Sa décision était prise elle allait aider Sean à résoudre les crimes. Elle prit une douche revigorante et s'habilla. Elle sortait de la salle de bains lorsque la voiture de Sean s'arrêta devant la maison. Elle alla lui ouvrir.

— Je vais avoir besoin de tes services, Aileen.

Ça ne pouvait pas mieux tomber.

— Dis-moi !

— Notre infirmière, miss Bowley, s'est foulé la cheville. Ce n'est pas très grave, mais elle va être indisponible pour plusieurs jours. Sa remplaçante a sa propre clientèle et elle ne peut pas assurer tout le travail. Connaissant tes compétences, j'ai pensé que tu pourrais prendre une partie des clients de miss Bowley en charge...

La demande prit un peu Aileen au dépourvu. Mais elle vit aussitôt les avantages qu'elle pouvait tirer de cette situation. S'introduire dans différentes maisons d'Inverdeen lui apporterait peut-être quelques informations utiles à l'enquête. Elle était persuadée que la solution du mystère se trouvait dans le passé des habitants de la petite ville.

— C'est d'accord.

— Je te remercie. Cela ne te prendra pas plus de deux jours par semaine, tu sais.

— Ce n'est pas un problème. A une condition, toutefois !

— Laquelle ?

— Je veux m'occuper en priorité des familles Mac Murhan et Mac Cullins, s'ils ont besoin des services d'une infirmière.

Il la regarda, interloqué.

— Pourquoi eux en particulier ?

— Parce que j'ai décidé de te venir en aide. Je trouve injuste que l'on t'ait retiré cette affaire.

— Tu veux jouer les détectives ?

— Exactement !

— C'est nouveau, ça !

Il éclata de rire.

— Tu ne changeras jamais. Toujours prête à te jeter dans des aventures dangereuses dès qu'on te lance un défi. Tu étais déjà comme ça quand tu étais petite.

— C'est comme ça que nous avons osé affronter les fantômes de Moorkyle, souviens-toi.

— Justement, aujourd'hui, ça peut se révéler dangereux. Tu ne vas pas avoir affaire à d'hypothétiques fantômes, mais à un véritable tueur sans scrupules. Et ça me fait peur.

— Pourquoi ? Je ne fais pas partie du clan Mac Murhan. Et puis, je ne ferai que bavarder avec les gens. C'est fou ce qu'une infirmière peut apprendre de choses lorsqu'elle fait des soins. Les malades ont besoin de se raconter. Qui sait, je glanerai peut-être comme ça quelques informations intéressantes.

Il hésita un instant.

— Bon, dit-il enfin, c'est entendu. Après tout, c'est moi qui suis venu te chercher. Mais promets-moi d'être très prudente. Nous ne savons pas du tout à qui nous avons affaire. N'oublie pas que le meurtrier se cache peut-être dans l'une de ces deux familles.

— D'accord, d'accord. Mais avant que tu ne me donnes la liste des malades dont je devrai m'occuper, je voudrais qu'on fasse le point sur l'affaire.

— Bien, miss Watson.

— Ne te moque pas. Tu ne trouves pas que ce serait un bon tour à jouer à ces flics de Glasgow si nous parvenions à résoudre ces crimes avant eux ?

— Oui, bien sûr. Mais officiellement je ne suis plus en charge de l'enquête. Si je découvre un nouvel indice, je devrai le leur transmettre aussitôt.

— Ce n'est pas toi qui les trouveras, c'est moi. Et je compte bien leur faire la nique.

Son enthousiasme était tel qu'il renonça à lui faire entendre raison. Il avait l'impression d'être revenu vingt ans en arrière, lorsqu'elle décidait, avec autant de courage que d'inconscience, de s'embarquer dans une aventure hasardeuse.

— Nous allons reprendre depuis le début, dit-il. Cette affaire a commencé quand Monroe Mac Cullins a menacé Murdoch Mac Murhan de lui faire payer très cher quelque chose qu'il n'a pas précisé. On peut supposer qu'il exprimait là la vieille haine existant entre les deux clans depuis des siècles. On peut aussi penser à la mort suspecte de Graham Mac Cullins, le père de Monroe, à la fin de la guerre. Quoi qu'il en soit, peu après cette altercation, Angus Mac Murhan signale la disparition de sa fille Elizabeth. Quatre jours plus tard, on découvre son corps carbonisé dans le loch Starav. Elle a été brûlée vive avec du whisky brut sortant des alambics de la distillerie, et l'assassin lui a tranché neuf doigts. Pourquoi ? Mystère. Monroe n'a pas d'alibi pour le jour où elle a disparu. Il est laissé en liberté, parce que je ne peux rien prouver contre lui. Et aussi parce que je ne crois pas à sa culpabilité. Peut-être ai-je eu tort.

« Quelques jours plus tard, c'est le corps de Murdoch que l'on retrouve, brûlé lui aussi, et amputé de quatre doigts à la main droite. Aucune explication, là non plus. Apparemment, dans les deux cas, le criminel a fait en sorte que ses victimes soient vivantes au moment où il mettait le feu au whisky dont elles étaient imbibées. Ce qui indique une volonté délibérée de les faire souffrir. On peut donc en déduire qu'il s'agit probablement d'une affaire de vengeance, peut-être liée à la haine entre les deux clans. Cependant, à part l'absence d'alibi de Monroe pour les moments où les meurtres ont été commis, rien ne permet de supposer que l'antagonisme entre les Mac Murhan et les Mac Cullins soit seul en cause.

— Tu oublies la disparition de la bride.

— C'est vrai. Avant la mort d'Elizabeth, la bride de la malédiction a disparu, ce qui voudrait dire, selon la légende, que tous les Mac Murhan vont mourir. Moi, je trouve que cette disparition est tombée à point nommé pour orienter les enquêteurs vers la thèse de la vengeance. Mais je ne crois pas aux fantômes. Et encore moins à la malédiction. Je pense donc qu'on a volé cette bride pour nous laisser croire que les Mac Cullins étaient en cause. Là-dessus, devant l'absence de résultats, Glasgow me dépêche deux inspecteurs qui me traitent comme un plouc et qui s'empressent de mettre Monroe au frais en pensant qu'il est le coupable en raison des menaces proférées au pub..

— Mais tu ne les approuves pas.

— Disons que la culpabilité de Monroe me paraît douteuse. Il a la tête près du bonnet, c'est vrai, mais je le vois mal couper les doigts de cette pauvre Elizabeth, puis l'asperger de whisky pour y mettre le feu et la regarder se tordre de douleur avant de balancer son cadavre dans le loch. Je le connais depuis toujours. Il est incapable de faire un truc pareil.

— Alors, un autre des Mac Cullins ?

— Voyons ça...

Il sortit un petit carnet sur lequel il avait pris des notes.

— Les Mac Cullins... Une famille plutôt honorablement connue et respectée dans le pays. Ils possèdent une pêcherie et une conserverie, une petite ligne de transport maritime et une compagnie de taxis basée à Glasgow. Des fermes également, et une fabrique de tissu écossais. Ils ne sont pas à plaindre, c'est le moins que l'on puisse dire. Sur ce point, ils n'ont rien à envier aux Mac Murhan.

« Le père, Graham, meurt à la fin de la guerre, dans des circonstances disons... singulières. Mais l'accusé, Angus, a été lavé de tout soupçon par un tribunal militaire.

« La veuve de Graham, Mary, est anglaise. Elle est née en 1890. Elle a donc aujourd'hui soixante-sept ans. On peut difficilement la retenir sur la liste des suspects. Elle ne s'est jamais sentie très concernée par la haine entre les deux clans. Pour elle, il s'agit d'une histoire écossaise qui ne la regarde pas et qu'elle juge stupide en raison de l'ancienneté du motif de discorde. C'est une femme très digne, qui veille sur sa famille et ses gens avec une autorité ferme mais sans excès. En règle générale, elle est appréciée. Ses enfants l'aiment et la respectent.

« Le fils aîné, Nichol, est né en 1910. Il a aujourd'hui quarante-sept ans. Il jouit d'une excellente réputation dans tout le pays. Il s'est illustré dans le régiment des Highlands pendant la dernière guerre, dont il a ramené plusieurs décorations. La notoriété qu'il en a obtenue l'a incité à se présenter aux prochaines élections. Il a toutes les chances de les remporter. C'est un nationaliste, partisan d'une Ecosse indépendante. Il est très apprécié, lui aussi, même s'il n'est pas opposé de façon viscérale aux Anglais. C'est un pacifiste convaincu. C'est lui qui gère la fortune des Mac Cullins. Je vois mal Nichol se lancer dans une affaire de vengeance alors qu'il est sur le point de couronner sa carrière par une victoire politique éclatante.

— Evidemment, ça ne colle pas.

— Paul Mac Cullins. Né en 1917. Il disparaît en 1937, en compagnie de Margareth, une fille du clan ennemi, avec laquelle il a décidé de s'exiler en Amérique. Depuis, personne n'a eu de leurs nouvelles. Ils ont coupé les ponts. C'est peut-être un peu bizarre, mais cela peut se comprendre compte tenu de la manière dont leurs familles les traitaient.

— A priori, difficile de les mêler à cette histoire. Il y en a d'autres ?

— Fenella, la seule fille. Née en 1920, elle a aujourd'hui trente-sept ans et elle vit à Glasgow. Elle est mariée à un certain Stephen Mac Leod, qui est agent de change. Lui non plus n'est pas dans la misère. Fenella revient régulièrement à Inverdeen pour rendre visite à sa mère. C'est une femme un peu hautaine. Deux enfants, un garçon de douze ans, Harold, et une fille de dix, Dorothée. Je vois mal cette femme se livrer à un tel rituel. Fenella est plutôt du genre à intenter un procès.

« Enfin, il y a le dernier, Raphael. Il a trente-cinq ans. Il est marié et vit aussi à Glasgow. Mais il n'est pas venu à Inverdeen depuis Noël. Il se tient un peu à l'écart de sa famille. Je suis allé l'interroger après le meurtre d'Elizabeth. Il est tombé des nues en apprenant le drame. Il travaille beaucoup, dans l'import-export, et il lui serait difficile de se libérer pour commettre des crimes.

« Même si nous ne possédons pas forcément tous les éléments, il semble donc raisonnable de chercher aussi le coupable ailleurs que dans le clan Mac Cullins. Les conditions dans lesquelles les meurtres ont été perpétrés montrent que nous avons affaire à un individu cruel et sans scrupules, mais également intelligent et organisé. Le fait que ni dans un cas ni dans l'autre nous n'ayons réussi à découvrir le moindre indice m'incite à penser que nous avons affaire à un type qui connaît parfaitement son boulot. Un professionnel du crime.

— Un professionnel agit toujours pour le compte d'une autre personne. A ce compte-là, les Mac Cullins peuvent tous être coupables.

— Exact. Mais s'ils ont voulu venger la mort de leur père, pourquoi ont-ils attendu aussi longtemps ?

— Si cette hypothèse est la bonne, il faudra éclaircir ce point. Mais on ne peut écarter cette piste.

— En admettant que les Mac Cullins, ou tout au moins l'un d'entre eux, aient pu utiliser les services d'un tueur, comment établir un lien ?

— Un tueur professionnel ne travaille pas gratuitement. En général, il se fait payer très cher. Il faudrait vérifier les comptes en banque de tous ces gens.

— C'est toujours possible, mais il me faudrait demander une autorisation. Je vais devoir repasser l'idée à Brenner et Robson. Seul, je ne peux rien faire.

— Tu ne connais personne dans les banques qui pourrait te renseigner... officieusement ?

Sean réfléchit un court instant. Puis :

— J'ai une cousine qui occupe un poste assez haut placé dans une banque de Glasgow. Elle pourra peut-être faire quelque chose… Je vais lui téléphoner.

— D'accord. Maintenant, tu vas me donner ta liste de malades.

— Eh bien, tu vas être ravie : le premier que tu dois soigner est Angus Mac Murhan. Miss Bowley le déteste. Et sa remplaçante n'en a pas voulu. Il a besoin d'une piqûre quotidienne d'insuline à cause de son diabète.

16

Aileen se présenta au manoir des Mac Murhan en début d'après-midi. Elle fut accueillie par un majordome au visage compassé qui leva un sourcil étonné en la voyant.

— C'est pour quoi ?

— Miss Bowley est souffrante. Je la remplace. C'est moi qui viendrai cette semaine.

— Ah oui ! Je vais voir monsieur…

— Laissez, Ruppert, je vais m'occuper moi-même de mademoiselle.

— Bien, monsieur.

Aileen reconnut Lawrence, qui s'avança vers elle avec un grand sourire. Elle lui répondit avec réserve. Elle ne pouvait s'empêcher de penser à l'hypothèse qu'elle avait émise sur lui quelques heures plus tôt.

— Soyez la bienvenue, mademoiselle… ?

— Madame ! Madame Fergusson !

— Quel dommage pour moi ! Une telle beauté pour un seul homme, c'est une injustice.

— Je dois faire une piqûre à votre père, le coupa-t-elle fermement.

Apparemment, il ne semblait guère affecté par la mort de son frère et de sa sœur. Ce qui avait tendance à confirmer que son hypothèse n'était peut-être pas complètement dénuée de sens.

— Je vais vous conduire près de lui. Mais promettez-moi de rester un peu ensuite pour… bavarder

— Je n'ai pas beaucoup de temps.

Le manoir, construit dans la pierre noire typique de l'Ecosse, et de style élisabéthain, devait comporter au moins une vingtaine de pièces. Lawrence la guida jusqu'à l'étage où attendait le maître des lieux. Bien qu'elle eût scrupuleusement respecté l'horaire suivi par Miss Bowley, cela n'empêcha pas le vieil Angus de vitupérer parce qu'elle était en retard. Mais Aileen n'était pas du genre à se laisser monter sur les pieds.

— Monsieur, je ne suis pas en retard ! Miss Bowley m'a dit qu'elle venait à trois heures de l'après-midi et il est précisément trois heures.

— Non mais, entendez-vous sur quel ton elle ose me parler ?

— Sur le ton qui convient pour répondre à un homme qui ne sait pas tenir son langage, monsieur ! répliqua-t-elle. Vous avez peut-être l'habitude de terroriser votre personnel, mais je n'en fais pas partie et vous ne m'impressionnez pas ! Otez votre chemise, que je puisse prendre votre tension.

A force de soigner des soldats grossiers pendant la guerre, Aileen avait acquis une autorité naturelle qu'il n'était pas évident de remettre en question. Stupéfait, Angus la contempla, puis releva sa manche en maugréant. Elle positionna son stéthoscope et son tensiomètre, puis appuya sur la poire pour le gonfler.

— Votre tension est un peu élevée, monsieur. Vous devriez vous calmer.

— Je me calmerai si je veux.

Lawrence, qui était resté dans la chambre, derrière la jeune femme, eut un sourire amusé.

— Ne faites pas attention, il est toujours comme ça. Il se met en colère à la moindre provocation. Vous êtes bien arrivée à l'heure, mais il est de mauvaise foi. Par principe, parce que ça l'amuse d'engueuler les autres.

— Toi, fous-moi le camp, espèce de fainéant !

— Non, père. Je ne vais pas prendre le risque de laisser cette jeune femme en proie à votre mauvaise humeur.

— Ne vous inquiétez pas pour moi, répondit-elle. Je sais me défendre.

— Ça, j'ai vu.

Elle rangea le tensiomètre et sortit la trousse de seringues. Tandis qu'elle préparait l'injection, le vieil homme la contempla avec un mélange de hargne et de curiosité. Finalement, cette dernière fut la plus forte :

— Comment vous appelez-vous ?

— Madame Fergusson. Aileen Fergusson.

— Pourquoi est-ce que j'ai l'impression de vous connaître ?

— Parce que c'est probablement le cas. Mon père était le docteur Allan O'Donnell, le vétérinaire. Il a été tué au début de la guerre, à Dunkerque. Ma mère, Molly, est morte à la fin de l'année dernière.

— Molly O'Donnell, oui, ça me revient. Ainsi, vous êtes sa fille.

— Exactement.

— Et vous êtes infirmière..

— Je ne serais pas ici, autrement.

Après avoir nettoyé la peau, elle planta la seringue dans le ventre replet du bonhomme et pratiqua l'injection d'une main sûre. Il grommela .

— Vous piquez mieux que cette vieille folle de Bowley. Je n'ai presque rien senti.

— Merci, répondit-elle avec un petit sourire qui eut le don d'amadouer un peu plus le personnage.

Il se rajusta.

— Bien sûr, vous êtes au courant des drames qui ont touché ma famille. Cela doit faire marcher les langues, dans le pays.

— Je suis au courant, monsieur. Mais je ne suis ici que temporairement. Mon mari et moi habitons à Londres. Je suis venue m'occuper de la maison de ma mère.

— Fergusson… Ce nom me dit quelque chose…

— Vous connaissez mon mari ?

— Non, je ne crois pas. Mais son nom ne m'est pas inconnu.

— Il est réputé dans le milieu médical. Il a publié plusieurs articles. Sur le cerveau, essentiellement.

— Oui, ça me revient maintenant. Elizabeth était passionnée par le sujet. Elle a suivi des études de médecine, autrefois. Elle n'a pas réussi à les mener au bout, mais elle est restée abonnée à des revues. Je m'y suis intéressé aussi, à cause de ce maudit diabète. C'est sans doute là que j'ai vu son nom.

Aileen comprit soudain une chose : le vieil homme avait peur. Une peur irrationnelle, parce qu'il se savait en danger mais ignorait qui était son ennemi et quand il allait frapper. En revanche, il savait peut-être pourquoi. Tandis qu'elle rangeait son matériel, elle déclara, sur un ton compatissant :

— Cette histoire est véritablement étrange, monsieur. Qui pourrait en vouloir ainsi à votre famille ?

— De qui voulez-vous que viennent ces crimes ? Les Mac Cullins nous haïssent depuis des siècles. C'est forcément l'un d'eux.

— Je suis d'Inverdeen, monsieur Mac Murhan. Je sais que les Mac Cullins et les Mac Murhan se détestent depuis longtemps. Je connais aussi la légende, mais je n'y crois guère. En fait, je ne vois pas pourquoi les Mac Cullins auraient décidé tout d'un coup de s'en prendre à votre clan. Il faudrait qu'il se soit passé quelque chose de particulièrement grave, ces derniers temps.

Le vieux baissa le nez.

— Alors, je ne vois pas quoi. Ce crétin de Nichol Mac Cullins se présente aux élections. Cela m'agace, mais je suis un peu trop âgé pour lui faire concurrence. Le seul qui aurait pu le contrer était mon fils Murdoch. Mais ça ne l'intéressait pas. En fait, ce qui l'intéressait, c'était le whisky qu'il fabriquait. Et les femmes ! Des petites traînées qu'il ramassait dans les bars de Glasgow. Des putes ! Voilà tout ce dont il était capable.

Aileen ne broncha pas. Angus désigna Lawrence du menton.

— Quant à celui-là, à part vivre à mes crochets, il n'est bon à rien.

Le jeune homme se contenta de hausser les épaules en réponse.

— Je reviendrai demain, à la même heure, promit Aileen. Et je ne veux rien entendre si je suis en retard. Sinon, je vous pique là où ça fait mal, ajouta-t-elle avec un sourire.

Angus bougonna par principe, mais sourit légèrement à son tour. Aileen quitta la chambre, suivie par un Lawrence impressionné.

— Vous ne vous rendez pas compte de ce que vous avez fait, lui dit-il avec enthousiasme. Votre charme a agi sur lui et il vous a souri. C'est la première fois que je le vois comme ça.

Il se plaça devant elle.

— Vous.. vous avez bien le temps de prendre une tasse de thé ?

Elle fit semblant de réfléchir. En réalité, elle comptait bien répondre à son invitation. Il pouvait lui révéler certaines choses, lui aussi. Elle tergiversa un peu, pour le principe.

— D'accord, mais je ne peux pas rester longtemps. J'ai d'autres patients à voir

Quelques instants plus tard, ils étaient installés dans un petit salon où une femme de chambre les servit.

— Je suis très heureux de votre visite, déclara Lawrence avec un sourire charmeur. Cela fait un peu de distraction dans cette vieille baraque.

— Pardonnez-moi, répondit-elle sur un ton de léger reproche, mais je crois que l'on enterre votre frère demain, et j'ai l'impression que cela ne vous affecte pas vraiment.

— Je ne suis pas hypocrite, Aileen... vous permettez que je vous appelle Aileen ? Je n'avais pas beaucoup d'affection ni pour Elizabeth ni pour Murdoch. Ils ont tous deux hérité le caractère de mon père. Moi, je tiens plutôt de ma mère, qui était un ange. Il le fallait, pour supporter la mauvaise humeur chronique de mon paternel. Malheureusement, cela a usé sa santé. Mon père est un... enfin, vous avez pu constater par vous-même !

— Mais est-il vrai que vous vivez à ses crochets ?

— Oh, pour ça, il a raison. Voyez-vous, je ne suis pas un personnage très recommandable. J'adore la peinture. Mais je suis un peintre sans grand talent. Si j'ai vendu quelques tableaux, il est hors de question que je puisse gagner ma vie avec ça. Je suis lucide. Comme je suis aussi très fainéant et très lâche, je préfère affronter la mauvaise humeur de mon père plutôt que de me lancer dans le monde, travailler et tout ça. D'ailleurs, je ne saurais pas quoi faire.

— C'est vous qui allez reprendre la distillerie ?

— Non, c'est lui. Moi, j'en suis incapable. Diriger une entreprise, ce n'est pas pour moi.

Un peu plus tard, Aileen prit prétexte de ses rendez-vous pour prendre congé de son hôte.

— Ce thé était délicieux, Lawrence. Mais je dois partir.

En sortant, ils passèrent dans le grand salon, où étaient accrochés de nombreux tableaux. On y découvrait les Mac Murhan des différentes générations, ainsi que quelques paysages. Lawrence ne put résister au plaisir de lui montrer l'un d'eux, qui représentait le manoir.

— Celui-là, dit-il, c'est moi qui l'ai peint. C'est le seul que mon père tolère ici. Les autres sont dans mon atelier.

Comme il l'avait dit, il était lucide. Techniquement, la toile était bonne, mais il semblait y manquer la petite touche qui trahissait le vrai talent.

— Trop académique, dit-il avec un soupir.

— Il est tout de même intéressant. Il ne faut pas que cela vous empêche de continuer à peindre.

— Oh, mais je continue. Cela me permet d'échapper à l'atmosphère lugubre de ma famille.

A la vérité, Lawrence était plutôt sympathique. Aileen se demanda si son hypothèse le concernant était vraiment digne d'être retenue. Mais parfois, les gens dissimulent leur vrai visage derrière un masque.

— Quand vous reviendrez, j'aimerais vous montrer mon atelier, si vous le permettez, bien sûr. Les toiles y sont... différentes.

— Ce sera avec plaisir. Mais je tiens à vous prévenir. Je suis mariée, et je suis fidèle à mon mari. Aussi, ne vous faites aucune illusion.

Il leva les mains comme pour s'excuser.

— Ne vous méprenez pas. Je saurai me montrer correct. Mais votre visite me fait du bien. J'ai l'impression de vous connaître déjà.

— C'est normal. Vous m'avez sans doute déjà croisée plusieurs fois.

— Oui, sans doute. Mais ce n'est pas pour ça. J'aimerais... j'aimerais vraiment que nous devenions amis.

Il avait l'air sincère.

— Pourquoi pas, répondit-elle avec un sourire.

Elle désigna les portraits qui s'alignaient sur les murs. Certains étaient visiblement très anciens.

— Ce sont vos ancêtres ?

— Eh oui. Le clan Mac Murhan, ajouta-t-il sur un ton désabusé.

Aileen remarqua immédiatement parmi eux un homme qui ressemblait un peu à Lawrence. Mais ses vêtements correspondaient à la mode des années vingt.

— C'est mon oncle Craig, le frère de mon père, le présenta-t-il. Il paraît que je suis son portrait craché.

— C'est indéniable. Où est-il, maintenant ?

— Oh, je crois qu'il est mort il y a longtemps. Bien avant la guerre.

— Vous l'avez connu ?

— A peine. J'avais six ou sept ans quand il est parti. Je me souviens qu'il se disputait souvent avec mon père. Un jour, Craig a quitté le manoir en claquant la porte. Il n'est jamais revenu. On m'a dit qu'il était mort quelques années plus tard, mais au fond je n'en sais rien.

Aileen contempla longuement le tableau. Le regard lui créait une sensation étrange. Et si ce Craig n'était pas vraiment mort... Peut-être avait-il une raison de revenir se venger. Il y avait peut-être une piste à creuser de ce côté, se dit-elle.

— En tout cas, poursuivit Lawrence, mon père n'a pas fait enlever son portrait, comme il l'a fait pour ma sœur Margareth.

— Pourquoi a-t-il fait ça ? demanda-t-elle, même si elle se doutait de la réponse.

— Vous devez être au courant de l'histoire. Cela a fait assez de bruit, à l'époque.

— J'en ai entendu parler, en effet. On dit qu'elle s'est enfuie en Amérique avec Paul Mac Cullins.

— C'est exact. J'avais vingt-trois ans. Je me souviens que mon père a été d'humeur encore plus massacrante que d'ordinaire pendant plus d'une année après son départ. Il ne lui a jamais pardonné. Pour lui, elle avait trahi le clan avec un membre du clan ennemi.

— Vous ne semblez pas éprouver la même haine que votre père pour les Mac Cullins...

— Certainement pas ! Je trouve tout ça complètement idiot. Je n'ai rien contre eux. Et puis, si l'on en croit la légende, ce serait peut-être à notre famille de leur faire des excuses. Je sais que la version Mac Murhan a considérablement sali la mémoire de la seconde femme de Moray Mac Cullins...

— Neilina.

— Oui, Neilina. Mais je n'en crois rien. Mon ancêtre Gordon était probablement un gros lourdaud qui a trahi son meilleur ami pour lui voler son épouse. Ce n'est guère reluisant, et je n'en suis pas très fier.

— Mais... vous n'avez jamais eu de nouvelles de votre sœur Margareth ?

Il hésita avant de répondre.

— Jamais. Ça m'étonne un peu, parce qu'elle était la seule avec qui je m'entendais bien. Elle non plus ne croyait pas à la malédiction et à la haine ancestrale. La preuve, elle a filé avec Paul Mac Cullins.

— Tout de même, en vingt ans, elle aurait pu vous donner de ses nouvelles. Au moins à vous.

— Oui, bien sûr. Mais je suppose qu'elle a eu envie de rompre avec toute la famille. Moi y compris. Après leur départ, il y a eu la guerre. J'étais ami avec Paul. J'ai approuvé leur projet de départ. C'est vrai qu'ils auraient pu m'écrire.

— Ils l'ont peut-être fait. Chez les Mac Cullins, pourquoi pas...

— Oh non ! Le père, Graham, n'était pas favorable à ce mariage, lui non plus. Paul s'était disputé avec lui à ce sujet. Ils n'ont eu d'autre choix que de s'enfuir. Jusqu'à leur départ, leur vie a été un enfer, surtout pour Margareth. Je comprends qu'ils n'aient plus eu envie d'entendre parler de nous.

Aileen termina la journée épuisée. Les malades laissés par la remplaçante de miss Bowley étaient les plus capricieux, les plus enquiquinants, les plus exigeants. Elle les avait sélectionnés, cela ne faisait aucun doute. Avant de rentrer, Aileen fit quelques courses en ville. Sur le point de rentrer, elle croisa Sean, qui semblait l'attendre.

— Tu me guettais ?

— Je mentirais si je te disais le contraire. Je voulais savoir comment s'était passée ta journée.

— Très bien. Ils sont tous aussi énervants les uns que les autres. Ils rechignent à payer, ils prétendent que je leur fais mal, ils ne comprennent pas pourquoi miss Bowley n'est pas venue elle-même, ou pourquoi ils n'ont pas sa remplaçante habituelle. Le rêve. Et dire que j'ai une quantité de travaux qui m'attend à la maison !

— Je suis désolé. C'est moi qui t'ai attirée dans cette galère. Est-ce que je peux t'offrir un verre au pub pour me faire pardonner ? Un whisky te fera le plus grand bien.

— Un seul, alors.

A la vérité, elle brûlait de lui raconter ce qu'elle avait appris, et le doute qu'elle avait concernant Craig Mac Murhan.

Dans le pub, ils s'installèrent à une table, salués par tous les clients, ravis de revoir Aileen. Quelques amateurs jouaient aux fléchettes dans un coin. Les conversations allaient bon train, tournant essentiellement autour de la mort de Murdoch, dont l'enterrement était prévu pour le lendemain. Dans l'ensemble, tout le monde estimait que les Mac Murhan allaient mourir, ce qui ne semblait pas choquer les buveurs outre mesure. On s'accordait aussi pour dire qu'il y avait sûrement une histoire de vengeance là-dessous, mais qu'il y avait encore plus de chances pour que tout cela fût l'œuvre des Amants de Feu. Et les convictions s'affirmaient à mesure qu'augmentaient les volumes de whisky ou de bière ingurgités par les clients.

— En tout cas, Lawrence ne m'a pas paru spécialement inquiet, dit Aileen. Mais à propos de Craig Mac Murhan, est-on vraiment sûr qu'il soit mort ?

— C'est ce que le vieux Mac Murhan, le père d'Angus, a déclaré, autrefois. Mais j'étais gamin quand ça s'est produit. En vérité, on ne peut être sûr de rien.

Il resta un moment songeur, puis ajouta :

— Il y a pourtant un truc bizarre, qui va dans le sens de ta question. Je suis allé au cimetière, lors de l'enterrement d'Elizabeth. J'ai trouvé toutes les tombes des Mac Murhan. Mais il n'y en avait aucune au nom de Craig. C'est tout de même étrange.

— Il est peut-être enterré ailleurs.

— C'est possible, mais cela ne colle pas avec la mentalité de cette famille. Tous les Mac Murhan doivent être réunis dans la mort.

— Lawrence m'a dit que Craig se disputait souvent avec Angus. Il a peut-être voulu couper les ponts, lui aussi, y compris après son décès.

— Je vais tout de même faire des recherches dans ce sens. Si ce Craig n'est pas vraiment mort, peut-être n'est-il pas étranger à ce qui se passe actuellement.

Aileen demeura songeuse quelques instants.

— Il y a autre chose, dit-elle enfin. Quand j'ai regardé le portrait de Craig, j'ai eu l'impression de le connaître. Or, il a quitté Inverdeen avant ma naissance. Tu ne trouves pas ça drôle ?

— Pas particulièrement. Il doit avoir un air de famille avec les autres Mac Murhan, ceux que tu connaissais.

— Il est vrai que Lawrence lui ressemble beaucoup.

— A propos, j'ai appelé ma cousine. Je lui ai expliqué le problème. Elle est d'accord pour essayer de se renseigner. Elle me tient au courant dès que possible. Ça lui sera facile, les Mac Cullins ont leur compte dans la banque pour laquelle elle travaille.

Soudain, les conversations s'arrêtèrent. Un vieil homme venait d'entrer, dans lequel Aileen reconnut Malcolm, le berger qui leur avait autrefois raconté la légende des Amants de Feu. Il avait largement dépassé les quatre-vingt-dix ans mais il conservait une santé redoutable et continuait de mener ses bêtes sur la lande. Cependant, son visage reflétait le plus profond désarroi.

— Donne-moi un coup à boire, Mac Dougall, dit-il au patron du pub.

Il marqua un temps d'arrêt, eut un regard circulaire pour capter l'attention et ajouta ·

— Ecoutez-moi tous ! Je viens de voir le fantôme de Paul Mac Cullins.

17

Tout le monde regarda le vieil homme comme s'il était devenu fou. Robbie, le patron du pub, lui servit un whisky bien dosé et l'interpella :

— C'est ça, Malcolm. Et moi, tout à l'heure, j'ai croisé la reine. Allez, bois ton coup et arrête de raconter des salades !

— Je te dis que je l'ai vu, bougre de crétin ! Je suis peut-être vieux, mais je suis pas encore sénile. Il était là, sur la lande, on aurait dit qu'il me regardait aussi. Et puis il est parti. Il a disparu dans les bois, en direction de la montagne.

— Tu es sûr que c'était Paul Mac Cullins ? demanda Sean.

— Lui… ou son fantôme. Il a jamais remis les pieds en Ecosse depuis vingt ans. Il est parti en Amérique avant la guerre et il a jamais donné de nouvelles à sa famille depuis. Pourquoi il serait revenu comme ça, tout d'un coup ?

— Il a raison, renchérit le vieux Mac Cormack. Si Paul était vraiment revenu, il serait allé voir sa mère d'abord. S'il l'a pas fait, c'est que c'est pas lui mais son spectre.

D'autres approuvèrent.

— Comment était-il habillé ? demanda Sean.

— Je sais pas. Je l'ai pas vu longtemps. Il portait des vêtements sombres.

— Et tu es sûr que c'est lui ?

— Je l'ai bien connu quand il était jeune, ce gamin. Il venait souvent se balader sur la lande avec la petite Margareth. Il a un peu vieilli, mais c'était bien lui.

Sean hocha la tête et se tourna vers Aileen.

— Qu'est-ce que tu en penses ? demanda-t-il doucement.

— Je ne crois pas que Malcolm soit débile, Sean. Il a toute sa tête. Et il a certainement vu quelque chose.

— Sauf que moi, je ne crois pas aux fantômes. Ce qui voudrait dire que Paul est revenu d'Amérique.

— Dans ce cas, qu'est devenue Margareth ?

— Elle est peut-être morte. Paul s'est retrouvé seul et il est revenu se venger.

Aileen secoua la tête.

— Au bout de vingt ans, il reviendrait pour tuer le clan ennemi ? Ça ne tient pas debout.

— Bien sûr, c'est difficile à croire.

— D'ailleurs, rien ne prouve que ce soit bien Paul que Malcolm ait aperçu. Sa vue a pu lui jouer des tours.

— Il y a de grandes chances. Néanmoins, il ne faut négliger aucune piste. Je vais demander à Nichol Mac Cullins de me fournir une photo de Paul. Je vais la faire circuler dans la région, à tout hasard. S'il est revenu, nous finirons bien par trouver quelqu'un qui l'a vu.

L'enterrement de Murdoch eut lieu le lendemain matin. Une foule importante suivait le cercueil, composée surtout de curieux attirés par cette surprenante histoire de fantômes et de malédiction. Peut-être espéraient-ils du sensationnel au cours des obsèques. Ils en furent pour leurs frais. Le cérémonial fut en tout point semblable à celui qui avait eu lieu quelques jours plus tôt pour la sœur du défunt.

Dans l'après-midi, à quinze heures précises, Aileen se rendit chez Angus, à qui elle devait faire sa piqûre quotidienne. Il ne se montra pas vraiment aimable, mais la jeune femme n'en tint pas compte. Il venait d'enterrer deux de ses enfants et l'on pouvait comprendre qu'il tente de masquer sa douleur sous son caractère acariâtre. La patience et la douceur de la jeune femme réussirent tout de même à amadouer le vieux ronchon.

Lorsqu'elle eut terminé, elle dit :

— Hier, Lawrence m'a montré le portrait de votre frère Craig. Il y a une grande ressemblance entre eux.

Il leva un œil torve vers elle.

— Vous vous intéressez à lui ?

— Non, pas vraiment. Lawrence m'a dit qu'il était mort.

— C'est vrai. Craig était un imbécile. Il voulait à tout prix que nous renoncions à la vieille haine qui existait entre les Mac Cullins et nous. Il disait qu'il fallait leur tendre la main et oublier tous ces siècles de rivalité. Il n'a rien compris !

Le regard du vieillard s'était durci et son visage était devenu rouge sous l'effet de la colère. Il hésita, puis poursuivit, les yeux emplis de rancœur :

— Il était hors de question de se raccommoder avec l'ennemi, qui fait courir une fausse légende depuis toujours sur notre compte. Mon père nous avait pourtant enseigné ça quand nous étions jeunes. Mais Craig disait que la religion incitait à pardonner. De toute façon, Graham nous haïssait autant que nous haïssions les Mac Cullins.

Aileen espéra un moment qu'il allait parler de la guerre et de la mort de son rival, mais il poursuivit sur Craig :

— Ce crétin ne cessait de se disputer avec moi à cause de ça. Un jour, je l'ai flanqué à la porte.

Angus ricana.

— Il croyait peut-être pouvoir emmener avec lui la moitié de la fortune des Mac Murhan, mais c'était mal me connaître. Notre père avait fait de moi l'administrateur des biens de la famille. Comme il n'avait pas d'enfant, il est parti avec une misère. Cet imbécile n'a même pas réclamé la totalité de sa part !

— Vous savez où il est allé ?

— A Londres, je crois. C'était au début des années vingt.

— Mais vous êtes sûr qu'il est mort ?

— Est-ce que je sais ? Quelques années plus tard, j'ai reçu une lettre d'un notaire me disant qu'il était décédé et que j'étais désormais le seul héritier de la fortune des Mac Murhan.

— Il n'est pas enterré à Inverdeen...

— Je ne sais pas où il est. Le notaire m'a averti qu'il avait refusé d'être inhumé ici.

— Vous ne pensez pas qu'il pourrait être encore vivant ?

Il la regarda avec stupéfaction.

— En quoi est-ce que ça vous intéresse ?

— Je ne crois pas aux fantômes. Je me disais que, s'il était encore de ce monde, il pourrait avoir l'idée de se venger de vous. Parce qu'il n'a jamais touché sa part d'héritage.

Angus se frotta le menton d'un air songeur.

— C'est pas bête comme idée. Mais..

Il hésita, poursuivit :

— Mais ça ne colle pas avec le personnage. Il se foutait de l'argent. Il m'a dit qu'il était content de partir et d'être débarrassé de nous tous. Quel imbécile !

Trois jours plus tard, Aileen avait fini par organiser ses journées, entre le bricolage et les soins à ses malades exigeants. Cependant, malgré les multiples questions qu'elle posait d'un air innocent, elle n'avait pu obtenir la moindre information intéressante. La plupart de ses patients, des gens âgés, étaient fermement convaincus qu'il s'agissait de la concrétisation de la légendaire malédiction. Et cela ne les attristait pas plus que cela. Les Mac Murhan, à l'inverse des Mac Cullins, n'étaient guère appréciés.

Au matin du quatrième jour, Sean vint la trouver.

— Tu ne vas pas le croire ! dit-il. J'ai du nouveau pour Paul Mac Cullins. Je pars pour Oban. Je t'emmène ?

— Et comment !

Elle abandonna aussitôt ses travaux et passa des vêtements plus adaptés. Quelques instants plus tard, tous deux avaient pris place dans la voiture de Sean, qui expliqua :

— Nichol avait entendu parler de l'histoire du vieux Malcolm. Il m'a confié une photo de son frère. Bien sûr, dessus, il a une vingtaine d'années, mais on le reconnaît bien. Je l'ai fait tirer à plusieurs dizaines d'exemplaires et je l'ai fait circuler dans le pays, de Fort William à Oban et même plus au sud.

— Tu en as parlé aux flics de Glasgow ?

— Je leur ai raconté la vision de Malcolm. Ils m'ont ri au nez. Ils m'ont demandé ce que je foutais dans la police si je croyais encore aux fantômes. Et ils m'ont conseillé de mieux surveiller ma population d'ivrognes. Je n'ai pas insisté. Après tout, la recherche que j'ai lancée ne concerne pas directement les meurtres, mais la réapparition éventuelle d'une personne disparue depuis vingt ans. Officiellement, aucun rapport. Cependant, ils ne pourront pas dire qu'ils n'étaient pas au courant.

— Bien joué. Alors raconte ! Qu'est-ce que tu as trouvé ?

— Apparemment, à part Malcolm, personne n'a vu Paul dans les environs d'Inverdeen. Mais, tiens-toi bien, un vieux pêcheur se souvient de l'avoir bien connu, avant la guerre, dans un petit port proche d'Oban. C'est lui que nous allons voir.

Il se tut un instant, puis :

— Au fait, ma cousine m'a rappelé à propos des comptes des Mac Cullins. Elle m'a dit qu'il n'y avait rien d'anormal à signaler. Aucun retrait important suspect. S'ils ont payé un tueur professionnel, ils n'ont pas utilisé l'argent de leur banque.

— Ils ont peut-être d'autres comptes ailleurs.

— Ça m'étonnerait. Ils sont assez traditionalistes. Le clan possède des comptes dans la même banque depuis le dix-neuvième siècle. Ils n'ont aucune raison de changer.

— On peut donc en déduire qu'ils n'ont sans doute aucun rapport avec les meurtres.

— A première vue, oui. En revanche, si Paul est revenu, il a peut-être une raison de se venger des Mac Murhan.

— S'il voulait se venger, pourquoi n'est-il pas revenu plus tôt ?

— Il s'est peut-être passé quelque chose que nous ignorons.

— Admettons. Mais tu m'as dit toi-même que le criminel était sans doute un professionnel. Or, Paul n'avait rien d'un tueur professionnel.

— C'est exact. Il faisait des études de médecine.

Aileen sourit. Elle sentait l'excitation grandir en elle. Quand ils étaient enfants, ils adoraient les jeux de piste. Et celui-ci en était un. Grandeur nature.

Le port de Ganavan, situé à environ un kilomètre d'Oban, n'était qu'un petit hameau de quelques maisons, toutes habitées par des pêcheurs. Mais le lieu comportait un pub, dans lequel avait été affichée la photo de Paul. Le patron les renseigna sur l'adresse du pêcheur qui disait avoir reconnu Paul Mac Cullins, un dénommé Philip Mac Alistair. L'homme, désormais âgé de plus de soixante-dix ans, ne travaillait plus et vivait chichement d'une maigre retraite, qu'il dépensait essentiellement au pub.

La trogne sculptée par le sel marin et les épreuves, une casquette vissée sur un crâne passablement dégarni, la chique de tabac gonflant une joue mangée par la barbe, il accueillit ses visiteurs dans sa masure avec une certaine frénésie. Visiblement, il avait l'impression d'être le héros d'une histoire. Il les invita à prendre place sur des chaises bancales à la propreté plus que douteuse et leur proposa une gnôle trouble qu'il baptisa pompeusement single malt, mais qui laissa les deux jeunes gens aussi inquiets que perplexes.

Sean montra la photo.

— Oui, c'est bien ce type, confirma le marin. C'était il y a vingt ans. Je me souviens très bien de lui. Il est arrivé ici un matin. Il causait pas beaucoup. On aurait dit qu'il avait une case de vide, parce qu'il se souvenait plus qui il était. Je me rappelle, quand il est arrivé, il avait même plus de vêtements. Enfin, rien que des lambeaux qui puaient la fumée. D'ailleurs, il avait des cloques sur la peau.

— Des cloques sur la peau ?

— Ouais, on aurait dit qu'il avait été brûlé.

— Comme s'il avait été victime d'un incendie...

— Ouais, quelque chose comme ça.

Sean et Aileen se regardèrent. Les mêmes images leur revinrent en mémoire. Les « fantômes » de Moorkyle n'étaient sans doute pas des vagabonds.

— Vous avez prévenu les autorités ?

Mac Alistair fit la moue.

— Ben non. Faut dire que les flics, sauf vot' respect, m'sieur, ici, on les aimait pas trop. On avait l'habitude de régler nos affaires nous-mêmes.

Aileen intervint :

— Vous souvenez-vous s'il y avait une femme avec lui ?

— Une femme ? Ça, non ! Il était tout seul.

Nouveau mystère. Pourtant, quand ils les avaient aperçus, Paul et Margareth étaient ensemble. Qu'avait-il pu se passer ?

— Qu'est-il devenu ? demanda Sean.

— Le Mitchel Murchadh l'a recueilli chez lui. Sa femme l'a soigné. On a pensé qu'il allait repartir quand il irait mieux. Mais il savait pas où aller. Alors, Murchadh lui a proposé de travailler sur son bateau. Il avait un petit chalutier et l'un de ses marins venait de mourir des fièvres. Le gars, il a accepté. Il fallait bien qu'il mange, pas vrai ?

— Et ensuite ?

— Oh, il a pas eu beaucoup de chance. Ça a duré deux ou trois ans. Il a jamais retrouvé la mémoire. Et puis, au début de la guerre, le chalutier de Murchadh a été envoyé par le fond par un sous-marin allemand. Perdu corps et biens. Personne n'en a réchappé. Alors, votre gars, là, ça fait longtemps qu'il nourrit les poissons. Pourquoi vous le cherchez ?

— Nous faisons une enquête pour sa famille.

— Ils auraient pu s'y prendre avant, grommela le vieux marin.

— Ils n'ont pas pensé à diffuser la photo, à l'époque. Ils pensaient qu'il était parti pour l'Amérique.

— Ouais, bah il y est jamais arrivé.

— Vous l'avez un peu connu, reprit Aileen. Est-ce qu'il vous a dit quelque chose ?

— Ben non. Comme je vous ai dit, il causait pas beaucoup. Quand il était à terre, il restait des heures à regarder les vagues. Moi, je crois qu'il était un peu fou.

— Et en trois ans, il ne vous a jamais parlé de quoi que ce soit ? Il n'a jamais fait allusion à une femme ?

— Jamais. Je vous ai dit qu'il avait l'air cinglé.

— Et son patron, monsieur Murchadh, il ne s'est jamais inquiété de savoir qui il était ?

— Ben non. Il aurait fallu aller voir les flics. Et le Murchadh, il y tenait pas trop.

Sean soupira. Il était probable que le capitaine en question traficotait dans la contrebande. Il n'avait aucune envie que la police vienne y fourrer son nez. Ce qui expliquait son silence et son absence de curiosité.

— Ce monsieur Murchadh a-t-il péri, lui aussi, dans le naufrage ?

— Ils y sont tous restés.

Sean et Aileen comprirent qu'ils n'obtiendraient pas grand-chose de plus. Ils prirent congé du marin.

Plus tard, sur la route du retour, Sean demanda :

— Alors, ton avis ?

— J'avoue que je n'y comprends plus rien. J'avais pensé à une explication. Mais elle ne tient plus.

— Dis toujours.

— Admettons que ce soit bien Paul et Margareth que nous ayons vus ce soir-là. Malcolm a dit qu'ils avaient l'habitude de se retrouver sur la lande. La vieille cabane leur servait de refuge. Malheureusement, le vieil Angus a appris leur liaison. Il les traque, les surprend ensemble. Alors, comme dans la légende, il met le feu à la cabane pour les tuer. Mais ils arrivent à s'enfuir. Ils courent en direction d'Inverdeen pour trouver du secours. C'est là que nous les apercevons. Nous les prenons pour des fantômes et nous nous enfuyons. Ce que nous ne voyons pas, c'est qu'Angus s'est rendu compte qu'ils avaient réussi à s'échapper. Il les poursuit. Il frappe Paul, le laisse pour mort. Peut-être se débarrasse-t-il de son corps en le jetant dans le loch. Mais Paul n'est pas mort. Il est blessé, et le coup qu'il a reçu sur la tête l'a rendu amnésique. Il erre le long de la côte et finit par arriver dans ce petit village de pêcheurs où, ne se souvenant plus de rien, il s'engage sur un navire de pêche. Puis il meurt dans un naufrage, trois ans plus tard.

— Et Margareth ?

— Je ne sais pas. Son père a pu la cloîtrer quelque part...

— Il n'aurait pas pu la garder enfermée pendant vingt ans.

— Elle est peut-être morte de privations ou de chagrin.

— Il y aurait eu un enterrement. Angus n'aurait pas pu garder le corps de sa fille indéfiniment.

— Non, bien sûr. Alors, tu crois qu'il a pu la tuer, comme il aurait tué Paul ?

— Pourquoi pas ? Si ton hypothèse est la bonne, il n'a pas hésité à mettre le feu à la cabane. Mais cela n'explique pas les vengeances actuelles...

— Imaginons que, vingt ans plus tard, l'un des Mac Cullins, d'une manière ou d'une autre, apprenne cette tragédie. Il décide alors de venger son frère en supprimant les Mac Murhan.

Sean fit la moue.

— D'après toi, ce serait donc l'un des Mac Cullins qui éprouverait assez de haine pour massacrer le clan ennemi dans des conditions aussi épouvantables, en brûlant les corps et en coupant les doigts ?

— Je pense que cette histoire est une affaire de vengeance.

— Je ne vois aucun des Mac Cullins capable de tuer avec une telle efficacité. Ces crimes ont été commis par un tueur professionnel, ça ne fait aucun doute. Et puis, comment auraient-ils appris la vérité au sujet d'une disparition qui a eu lieu il y a vingt ans ?

— Je ne sais pas.

— Moi non plus. Et cette histoire de doigts tranchés est incompréhensible, également. Il a quasiment ôté tous les doigts d'Elizabeth. Mais il n'en a enlevé que quatre à Murdoch. Pourquoi ? S'il s'agissait d'une torture, pourquoi s'est-il arrêté plus tôt dans le cas de Murdoch ?

Aileen réfléchit.

— Il y a peut-être une explication, dit-elle au bout d'un moment. Il ne les a pas torturés sans raison. Il voulait leur faire avouer quelque chose. Malheureusement pour elle, Elizabeth ignorait la réponse. C'est pour cela qu'il lui a coupé presque tous les doigts. Il ne s'est arrêté que lorsqu'il a compris qu'elle ne savait réellement rien. En revanche, Murdoch lui a donné cette réponse. Et le tueur s'est arrêté dès qu'il a obtenu ce qu'il voulait.

— C'est une hypothèse intéressante, en effet. Mais... cela n'explique pas pourquoi Malcolm a cru voir Paul sur la lande, alors qu'il a péri dans un naufrage il y a dix-sept ans.

— Il y a une autre explication.

— Laquelle ?

— Paul n'est pas mort dans ce naufrage... Il a pu survivre. Et il revient aujourd'hui pour se venger.

— Mais nous nous retrouvons devant le même problème : pourquoi seulement aujourd'hui ?

— Parce qu'il n'a recouvré la mémoire que récemment.

— Tu crois que c'est possible, ça ?

— Je l'ignore, mais je vais en parler à Andrew quand il reviendra. Je vais aussi sonder les Mac Cullins. Demain, je dois soigner leur mère. Elle souffre d'asthme.

18

— Je me moque de cette histoire de haine ancestrale. Je la trouve ridicule à notre époque, surtout après les cinq horribles années de guerre que nous venons de vivre. Cependant, bien qu'il ait été blanchi par ce maudit tribunal militaire, je reste persuadée qu'Angus Mac Murhan a tué mon époux.

Mary Mac Cullins avait soixante-sept ans. Mais elle en paraissait facilement dix de plus depuis la mort de son mari, d'après ce qu'avait appris Aileen auprès de ceux qui la connaissaient. Née à Londres, elle avait rencontré Graham pendant les études de ce dernier dans la capitale et avait immédiatement éprouvé pour lui un amour inconditionnel et partagé. Graham bénéficiait d'une belle prestance et d'un visage ferme et volontaire. Et il portait admirablement le kilt aux couleurs de son clan !

Ils s'étaient mariés alors qu'elle n'avait pas encore vingt ans et, en douze ans, ils avaient eu cinq enfants.

Mary, qui selon son entourage parlait peu d'elle-même, s'était liée d'amitié avec Aileen dès la première visite de la jeune femme. Bien que cela ne fît pas partie des attributions habituelles des infirmières, Aileen avait acquis de solides bases de kinésithérapie respiratoire afin de soulager ses patients, à tel point qu'elle aurait pu pratiquer cette discipline médicale sans problème. Outre les soins dispensés contre l'asthme, elle proposa à Mary de l'aider à mieux respirer en lui faisant faire des exercices. La vieille dame avait accepté, par curiosité, persuadée que rien ne pourrait diminuer sa souffrance. Dès la première séance, elle se sentit mieux. Et, comme un flot trop longtemps retenu, elle éprouva le besoin de parler, parler pour libérer tous les non-dits qu'elle retenait en elle, étouffés par des poumons encombrés qui ne lui permettaient plus de mener une vie normale.

« Vous êtes un ange envoyé par le Seigneur, lui avait-elle dit à la fin. Maintenant, je peux marcher normalement et monter les escaliers sans difficulté. »

Outre l'asthme, Mary souffrait d'une bronchite chronique et personne ne semblait se soucier de dégager ses bronches. La vieille dame en avait pris son parti et survivait dans son grand manoir, entourée de l'affection des siens, bien incapables pourtant de la soigner.

Dès le troisième jour de soins, l'état de Mary s'était nettement amélioré et, ravie de pouvoir se déplacer de nouveau sans mal, la vieille dame décida d'accorder sa confiance à Aileen. La jeune femme n'eut même pas à poser de questions. Depuis douze ans, Mary avait accumulé une grande rancœur contre Angus Mac Murhan.

— C'est un mauvais homme. Il a été innocenté, mais je sais qu'il a acheté les juges. C'était un tribunal militaire. Et il a fricoté des choses pas claires à la fin de la guerre. Un capitaine ami de Graham me l'a confirmé. L'armée a couvert Angus, voilà la vérité.

— Les juges de l'armée ne sont pas réputés pour être corrompus, remarqua Aileen.

— Ceux-là l'étaient, sans aucun doute. Ce capitaine, ami de mon mari, souhaitait témoigner. Il a reçu des menaces. Je lui ai conseillé d'abandonner, ce qu'il a fait. Rien ne pouvait ramener Graham à la vie.

Mary marqua un court silence, et précisa :

— De toute façon, il ne pourra plus parler à présent. Il est mort, lui aussi, dans un étrange accident de voiture, peu de temps après le procès. Sans doute a-t-on estimé qu'il représentait encore un danger. Il ne fait pas bon se mêler des secrets de l'armée.

Les yeux de la vieille dame s'embuèrent.

— Et mon pauvre Graham l'a payé de sa vie. C'était un homme si gentil, si attentionné avec moi. Jamais il n'oubliait ma fête ou mon anniversaire. Nous avons vécu des années de grand bonheur, tous les deux. Il a élevé nos enfants dans le respect des traditions, leur a donné le sens des responsabilités et de l'honneur. Il n'y avait que sur le plan de la rivalité avec les Mac Murhan qu'il ne transigeait pas. Il ne leur aurait pas fait de mal. Il les évitait, tout simplement. Il faut dire que ce sont des gens... très particuliers. Sauf peut-être le jeune Lawrence, qui est un brave garçon un peu perdu. Mais les autres... Mauvais caractère, jalousie, horribles avec leurs ouvriers. Quant à Angus, je ne connais pas d'individu plus méchant et plus calculateur. C'est un rapace qui ne pense qu'à amasser toujours plus d'argent.

Elle regarda Aileen d'un œil triste.

— Or, à quoi sert l'argent quand on souffre ? La santé est une richesse bien plus importante. Hélas, il faut être gravement malade pour s'en rendre compte.

— Que pensez-vous de ces crimes, madame Mac Cullins ?

— Ces imbéciles de policiers de Glasgow gardent mon Monroe. Ils sont persuadés que c'est lui le coupable. Ils ne sont pas bien malins. Monroe a la tête près du bonnet, mais il serait incapable de tuer qui que ce soit. En vérité, ils n'ont aucune piste et ils s'accrochent à ce qu'ils peuvent. Ils vont finir par le relâcher. Ils ne peuvent rien prouver.

Elle ferma les yeux et respira longuement, juste pour le plaisir de sentir l'air gonfler profondément ses poumons pour la première fois depuis bien longtemps. Puis ses lèvres s'étirèrent sur un léger sourire.

— Et ce pauvre vieux Malcolm qui a cru apercevoir mon Paul...

— Vous ne pensez pas qu'il pourrait être revenu ?

Elle secoua la tête avec tristesse.

— Si tel était le cas, il serait venu me voir aussitôt. Il était fâché contre son père parce qu'il refusait de le voir épouser la petite Margareth. Elle était bien jolie, pourtant, mais elle appartenait au clan ennemi. C'était le seul point sur lequel il était impossible de discuter avec Graham. Alors, Paul a décidé de partir avec elle. Nous n'avons plus jamais eu de nouvelles. J'aurais sans doute dû prendre leur défense avec plus de fermeté.

Une larme perla au coin des yeux de la vieille dame, qu'elle essuya d'un geste vif.

— Il devait m'en vouloir, à moi aussi, puisqu'il ne m'a jamais écrit depuis.

Aileen avait décidé de ne pas révéler ce qu'elle avait appris. Elle savait pourquoi Paul n'avait jamais écrit. Il était mort depuis dix-sept ans, dans le naufrage de son bateau. Sans doute valait-il mieux que Mary s'imagine qu'il était toujours vivant.

Peu à peu, Aileen fit la connaissance de tous les membres de la famille, désireux de rencontrer l'infirmière qui avait accompli un tel miracle sur leur mère. Le premier, Nichol tint à féliciter la jeune femme de son travail.

— Vous avez rendu le goût de vivre à ma mère, madame Fergusson. Soyez-en remerciée.

— Elle aurait pu bénéficier de soins semblables dans un hôpital, précisa-t-elle.

— Je sais, mais elle avait peur d'y aller. Elle craignait de ne pas en revenir. Il faut dire que nous sommes loin de Glasgow, où se trouve le premier établissement hospitalier digne de ce nom. Et elle refusait de quitter son manoir. Cependant, le docteur Honegger aurait pu y penser plus tôt.

— Le docteur Honegger est âgé, monsieur Mac Cullins. Il ne connaît pas les nouvelles méthodes. Et il ne savait pas que je connaissais bien la kinésithérapie. Il ne faut pas lui en vouloir.

— J'espère que vous comptez rester parmi nous...

— Je serai à Inverdeen pour encore quelque temps. Mais j'habite Londres, avec mon mari. Je ne fais que remplacer miss Bowley le temps qu'elle se remette.

Nichol fit la moue.

— Miss Bowley est bien brave, mais elle n'est pas toute jeune, elle non plus. Qui s'occupera de ma mère quand elle sera repartie ?

— Il faudrait trouver un kinésithérapeute dans la région. Il doit bien y en avoir. En attendant, si vous voulez, je pourrai vous enseigner les mouvements nécessaires pour soulager votre mère.

— Volontiers.

Ainsi, Nichol commença à apprendre le rudiment des techniques de kiné respiratoire. Aileen se lia également d'amitié avec sa femme, Maureen, une superbe rousse d'origine irlandaise.

— Nous organisons bientôt une petite réception pour nos amis, dit-elle un jour à Aileen. Nous ferez-vous la joie d'y assister ?

— Ce sera avec grand plaisir. Merci.

Si Nichol et Maureen vivaient au manoir avec Mary, Fenella et son mari, Stephen Mac Leod, quant à eux, vivaient à Glasgow. Contrairement à Nichol et à Monroe, elle se montra plutôt distante et froide avec Aileen. La jeune femme comprit très vite qu'elle avait une très haute opinion d'elle-même et qu'elle la considérait comme une domestique. Elle se montrait à peine aimable, ne songeait à aucun moment à remercier Aileen pour la qualité de son travail. Elle était payée pour ça et il était donc normal qu'elle fasse ce pour quoi elle était rémunérée. Son mari était un Mac Leod, dont la famille appartenait à l'un des clans écossais les plus prestigieux, appartenance dont il était apparemment très fier. Il occupait un poste élevé dans une grande banque d'affaires et avait une désagréable tendance à traiter les autres comme ses subalternes. Le couple déplut dès la première rencontre à Aileen.

Nichol ne tarissait pas d'éloges sur Aileen, en raison du soulagement qu'elle avait apporté à leur mère. Quand il annonça avoir invité la jeune femme à la soirée qu'il organisait bientôt pour fêter l'anniversaire de la mort du poète écossais Robert Burns, Fenella déclara :

— Est-ce bien nécessaire ? Cette fille n'a fait que son devoir.

Mais Nichol ne s'en laissa pas compter :

— Elle a apporté un peu de bien-être à notre mère, ma chère sœur. Je lui en suis reconnaissant et elle sera de la fête, ne t'en déplaise.

L'autre fit une moue de mépris. Connaissant sa sœur, il ajouta, avec un sourire espiègle

— Tu seras peut-être surprise d'apprendre qu'elle est mariée à l'un des plus prestigieux spécialistes britanniques du cerveau, le professeur Andrew Fergusson.

Cette fois, Fenella dressa l'oreille.

— Tiens donc ?

Dès lors, son attitude s'adoucit. Aileen sentit qu'elle hésitait à la classer socialement. N'était-elle qu'une petite arriviste qui avait usé de ses charmes pour mettre le grappin sur un médecin de grand renom et probablement très riche ? Ou bien était-elle elle-même une personne digne d'intérêt ?

Les Mac Leod étaient en vérité des snobs de la pire espèce, qui méprisaient ceux qui n'appartenaient pas à leur milieu. Ils reprochaient d'ailleurs suffisamment à Nichol de vivre à la campagne plutôt qu'à la ville, où il aurait pu connaître une ascension politique fulgurante.

« Mais tel n'est pas mon but, ma chère sœur, répondait Nichol avec beaucoup de patience. Je veux seulement permettre à notre région de se développer, apporter plus de justice sociale, veiller au bien-être et au bonheur de mes concitoyens.

— Serais-tu donc devenu socialiste ?

— Pas du tout. Je n'appartiens à aucun camp. Mais j'aime ce pays et je voudrais que les gens y soient heureux. Voilà pourquoi je n'ai rien à faire en ville. »

Aileen assista à une de ces discussions. Si elle avait été inscrite sur les listes électorales d'Inverdeen, elle aurait sûrement voté pour Nichol. Le personnage lui plaisait bien. Il était jeune et dynamique. Il n'avait sans doute rien à voir avec les crimes. En revanche, elle se demanda si les Mac Leod pouvaient y être mêlés.

Bien qu'elle fût consciente que sa réaction était provoquée par l'antipathie qu'elle ressentait pour eux, elle se promit de creuser dans leur direction.

19

Le lendemain, lorsque Aileen se rendit au manoir des Mac Murhan pour la piqûre d'Angus, elle fut reçue par Lawrence.

— Mon père n'est pas là, dit-il. Il est à la distillerie. Il m'a chargé de vous demander de le rejoindre là-bas.

— Bien, j'y vais tout de suite.

— Attendez !

— Oui ?

— Lorsque vous aurez terminé, pourriez-vous revenir me voir ? J'aimerais vous montrer mon atelier. Je voudrais avoir votre avis sincère. On m'a contacté pour faire une exposition à Oban d'ici la fin de l'été. Mais avec tous ces événements, je me demande... enfin, je souhaiterais vous montrer mes tableaux.

Aileen hésita.

— C'est bon, je repasserai tout à l'heure, se décida-t-elle.

La distillerie était située à la limite des contreforts du Ben Etive, à proximité d'une forêt et sur les bords de la Deen, qui roulait une eau cristalline en direction du loch Starav. Les bâtiments imposants dataient du début du dix-neuvième siècle.

Aileen gara sa voiture et fut accueillie par Duncan Macure, le chef de fabrication.

— Monsieur est dans son bureau, dit-il. Il vous attend.

— Ah, vous voilà ! s'exclama Angus en l'apercevant.

Il n'avait pas l'air de meilleure humeur que d'ordinaire.

— Regardez-moi ça, grommela-t-il. Regardez dans quel état mon imbécile de fils a mis ce bureau !

Aileen fit une moue discrète. Belle oraison funèbre pour un homme, son propre fils, qu'il avait enterré dans la semaine. Cependant, elle devait reconnaître que la pièce aurait eu besoin d'un sérieux rangement. Le vieil homme se laissa aller en arrière sur son fauteuil et poussa un long soupir.

— Parfois, je me demande pourquoi j'ai fait tout ça.

Il laissa passer un silence, le regard perdu dans le vague, avant d'ajouter :

— Tout ça...

Aileen se demanda à quoi il faisait allusion exactement. Elle crut remarquer que ses yeux brillaient un peu plus que de coutume. Elle le connaissait désormais suffisamment pour savoir qu'il avait certainement été capable de bien des choses autrefois. Peut-être y avait-il une part de vrai dans les accusations portées contre lui par Mary Mac Cullins, et il avait sans doute du sang sur les mains. Mais, aujourd'hui, il n'était plus qu'un vieil homme seul. Un vieil homme qui n'avait partagé avec les autres que la colère, la haine et l'incompréhension, y compris au sein de sa propre famille. Elle aurait presque eu pitié de lui.

Elle prit sa tension, qui se révéla un peu élevée. Mais c'était normal, après les chocs qu'il venait de subir.

— Relevez votre chemise, demanda-t-elle doucement.

Il s'exécuta docilement. Elle pratiqua l'injection d'une main sûre, puis nettoya la peau avec de l'alcool.

— Voilà, dit-elle. Vous êtes tranquille pour une journée.

— Vous avez vraiment des mains de fée, souffla-t-il.

— Merci, répondit-elle avec un léger sourire.

Elle commença à ranger son matériel.

— Attendez, dit-il.

Il posa sa main dure et noueuse comme du bois sur son poignet et lui demanda, d'un ton presque suppliant, assurément inhabituel chez lui.

— Ne partez pas tout de suite. J'aimerais vous faire visiter la distillerie. Si cela vous intéresse, bien sûr.

Stupéfaite de l'étrangeté de la demande, elle hésita, puis répondit :

— Pourquoi pas ?

La visite pouvait se révéler instructive. C'était là qu'on avait volé le whisky utilisé pour tuer Elizabeth et Murdoch.

Ils quittèrent les bureaux pour se diriger vers les bâtiments où avait lieu la fabrication. Ils commencèrent par un endroit où des ouvriers surveillaient avec attention de larges claies sur lesquelles poussaient les grains d'orge. Une odeur caractéristique flottait dans l'air, légèrement fruitée.

— Voici l'aire de maltage, expliqua Angus. Le whisky Mac Murhan se fabrique exclusivement à partir d'orge maltée. Pas comme ces alcools frelatés auxquels on mélange du blé ou du maïs ! C'est ce que font ces sagouins d'Américains. Ici, on mouille les graines avec l'eau de la Deen, une belle eau tourbeuse, qui va contribuer à donner son goût à notre whisky. La germination transforme l'amidon qu'elle contient en sucre. Plus tard, ce sucre va devenir de l'alcool. Le secret d'un bon maltage repose sur le moment que l'on choisit pour arrêter cette germination. Cela peut prendre de huit à douze jours, en fonction de la saison et des conditions climatiques. Venez !

Ils passèrent ensuite dans un autre bâtiment où se dressaient des fours étranges dans lesquels brûlait de la tourbe.

— Ce sont des *kilns*. Pour arrêter la germination, on sèche les grains d'orge. C'est la tourbe qui va donner ce léger goût de fumée à notre whisky. Encore une fois, tout est dans le dosage. Ensuite, les grains séchés sont broyés dans ces énormes machines que vous voyez là-bas. Ces broyeuses sont fabriquées en Angleterre, à Leeds. On n'en trouve pas de bonnes en Ecosse, malheureusement, grommela-t-il. La farine obtenue s'appelle le *grist* ; on la mélange à de l'eau chauffée dans des *mashtuns*, des cuves de brassage. Ces cuves comportent un double fond perforé qui permet au moût de s'écouler et qui retient les résidus, le *draff*, qui servira de nourriture au bétail.

Le bâtiment suivant abritait d'énormes cuves de bois cerclées de métal que l'on appelait *washbacks*.

— C'est ici qu'a lieu la fermentation. Le secret de la levure est différent suivant les distilleries. Le nôtre est bien gardé, ajouta-t-il avec un sourire entendu. L'action de la levure va produire de l'alcool et du gaz carbonique.

Aileen contemplait les énormes cuves à fermentation avec inquiétude. Malgré leur taille, elles vibraient comme sous l'effet d'un fantastique bouillonnement intérieur.

— Et... elles ne risquent pas d'exploser ?

— Oh non, ne vous inquiétez pas. Elles sont fabriquées avec du bon mélèze d'Ecosse. Mais certains lui préfèrent un pin américain de l'Oregon. Comme si on n'avait pas tout ce qu'il faut ici !

— Cependant, ce n'est pas encore du whisky qui sort de ces cuves ?

— Non, bien sûr. On obtient un liquide mousseux qui ressemble à de la bière d'une teneur en alcool de huit degrés. D'ailleurs, jusqu'ici, leurs fabrications sont quasi identiques. Mais, ensuite, la bière est parfumée avec du houblon. Pour nous, c'est là que commence la vraie fabrication du whisky. Suivez-moi !

Amusée, Aileen lui emboîta le pas. Le vieil homme faisait preuve d'un enthousiasme qu'elle ne lui connaissait pas jusqu'alors. Il prenait visiblement plaisir à lui montrer son entreprise et répondait de bonne grâce aux questions qu'elle lui posait. Il paraissait vraiment heureux de sa présence.

Pour la première fois, son visage ne reflétait pas la mauvaise humeur.

Ils arrivèrent dans un bâtiment où s'alignaient deux rangées de trois alambics chacune. Les alambics de la première rangée étaient différents, par la taille et la forme, de ceux de la seconde.

— Ici a lieu la distillation, qui consiste à séparer l'alcool de l'eau, expliqua Angus. Il faut savoir que l'eau s'évapore à cent degrés, mais l'alcool seulement à quatre-vingts...

— J'ai compris. Quand on chauffe l'alambic, l'alcool s'évapore avant l'eau, à partir de quatre-vingts degrés.

— Exactement ! exulta le vieil homme.

Il lui montra des tubes situés à l'autre extrémité des alambics.

— Ces tubes servent à refroidir les vapeurs d'alcool, qui redeviennent liquides. Et ici encore, les alambics sont chauffés avec de la tourbe. A ce stade, elle n'intervient plus dans le goût, mais elle revient beaucoup moins cher que le charbon, que nous serions obligés de faire venir d'Angleterre. Cependant, il faut faire très attention à la température.

Il montra les premiers alambics, les plus gros.

— Ce sont des *wash stills*, dit-il. Leur capacité est de vingt-cinq mille litres. Grâce à eux, le wash est transformé en *low wine*, qui titre environ vingt et un degrés. Autrefois, l'alambic était chauffé directement à la flamme. Mais j'ai changé tout ça il y a quelques années. Maintenant, des serpentins passent à travers l'alambic, dans lesquels circule de la vapeur. Cela permet de mieux contrôler la température. Le low wine est recueilli dans une cuve spéciale, que l'on appelle le *low wine receiver*. De là, il passe dans les autres alambics pour la deuxième distillation.

Il montra la seconde rangée d'alambics, de taille plus modeste.

— On les appelle *spirit stills*. Ils sont plus petits parce que la quantité d'alcool à traiter est moins importante. Pour la fabrication du whisky, on ne va utiliser que le « cœur de chauffe », c'est-à-dire l'alcool qui sort entre soixante-trois et soixante-douze degrés. On écarte les *feints*, la tête et la queue de la distillation, qui seront réutilisées pour la distillation suivante.

Aileen contempla les alambics. C'était donc dans ce lieu que le criminel s'était introduit pour prélever le whisky chargé en alcool qu'il avait utilisé pour brûler Elizabeth et Murdoch. Angus sembla comprendre ses pensées. Son visage s'assombrit d'un coup. Sa voix était brisée quand il déclara :

— C'est avec mon whisky que ce chien a tué mes enfants ! Qu'il aille griller en enfer !

Puis il secoua la tête et sortit de la salle de distillerie. Aileen le suivit. Ils se retrouvèrent dans un entrepôt où s'empilaient des centaines de tonneaux de tailles différentes. Angus avait retrouvé un visage plus serein. La jeune femme se fit la réflexion qu'il possédait une grande emprise sur lui-même.

— Voyez-vous, jusqu'à présent, notre whisky a subi le même traitement que les autres, hormis la levure, bien sûr. Il est passé par les mêmes cuves de brassage, les mêmes cuves de fermentation, les mêmes alambics que dans les autres distilleries. C'est au cours du vieillissement que se fait la différence. La taille du fût, le temps qu'il y passe, le bois utilisé, jusqu'à la qualité de l'air, jouent un rôle. Pour avoir droit à l'appellation « whisky », l'alcool de grain doit avoir vieilli au moins trois ans en fût de chêne. Un single malt doit avoir vieilli au moins huit ans. Ici, nous ne fabriquons que du single malt. Et nous n'utilisons que des fûts usagés, ayant déjà servi pour du cognac ou du claret, le bordeaux des Français. Un bon tonneau peut ainsi servir pendant plus de soixante ans. Certains ici sont encore plus âgés que moi, ajouta-t-il avec un sourire joyeux. Ensuite vient la mise en bouteille. Nous ne la faisons pas nous-mêmes. J'ai racheté des parts dans une société spécialisée située à Oban. C'est plus avantageux. Et le travail est moins intéressant, parce qu'une fois le whisky enfermé dans une bouteille, il ne vieillit plus. Ce n'est pas comme le vin. Un whisky de douze ans d'âge conservé douze ans en bouteille ne deviendra pas un whisky de vingt-quatre ans d'âge.

Ils étaient à présent revenus dans la partie administrative, dans la salle où l'on accueillait les clients. Sur des étagères s'alignaient différentes bouteilles correspondant aux productions de la distillerie. Le vieil homme poussa un profond soupir.

— Voilà. J'espère que la visite vous a intéressée.

— Passionnée, monsieur. Je vous remercie.

Nouveau silence. Puis Angus déclara :

— Je ne sais pas pourquoi je vous ai raconté tout ça. Peut-être que j'avais seulement besoin de parler, pour me prouver que j'existe encore. Parce que j'aime cet endroit. En fait, il n'y a qu'ici que je me sens bien.

Il hésita, poursuivit :

— Mais il y a autre chose. C'est la première fois que je fais visiter cette distillerie à quelqu'un qui ne m'est rien, simplement pour le plaisir. Je ne me l'explique pas. Ce n'est pas dans ma façon de faire. J'ai l'impression que... enfin, ne vous froissez pas, mais vous me faites penser à ma mère. Elle avait ce même mélange de douceur et d'autorité. Je suis un vieux bonhomme qui ne fait que râler. Je le sais, j'envoie promener tout le monde, et cela m'amuse de voir les autres courber la tête devant moi. C'est stupide, peut-être, mais j'aime le pouvoir. Pourtant, avec vous, je ne ressens pas la même chose. Vous me donnez des ordres, et je vous obéis sans discuter. Et ça ne me gêne pas.

Il releva les yeux vers elle, la contempla longuement.

— Il est vrai que vous avez des faux airs de ma mère, ajouta-t-il. Ce doit être ça. Vous aimez le whisky ?

— Mon mari et moi l'apprécions.

Il prit une bouteille et la lui donna.
— Tenez, c'est mon cadeau. Vous la boirez à ma santé.
— Merci, monsieur Mac Murhan.

Lorsqu'elle sortit de la distillerie, Aileen avait presque oublié qu'elle avait promis à Lawrence de visiter son atelier. Sur le chemin qui menait au manoir, elle ne savait plus que penser. Elle ne pouvait pas dire qu'elle éprouvait de la sympathie pour Angus. Le bonhomme était trop désagréable. Mais, pour une raison qu'il ne parvenait pas à s'expliquer lui-même, il s'était pris d'affection pour elle. Il lui avait même offert une bouteille de son meilleur whisky. Pour un vieil avare comme lui, c'était une performance.

— Je commençais à croire que vous m'aviez oublié ! s'écria Lawrence à son arrivée.
— Votre père m'a fait visiter la distillerie. Il m'a même offert une bouteille.
— Ce vieux grigou ? Eh bien, on peut dire que votre charme fait des merveilles, Aileen. Je crois que cela ne lui est jamais arrivé. Sauf avec de gros clients, bien sûr. Vous ne comptez pas la racheter, tout de même ?!
Elle éclata de rire.
— Je ne crois pas qu'il soit vendeur. Cette distillerie, c'est toute sa vie. Et puis, je n'aurais pas les moyens.
Il lui prit familièrement le bras et l'entraîna dans une partie du manoir qu'elle n'avait encore jamais vue. Pour aboutir dans une pièce claire encombrée d'un capharnaüm invraisemblable où s'entassaient des toiles de toutes tailles, des chevalets, vides ou occupés, des étagères surchargées de livres, de boîtes de peinture, de chiffons maculés de couleurs. Sur le tout flottait une odeur entêtante d'huile et de térébenthine.

Il avait préparé une trentaine de toiles représentant les forêts qui bordaient les contreforts du Ben Etive et des autres montagnes des Highlands.

— J'ai reçu un appel d'un homme qui organise des expositions. L'une d'elles doit se tenir à Oban dans un petit mois. Il connaît ma peinture et il souhaite que je participe à la prochaine manifestation. J'ai accepté, bien sûr, mais j'ai un peu de mal à faire un choix parmi tous ces tableaux. J'aimerais que vous me conseilliez.

— Vous savez, je ne suis pas spécialiste..

— Aucune importance. Je suis persuadé que vous avez un goût très sûr.

Il lui présenta les toiles l'une après l'autre. Aileen dut admettre qu'il possédait un joli coup de pinceau. Mais une autre caractéristique émanait de sa peinture : la couleur dominante était le rouge. On rencontrait là toutes ses nuances, depuis le bordeaux jusqu'aux oranges les plus vifs. Peints à petites touches, à la manière des impressionnistes, les tableaux de Lawrence rappelaient un peu l'univers de Turner dans *L'Incendie du Parlement*. Là aussi, les formes se fondaient dans les vibrations de la lumière. Cependant, à la différence de Turner, il se dégageait de ces toiles une violence sous-jacente qui provoqua une sensation de malaise chez la jeune femme.

— Qu'en pensez-vous ? demanda-t-il presque timidement.

— Pensiez-vous à un incendie en les peignant ?

— Non. Mais j'aime beaucoup le rouge.

Aileen examina chaque tableau attentivement. Par moments, la palette écarlate semblait couler comme un flot de sang, à d'autres, elle explosait comme le feu et dévorait jusqu'aux formes des arbres, noyant les modestes taches de vert et de bleu qui parvenaient à se glisser dans toute cette fureur.

Contrairement à ce qu'il pensait, il possédait un talent réel. Ces tableaux n'avaient rien à voir avec la représentation sans esprit du manoir accrochée dans le salon. Mais cette débauche de rouge rappelait trop à Aileen la manière dont son frère et sa sœur avaient péri. Se pouvait-il qu'il y ait un rapport ? Décontenancée, elle sélectionna une douzaine de toiles qui lui paraissaient plus achevées que les autres.

Lorsqu'elle quitta le manoir, un peu plus tard, un malaise sournois s'était emparé d'Aileen. Lawrence paraissait être un homme doux et paisible, qui acceptait les compromis pour préserver son confort. Mais en lui bouillonnait une violence impressionnante, qui s'exprimait à travers ses tableaux. Alors, ce bouillonnement n'était-il qu'un exutoire, une manière d'exorciser les sacrifices qu'il lui fallait consentir pour rester près de cette famille qu'il détestait, ou bien dissimulait-il au contraire un tempérament plus sombre qu'il n'y paraissait ?

Un caractère caché, capable d'aller jusqu'au meurtre, non pour des raisons d'intérêt mais pour se venger des humiliations subies depuis toujours ?

20

Aileen ne dormit guère la nuit suivante. Les soupçons qu'elle nourrissait envers Lawrence la contrariaient. L'homme lui inspirait de la sympathie. Son cynisme et son ironie étaient autant dirigés contre lui-même que contre les autres. Il se considérait comme un peintre raté, ce qui était un tort. Il ne possédait peut-être pas l'étoffe d'un génie, mais il témoignait d'une originalité certaine dans ses tableaux. La flamme qui consumait chacune de ses toiles était le reflet d'un esprit torturé, qui traduisait dans l'art ses souffrances intérieures. Et c'étaient cette souffrance et cette violence qui donnaient à ses toiles toute leur valeur.

Elles avaient aussi éveillé la méfiance d'Aileen.

Cependant, elle n'avait pas oublié ses autres suspects : le couple Mac Leod. Le lendemain matin de bonne heure, elle se rendit à Oban pour consulter les archives de l'état civil. Sous prétexte de recherches généalogiques, elle se fit ouvrir différents registres concernant les clans des Highlands. Après plusieurs heures d'étude, elle découvrit un fait surprenant. Après avoir pris des notes, elle revint à Inverdeen et convia Sean à passer la voir. Elle n'avait aucune envie de rencontrer les deux flics de Glasgow.

— Les Mac Leod constituaient autrefois l'un des plus importants clans d'Ecosse, dit-elle. Les Mac Cullins et les

Mac Murhan leur étaient inféodés. Bien sûr, aujourd'hui, cela ne veut plus dire grand-chose, mais j'ai fouillé un peu dans la branche des Mac Leod à laquelle appartient Stephen, le mari de Fenella Mac Cullins. Et j'ai découvert que Graham n'a pas été le seul homme à disparaître dans des circonstances suspectes. Un dénommé Harry Mac Leod, oncle de Stephen, a lui aussi trouvé la mort à la fin de la guerre. Or, Graham et Harry servaient dans la même unité. Ils étaient très liés et ils sont morts dans le même accident de Jeep. Celui pour lequel Angus Mac Murhan a été soupçonné.

— Un accident de Jeep ?

— Exactement. J'ai trouvé dans les archives d'Oban un article qui a été consacré à la disparition de ces deux hommes. Il y est seulement dit que leur voiture a explosé pour des raisons inexpliquées. Une enquête était en cours à l'époque où l'article a été écrit. Mais il y est précisé qu'à ce moment-là les combats avaient déjà cessé. Il ne s'agissait donc pas d'un obus allemand.

— Peut-être une mine oubliée... suggéra Sean.

— Non. L'article parle d'une déflagration puissante, provoquée par la présence d'explosifs qui n'auraient pas dû se trouver à bord du véhicule. C'est sans doute à partir de là qu'on a commencé à nourrir des soupçons envers Angus. A cause de ses prétendues malversations. Reste à savoir si elles sont réelles, ou bien s'il ne s'agit que d'affabulations...

— En attendant, cela donne une bonne raison à Stephen Mac Leod de vouloir la mort des Mac Murhan. Ce qui m'étonne, c'est qu'il s'en soit pris à toute la famille, alors que seul Angus serait en cause...

— Il peut leur reprocher d'avoir tous profité d'une fortune accumulée grâce à la mort de son oncle. Je ne sais pas si Stephen Mac Leod est le coupable, mais cet accident peut apporter un éclairage sur le rituel pratiqué par l'assassin. Graham Mac Cullins et Harry Mac Leod sont morts brûlés vifs dans leur Jeep. Il peut vouloir reproduire leurs souffrances.

— Dans ce cas, il faut admettre qu'il a un esprit passablement perturbé et sadique.

— Cependant, Mac Leod n'est pas le seul suspect...

Aileen lui relata sa visite à l'atelier de Lawrence, et le sentiment de malaise qu'elle avait éprouvé à la vue de ses toiles. Sean hocha la tête.

— Le feu, toujours le feu, murmura-t-il.

— C'est le feu qui a marqué la légende d'Aileas et de Dugald. Il est présent partout dans cette histoire.

— Mais en ce qui concerne Lawrence, je ne comprends pas pourquoi il se livrerait à un cérémonial aussi terrible sur sa famille. Si sa motivation est de toucher l'héritage, il pourrait se contenter de les tuer proprement.

— A moins qu'il ne veuille se venger de toutes les humiliations subies.

— S'ils meurent tous, sauf lui, il sera le premier sur la liste des suspects.

— C'est vrai, mais les gens sont persuadés que ces meurtres ont un rapport avec la légende. Qui était mieux placé que Lawrence pour faire disparaître la bride ? En agissant ainsi, il accrédite la thèse de la malédiction et attire l'attention sur le clan ennemi. Et le mode opératoire confirme l'hypothèse d'une vengeance.

Aileen secoua la tête.

— J'avoue que j'ai peine à croire à ce que j'avance, mais la vue de ses tableaux où domine le feu m'a troublée.

— Je vais mener une enquête discrète pour vérifier ses alibis.

— Mais Lawrence n'est pas un professionnel. Il a pu, lui aussi, utiliser les services d'un tueur.

— Nous allons donc aussi vérifier son compte en banque. A propos, Monroe a été libéré. L'avocat de Nichol n'a eu aucun mal à prouver que les arguments de Brenner ne tenaient pas la route.

— Tout de même !

— Nos deux cow-boys sont furieux, mais ils n'y peuvent rien.

Après son départ, Aileen se laissa tomber dans le rocking-chair du salon, les pensées en désordre. Elle devait s'avouer qu'elle aimait bien travailler avec Sean. Ils se comprenaient à demi-mot et avaient retrouvé leur complicité d'autrefois. S'ils n'avaient pas été mariés, l'un comme l'autre...

Elle était en train de lutter contre ces pensées ambiguës qui provoquaient en elle une désagréable culpabilité lorsque le téléphone sonna. Andrew lui annonçait son arrivée pour le week-end suivant.

En raccrochant, elle ne songeait plus du tout à Sean.

21

Andrew arriva le vendredi en fin d'après-midi. Il avait pu se libérer plus tôt que prévu. Il avait fait le trajet Londres-Glasgow par avion et avait loué une voiture pour parcourir la distance jusqu'à Inverdeen, soit plus de cent cinquante kilomètres.

Aileen avait cuisiné toute la journée pour lui préparer un repas à la française, une cuisine qu'ils affectionnaient tous les deux depuis qu'ils avaient passé leur voyage de noces dans le pays. Aileen avait acheté là-bas plusieurs livres de cuisine qu'elle avait emportés avec elle à Inverdeen. Même s'il n'était pas toujours facile de trouver les ingrédients, elle avait réussi un petit miracle.

— Tu es une vraie perle, ma chérie. Mais pour l'instant, ce n'est pas de cuisine française dont j'ai faim.

Il lui tendit les bras.

— Viens, souffla-t-il.

Elle obéit aussitôt. Il l'attira à lui presque avec brutalité. Il eut tôt fait de lui ôter robe et sous-vêtements. Les doigts d'Andrew glissèrent sur sa peau, s'insinuant dans des endroits secrets à lui seul réservés, éveillant dans la chair de la jeune femme des ondes de désir insoutenable. Elle avait eu plusieurs amants au cours de sa vie. Mais aucun d'eux n'avait jamais su provoquer en elle une telle volupté, un tel embrasement des sens. Elle ne savait comment il s'y prenait, mais il était capable de capter, d'anticiper son état d'esprit, il devinait les moments où elle souhaitait qu'il se montrât tendre, et ceux, plus osés, où elle voulait être prise sans retenue et sans pudeur, presque avec violence. Elle gémit longtemps sous ses assauts, le rappelant sur elle à plusieurs reprises. Elle avait été sevrée de lui depuis trop longtemps. Ils n'étaient mariés que depuis deux ans et il leur arrivait trop souvent d'être séparés.

Lorsqu'ils s'écroulèrent sur le lit, les sens apaisés, ils constatèrent avec surprise qu'il était plus de neuf heures du soir. Le souffle un peu court, Andrew se leva.

— Reste là, lui dit-il. J'allais oublier quelque chose...

Il revint quelques instants plus tard avec un paquet cadeau.

— J'ai tout de même trouvé le temps de faire quelques achats à New York, avant de revenir.

Fébrile, Aileen ouvrit le paquet, en provenance directe de chez Bloomingdale's, et découvrit un magnifique déshabillé de dentelle blanche.

— Tu es un amour, dit-elle en se jetant dans ses bras.

— Maintenant, j'ai très faim, déclara Andrew sur un ton joyeux.

— Moi aussi.

Tandis qu'elle lui servait le repas, elle lui fit part des derniers développements de l'affaire et des interrogatoires discrets qu'elle avait menés en profitant de son travail d'infirmière.

— Parce que tu mènes ta propre enquête, maintenant ?

— Pour aider Sean.

— Je croyais qu'on lui avait retiré l'affaire ?!

— Justement, je trouve que ce n'est pas normal. Alors, j'ai décidé de lui donner un coup de main.

Le regard d'Andrew se fit soucieux.

— Ça pourrait être dangereux.

— Mais non. Les gens adorent se confier à leur infirmière. Je n'ai qu'à les laisser parler.

— Parce que tu crois que le criminel va te raconter sa vie comme à confesse ?

— Lui, non, mais les autres m'ont dit des choses intéressantes.

— Ah oui ?

— Je pense qu'il pourrait exister un lien entre Stephen Mac Leod et les meurtres. Son oncle est mort en même temps que le père de sa femme, Fenella. Ils ont péri brûlés vifs dans l'explosion de leur Jeep, à la fin de la guerre. Ça pourrait être un motif de vengeance.

— Oui, évidemment. Mais ils ont pu tout simplement être tués par les Allemands...

— Pas du tout. Les combats étaient terminés quand cela s'est produit. Leur voiture a probablement été piégée.

— Par le père Mac Murhan ?

— Peut-être. Il a été soupçonné. Une enquête de l'armée l'a innocenté, mais certains ici pensent malgré tout qu'il est coupable.

— Mais même si c'est le cas, ça s'est passé il y a douze ans. Pourquoi les Mac Cullins auraient-ils attendu tout ce temps avant de lui régler son compte ? Et pourquoi s'en sont-ils d'abord pris à sa famille ?

— C'est ce qu'il faut découvrir.

— Qu'est-ce qu'il en pense, ton copain Sean ?

— Pour l'instant, il se perd en conjectures. Il va approfondir les recherches. Discrètement, bien sûr.

— En tout cas, moi, je suis persuadé qu'il s'agit d'une histoire de vengeance.

— Pas forcément !

— Comment ça, « pas forcément » ?

— Il y a une autre hypothèse : le profit.

— Le profit ? Je ne vois pas qui aurait intérêt à massacrer tous les Mac Murhan. Quand il n'y aura plus aucun héritier, leurs biens reviendront à l'Etat.

— Ils ne mourront peut-être pas tous.

— Comment ça ? s'étonna-t-il. Tu as appris quelque chose ?

Elle lui fit alors part de ses soupçons concernant Lawrence Mac Murhan. Andrew se gratta la tête.

— C'est vrai qu'il fait un coupable potentiel, dit-il. Mais je ne vois pas pourquoi il tuerait les siens avec une telle violence. Il y a d'autres moyens plus subtils...

— Justement, il pourrait agir ainsi pour détourner l'attention et faire croire à une vengeance.

— Commettre le crime parfait, en quelque sorte.

Il observa Aileen, puis ajouta :

— Mais tu ne crois pas vraiment à cette hypothèse.

— Non. Lawrence est un personnage plutôt sympathique. J'essaye seulement d'explorer toutes les pistes possibles, c'est tout. Mais franchement, j'ai un peu de mal à y voir clair.

Andrew éclata de rire.

— Je ne savais pas que j'avais épousé une émule d'Hercule Poirot !

— C'est ça, moque-toi de moi !

— Loin de moi cette idée.

— Au fait, nous sommes invités demain soir chez les Mac Cullins.

— Chez les Mac Cullins ? En quel honneur ?

— J'ai apporté un certain soulagement à leur mère, Mary. Elle souffre d'asthme. Je lui ai fait de la kiné respiratoire et elle s'en est trouvée bien. Pour me remercier, ils m'ont proposé de participer à la fête traditionnelle qu'ils consacrent au plus grand poète écossais, Robert Burns. Normalement, cette fête a lieu fin janvier, pour l'anniversaire de sa naissance, mais chez les Mac Cullins on fête l'anniversaire de sa mort, au mois de juillet. C'est la tradition du clan.

— Nous allons nous ennuyer ferme, je sens ça d'ici...

— Pas du tout ! La tradition veut que l'on récite des poèmes en buvant du whisky et en mangeant du haggis.

— Oh non, pas du haggis ! supplia Andrew.

— Tais-toi, espèce d'Anglais ! C'est très bon, le haggis !

— Dieu tout-puissant, ces Ecossais veulent ma mort !

Le lendemain, ils firent une promenade à pied dans les rues d'Inverdeen. Malgré son appréhension quant au repas prévu le soir, Andrew ne cessait de plaisanter, s'étonnant des saluts que l'on adressait à sa femme.

— Tu es une vraie célébrité, remarqua-t-il.

— Je suis d'ici, je te rappelle.

Sur la grand-place, ils croisèrent Sean en compagnie de Kirsteen. Aileen les présenta.

— Ravi de vous connaître, Sean. Aileen m'a beaucoup parlé de vous. Elle m'a dit qu'on vous avait retiré l'enquête sur les meurtres. J'en suis désolé pour vous.

— Cela ne m'empêche pas de continuer mes investigations, répondit Sean. Aileen m'apporte une aide précieuse. Vous allez rester un peu ?

— Quelques jours seulement. Mon métier est passionnant, mais il m'oblige parfois à m'éloigner de ma femme.

— Vous travaillez pour l'armée, je crois ?

Andrew posa un doigt devant ses lèvres avec un léger sourire.

— Oui, mais ne le répétez pas. Je travaille sur un projet défense top secret.

— C'est pour cela qu'il est absent si souvent, expliqua Aileen.

— Vous n'avez pas peur de la laisser seule ici, avec ce qui se passe ? demanda Kirsteen. Moi, j'aurais la trouille, toute seule dans cette grande maison isolée.

Andrew soupira.

— Cela m'inquiète, évidemment. Je lui ai proposé de rentrer à Londres, mais elle a refusé.

— Je ne risque rien chez moi, objecta Aileen. C'est là que je suis née. La maison me protège. Et puis, je ne suis pas une Mac Murhan.

— Et comme il n'y a pas plus têtu qu'une Ecossaise, reprit Andrew en écartant les bras, que voulez-vous que je fasse ?

— Les Mac Cullins nous ont conviés pour la fête traditionnelle de Robert Burns, dit Aileen. Y serez-vous aussi ?

— Tout à fait. Kirsteen et moi sommes invités également. Nous nous verrons donc là-bas.

Après avoir passé des vêtements venus des meilleurs couturiers de Londres, Aileen et Andrew prirent la route du manoir des Mac Cullins. Avant leur départ, Andrew félicita son épouse pour son élégance et sa beauté. La jeune femme accepta le compliment avec plaisir, tout en sachant qu'il allait se comporter avec la fierté d'un coq, ravi de se pavaner avec une jolie femme au bras. Elle sourit. Il fallait bien qu'il ait quelques faiblesses. Et puis, force lui était d'admettre qu'elle était secrètement flattée de cette fierté.

La soirée commençait vers la fin de l'après-midi. Le temps étant resté au beau, on avait installé des tables dans le parc du manoir, où des domestiques avaient disposé des plateaux chargés de victuailles, viandes, saucisses et pâtés, tartes et gâteaux, ainsi que des pichets de bières ; blondes et brunes. Les invités bavardaient par petits groupes.

L'arrivée du couple fit sensation. Aileen portait une magnifique robe bleu nuit qui s'accordait parfaitement à sa longue chevelure auburn, qu'elle laissait librement couler sur ses épaules. Andrew, quant à lui, avait passé un smoking finement coupé qui mettait en valeur sa musculature solide. A quarante-sept ans, il en paraissait à peine quarante.

Tous les regards convergèrent vers eux quand le majordome les annonça :

— Le professeur Andrew Fergusson et son épouse.

A la fois gênée et flattée par les regards, Aileen s'avança dans le parc, tâchant de repérer les visages familiers. Elle reconnut très vite quelques personnalités locales, comme le docteur Honegger, de riches commerçants ou des présidents de clubs locaux. Puis ils furent accueillis avec chaleur par Mary. Si elle s'aidait d'une canne pour marcher, elle respirait à présent sans difficulté.

— Ma chérie, dit-elle en lui prenant les mains, vous m'avez rendu la vie. Cette année, pour la première fois depuis longtemps, je vais pouvoir profiter de cette fête à laquelle je tiens particulièrement. Soyez la bienvenue.

Aileen la remercia, puis présenta Andrew :

— Mon mari, le professeur Fergusson.

— Appelez-moi Andrew, dit ce dernier à la vieille dame en se penchant pour lui baiser la main.

— Monsieur, votre femme est une véritable fée. Grâce à elle, je peux de nouveau marcher et respirer normalement.

— J'en suis ravi, madame.

Tandis que Mary s'éloignait pour accueillir de nouveaux invités, ils furent happés par des connaissances de la jeune femme, Nichol en tête.

— Ma chère, dit-il en lui serrant les mains à son tour, jamais je ne vous remercierai assez pour le bien que vous avez fait à ma mère. Elle a retrouvé une seconde jeunesse.

Fenella elle-même se montra aimable, d'autant plus qu'elle trouvait Andrew à son goût et ne se priva pas de le dévorer des yeux, avec une certaine désinvolture due à l'absorption préalable de quelques whiskies. Stephen, son mari, lui jeta un regard noir, irrité par son comportement. Cela ne l'empêcha pas, de son côté, de contempler Aileen de biais, ce qui eut le don d'agacer la jeune femme.

— Je ne vois pas Monroe, remarqua-t-elle. Il a pourtant été libéré.

— Oh, il n'est pas là depuis hier, répondit Fenella d'une voix grasseyante. Nichol et lui se sont engueulés. Ça m'étonnerait qu'on le voie.

— Ma chère, cela n'intéresse pas nos invités, intervint sèchement son mari.

— Mais si, ça les intéresse, rétorqua-t-elle. Monroe est le principal suspect pour les meurtres. Tout le monde espérait voir la bête curieuse. Mais il ne sera pas là. Pfuit ! Envolé, l'animal.

— Vous feriez mieux d'aller vous reposer, Fenella. Monroe ne manque jamais la fête de Robert Burns. Il va sans doute venir.

Embarrassée, Aileen trouva du secours en la personne de Sean, qui vint la saluer.

— Permettez que je vous emprunte notre amie, dit-il à Stephen.

Puis, sans attendre de réponse, il passa son bras sous le sien et l'entraîna à l'écart, aussitôt suivi par un Andrew pas très content.

— Pardonnez-moi, dit Sean au médecin lorsqu'ils furent éloignés. Mais j'ai compris que vous étiez en difficulté. Il fallait que je vous tire de ce mauvais pas. Je vous rends votre épouse.

— Merci, répondit sobrement Andrew.

Aileen eut un petit sourire. Il s'était toujours montré un peu jaloux. Puis elle s'étonna :

— Je ne vois pas Kirsteen…

— Elle… heu, elle n'est pas là. Elle se sentait un peu fatiguée et elle m'a demandé de l'excuser auprès de nos hôtes.

Aileen acquiesça en silence. Mais elle connaissait assez son Sean pour savoir qu'il ne disait pas vraiment la vérité. Elle soupçonnait plutôt une dispute, dont il ne souhaitait évidemment pas parler. Elle n'insista pas.

Comme la plupart des hommes présents, Sean avait passé un kilt de cérémonie, plus beau encore que celui qu'il portait pour les Jeux. Elle lui en fit compliment – tout en prenant soin de glisser son bras sous celui de son mari.

— Bonté divine, il est vrai que ces kilts sont très élégants, reconnut Andrew. Mais je ne sais pas si j'aurais le courage d'en porter un. Surtout si je devais... hum, respecter la tradition. Ce serait inconvenant, pour un Anglais.

Sean eut un petit sourire.

— Certains la suivent, d'autres non. Pour savoir qui la respecte, je vous suggère seulement de patienter jusqu'à ce que le whisky de nos hôtes ait produit ses effets. Le comportement de tous les braves gens qui nous entourent ne sera plus aussi... distingué. C'est un moment très attendu par les dames.

Aileen éclata de rire.

Soudain, deux hommes, qui portaient quant à eux des costumes classiques sans aucune élégance, vinrent à leur rencontre. Un petit râblé et un grand costaud, coiffés de chapeaux à l'américaine. Aileen devina immédiatement à qui ils avaient affaire.

— Les Mac Cullins ont invité les flics de Glasgow ? demanda-t-elle à mi-voix.

— Malheureusement, oui, répondit Sean sur le même ton. Nichol ne recule devant rien pour mettre toutes les chances de son côté en vue des élections. Il veut leur prouver par là qu'il ne leur tient pas rigueur d'avoir créé quelques problèmes à son jeune frère. Surtout qu'ils n'ont pas eu gain de cause.

Il présenta la jeune femme et son mari aux deux policiers. Le petit gros, nommé Brenner, posa un regard satisfait sur Aileen, regrettant visiblement de ne pas l'avoir convoquée pour l'interroger.

— C'est vous qui avez découvert le premier cadavre, dit-il avec un sourire qu'il voulait aimable.

— C'est exact. Et voici mon mari, le professeur Andrew Fergusson.

Brenner s'inclina légèrement, apparemment impressionné par le titre et la personnalité de son interlocuteur.

— Votre enquête avance-t-elle ? demanda Andrew.

Embarrassé, Brenner fit une petite grimace.

— Elle avance, elle avance. Nous disposons déjà de quelques indices qui nous permettent d'entrevoir bientôt l'arrestation du coupable. Mais vous permettrez que je garde ces informations secrètes.

— Bien sûr. Le secret professionnel fait aussi partie de la médecine, répondit Andrew, amusé.

Lorsque les deux policiers se furent éloignés, Sean glissa à Aileen et Andrew :

— L'arrestation du coupable, tu parles ! Ils pataugent lamentablement. Ils restent fixés sur Monroe, à cause de la bagarre au pub. J'en viens à me demander si Glasgow ne les a pas envoyés pour se débarrasser d'eux temporairement. Jamais vu des flics aussi balourds !

Il retint un petit rire, ajouta :

— Je vais vous laisser. Je vais profiter de la soirée pour continuer à mener discrètement ma propre enquête.

Aileen entraîna Andrew dans le parc magnifique et baigné d'une chaleur estivale. La conversation des petits groupes d'invités tournait surtout autour des deux récents meurtres, sur lesquels flottait un parfum de surnaturel. Un criminel insaisissable qui ne laisse aucune trace, cela ne pouvait pas être l'œuvre d'un humain. On parlait beaucoup de la légende des Amants de Feu. Certains s'en amusaient, raillant les crédules qui défendaient l'existence d'un couple de fantômes errant sur la lande de Moorkyle. Les autres s'offusquaient, s'emportaient, et le ton montait à mesure que baissait le niveau de la bière dans les chopes.

Jusqu'au moment où la maîtresse des lieux exigea le silence pour la célébration de la mémoire de Robert Burns. Nichol prit ensuite la parole pour rappeler la vie simple de cet homme étonnant, d'origine modeste, fils de William Burnes, paysan de la petite bourgade d'Alloway, à une soixantaine de kilomètres au sud-ouest de Glasgow. De constitution fragile, il fut pourtant destiné au travail de la terre, ce qui lui valut de graves problèmes de santé. Ceux-ci finirent par l'emporter, à l'âge de trente-sept ans. Malgré cette disparition précoce, il laissait derrière lui plusieurs centaines de poèmes et de chansons écrits en anglais ou dans le dialecte *lallans*, parlé dans le sud de l'Ecosse.

— Son génie, déclama Nichol, fut partiellement reconnu de son vivant, puisque son premier recueil de poèmes en écossais fut publié en 1786, alors qu'il n'avait que vingt-sept ans. A cette époque-là, il était fiancé avec la belle Mary Campbell et devait partir s'installer avec elle à la Jamaïque. Malheureusement, Dieu lui enleva Mary et il abandonna son projet. En 1788, il épousa une fille du pays de Dumfries, Jean Armour, qui lui donna neuf enfants en moins de huit ans. Malgré le succès remporté par ses écrits, il demeura pauvre et continua de travailler la terre. Ce labeur épuisant contribua à affaiblir encore son cœur malade, et il mourut d'épuisement, le 21 juillet 1796.

« Robert Burns était le contemporain d'un autre grand génie, Wolfgang Amadeus Mozart, mort très jeune lui aussi. Aujourd'hui, ses poèmes sont traduits dans le monde entier. Les historiens s'accordent à dire qu'il a été l'un des précurseurs du romantisme. Il a inspiré de nombreux écrivains, et même des musiciens comme Haydn ou Beethoven. Il est l'auteur inoubliable de notre "Auld Lang Syne [1]", qui est devenu l'hymne avec lequel nous saluons l'arrivée de la nouvelle année dans tous les pays où l'on parle l'anglais.

A plusieurs reprises, Nichol interrompit son discours pour porter un toast à la mémoire de Robert Burns, imité avec allégresse par l'assemblée présente. Bière, blonde et brune, et whisky (lequel ne provenait pas de la distillerie Mac Murhan) coulaient à flots.

Enfin, Nichol présenta un comédien de théâtre, qui allait leur déclamer le plus connu des poèmes du génie, « Tam O'Shanter [2] ».

---

1. Les lecteurs intéressés trouveront, en fin d'ouvrage, les paroles complètes de cette chanson, dont la traduction en français a donné le fameux « Ce n'est qu'un au revoir, mes frères ».

2. Voir également en fin d'ouvrage.

Un homme au visage déjà bien rouge, revêtu d'un kilt à l'ancienne mode comme celui de Sean, s'avança et salua l'assistance. Le silence se fit, puis, d'une voix forte, il commença à déclamer :

Quand les forains plient bagage et partent,
Et que voisin rencontre voisin, gorge sèche,
Quand le marché tire à sa fin,
Que les gens commencent à presser le pas ;
Pendant que nous restons assis devant nos chopes,
Nous saoulant de bonheur et d'ale forte,
Nous oublions les longs miles écossais restant à faire,
Les marais, les ruisseaux, les ravins, les barrières
Qu'il faudra traverser avant d'être chez nous,
Où, sur leurs chaises, les femmes font longue figure
Et froncent des sourcils aussi noirs que l'orage
Et tiennent bien au chaud leur rage.

Le poème racontait l'histoire étrange de Tam O'Shanter, grand buveur devant l'Eternel, qui, plus souvent qu'à son tour après une foire, restait à boire avec des compagnons aussi soiffards que lui au lieu de regagner son logis. Cette nuit-là, lorsque enfin il se décida à rentrer chez lui, monté sur sa jument Meg, un orage d'une violence inouïe se déchaîna. Sur le chemin du retour, il passa à côté de l'église abandonnée d'Alloway, dont la légende prétendait qu'elle était hantée par des sorcières et des démons. Effectivement, l'intérieur en était illuminé et il entendit des chants inquiétants.

Parut l'église d'Alloway, illuminée, brillante ;
Par chaque trou, des rayons de lumière s'agitaient,
Des bruits de réjouissance et de danse résonnaient.

Toute peur l'ayant quitté à cause de l'alcool ingurgité, il s'approcha et découvrit un spectacle pour le moins étrange.

Des sorcières et des démons menant la danse,
Pas un de ces cotillons à la mode de France,
Mais gigues et strathspeys, et rondes,
Avec des cornemuses pour faire frapper les talons.

Parmi les démons cornus et les sorcières vieilles et laides à faire peur se trouvait, comme une apparition, une sorcière jeune et belle, Nancy, vêtue d'une chemise courte qui ne cachait pas grand-chose de son corps. Emerveillé, Tam l'observa. Et, lorsque la sarabande s'acheva, il battit des mains et s'exclama, à l'adresse de Nancy : « Bravo, Courte chemise ! »

Mal lui en prit. Les démons, furieux d'avoir été dérangés, se ruèrent à sa poursuite. Tam comprit son erreur et bondit sur le dos de sa jument Meg. Il savait qu'il devait franchir la rivière Doon pour être sauvé, car démons et sorcières ne pouvaient pas franchir l'eau.

Il parviendra à se sauver, mais la pauvre Meg y laissera sa queue, arrachée au dernier moment par la sorcière Nancy, furieuse d'avoir été surprise par un mortel.

Lorsque le comédien eut achevé le poème, Nichol reprit la parole :

— Et voilà pourquoi, chers amis, parce que « courte chemise » se dit « cutty sark », le voilier le plus célèbre de l'histoire de la navigation britannique porte ce nom étrange. C'est aussi pour cette raison que sa figure de proue n'est autre que la sorcière Nancy, qui tient dans sa main une queue de cheval. La queue qu'elle a arrachée à la pauvre jument Meg.

Un tonnerre d'applaudissements salua ses paroles, tandis que les domestiques remplissaient de nouveau les verres, chopes et gobelets. Puis, tandis que l'on commençait à servir le fameux haggis, Nichol déclama lui-même le poème de Burns, « To a Haggis ». Au grand dam d'Andrew.

La soirée s'acheva fort tard dans la nuit, lorsque l'on entonna le fameux « Auld Lang Syne », repris en chœur par tous les invités, dont les voix avaient pris des sonorités inhabituelles et des circonvolutions bizarres sous l'effet de la bière et du whisky. Andrew et Aileen eux-mêmes avaient solidement fait honneur à la tradition.

Cependant, au moment de partir, Aileen remarqua :

— C'est curieux, pas une fois je n'ai vu Monroe. Stephen avait pourtant dit qu'il n'aurait manqué cette fête pour rien au monde.

22

La nuit suivante, et malgré les abus de bière et de whisky, ils firent l'amour avec d'autant plus de fougue que le décolleté d'Aileen et les regards de convoitise des hommes présents avaient éveillé chez Andrew des envies inavouables. Comme il avait fini par admettre que « le haggis n'est pas si mauvais qu'on le prétend ! », la jeune femme s'était montrée reconnaissante et inventive.

L'aube pointait déjà lorsqu'ils finirent par s'endormir, d'un sommeil lourd, et un peu migraineux. Le mélange de la bière et du whisky n'étant guère recommandé pour passer une nuit calme, Aileen se trouva très vite plongée dans des cauchemars qui la ramenèrent au cœur de la guerre, sous les bombardements, au milieu des corps mutilés et dévorés par les flammes. La respiration hachée, elle découvrit, parmi les victimes, les cadavres fumants, la peau craquelée et sanguinolente, d'Elizabeth et de Murdoch. Leurs orbites vides la fixaient et semblaient animées d'une vie propre. Lorsque leurs mains se tendirent vers elle, elle fut projetée vingt années en arrière, sur la lande maudite de Moorkyle. Les cadavres avaient disparu de sa vue, mais elle sentait une présence hostile autour d'elle, spectres indistincts se manifestant sous la forme de bruits insolites et effrayants, gémissements, craquements, chuintements à la fois proches et lointains. Parfois surgissaient des formes spectrales fugaces, qui s'évanouissaient, aussitôt qu'apparues, dans la demi-nuit qui baignait la lande. Une douleur sourde lui tordait l'estomac tandis que son souffle devenait de plus en plus difficile. Par moments, elle étouffait de chaleur, à d'autres elle frissonnait, le corps enveloppé par des bourrasques glaciales venues de nulle part. Un danger imprécis se rapprochait d'elle, la plongeant dans une terreur d'autant plus grande qu'elle pouvait à peine avancer. Ses pieds semblaient peser des tonnes. Elle se mit à gémir, mais aucun son ne sortait de sa gorge.

Tout à coup, il y eut comme une explosion devant elle, et elle distingua nettement le corps de Lawrence qui se débattait dans les flammes, emprisonné dans une sorte de cage munie de roues. Les yeux fous de douleur, il paraissait l'appeler, hurler vers elle, mais elle n'entendait rien.

Elle s'éveilla soudain, le cœur battant la chamade, la respiration haletante. Elle s'assit sur son lit et retint avec peine un hurlement de frayeur. A ses côtés, Andrew ronflait du sommeil du juste. Agacée, elle le bouscula pour qu'il se retourne, ce qu'il fit en grognant. Elle hésita à le réveiller. Une douleur vive lui vrillait le crâne. Elle ne s'était guère montrée raisonnable, la veille. Mais l'ale était fraîche et il faisait chaud. Elle se massa légèrement les cheveux, puis se leva, les jambes lourdes. Les images atroces de son cauchemar commençaient à s'estomper. Seule la vision de Lawrence prisonnier des flammes persistait, provoquant en elle un malaise diffus. Elle était sûre qu'il lui était arrivé quelque chose.

Elle regarda le réveil. Il indiquait onze heures du matin. Abandonnant Andrew qui s'était rendormi aussitôt, elle se dirigea vers la salle de bains pour prendre une douche réparatrice. Lorsqu'elle en sortit, la migraine n'avait pas disparu. Elle se résolut à prendre de l'aspirine.

A la même heure, Lawrence arrivait en vue d'une magnifique propriété. Il répondait à l'invitation de monsieur

Smith, l'homme qui organisait l'exposition de peinture devant se tenir en septembre à Oban.

Le portail était ouvert ; il était attendu. Il s'avança à l'intérieur du parc avec sa voiture. Une centaine de mètres plus loin, il parvint devant une demeure magnifique du dix-huitième siècle. Monsieur Smith l'avait appelé la veille pour lui demander de passer le lendemain dimanche. Il s'était excusé de lui imposer une visite le jour du Seigneur, mais il devait partir pour Londres le lendemain et souhaitait régler certains détails administratifs concernant l'exposition avant son départ. Lawrence n'entretenant que des relations très épisodiques avec la religion, il n'y avait vu aucun inconvénient.

Il s'étonna de n'apercevoir aucune voiture devant la maison alors que celle-ci était tout de même située à plus de cinq kilomètres d'Oban. Mais peut-être y avait-il un garage derrière. Il s'avança vers le perron. De l'intérieur, une voix l'avertit :

— Entrez, c'est ouvert.

Il se retrouva dans un vaste hall au plafond haut et orné de volutes de fleurs. Un tapis épais couvrait le dallage. Sur la droite s'ouvrait un salon aux meubles protégés par des housses blanches.

— Monsieur Smith ! appela-t-il.

L'instant d'après, il recevait un coup violent sur le crâne et sombra dans l'inconscience.

Lorsqu'il reprit ses esprits, il eut tout d'abord l'impression d'être aveugle. Une douleur vive lui vrillait le crâne et sa respiration était difficile. Il se rendit compte qu'il était ébloui par la lumière du soleil de midi. Il voulut bouger, mais ses membres étaient entravés. L'esprit en déroute, il constata qu'il se trouvait à bord de sa voiture. Mais celle-ci ne se trouvait plus devant la demeure de monsieur Smith. Quelqu'un l'avait amenée… non loin du rivage. Ce fut seulement à ce moment-là qu'il prit conscience de l'odeur puissante qui flottait dans son véhicule.

Celle du whisky. Une terreur sans nom s'empara de lui, qui le réveilla instantanément. Il pensa à la mort ignominieuse de sa sœur et de son frère. Il était tombé dans un piège. Monsieur Smith n'existait pas. Il n'y aurait pas d'exposition à Oban. Tout cela n'était qu'un stratagème pour l'attirer dans un traquenard duquel il ne sortirait pas vivant. Il se mit à hurler. Mais, pour autant qu'il pouvait le voir, il n'y avait aucune habitation aux alentours. Et pas le moindre petit signe de présence humaine. Il s'agita dans tous les sens pour tenter de se dégager. Mais il n'y avait rien à faire. Les liens étaient solides et tous les mouvements qu'il faisait ne servaient qu'à les resserrer. Il recommença à crier.

Tout à coup, une silhouette surgit de l'angle mort, derrière la voiture. Une silhouette qu'il n'avait pas encore pu voir. Il se tourna autant que possible. Il crut qu'il rêvait. Puis une lueur d'espoir le saisit. Il connaissait son agresseur.

— Mais qu'est-ce qui te prend ?

L'autre ne réagit pas, se contentant de l'observer d'un regard glacial et inhumain.

— Arrête tes conneries ! Et détache-moi !

La silhouette ne répondit pas. Alors, Lawrence comprit qu'il s'était trompé. Il ne connaissait pas l'individu. Il était seulement abusé par une ressemblance. La terreur s'empara de lui. Il ne voulait pas mourir.

— Mais pourquoi ? hurla-t-il.

Pour toute réponse, il n'y eut que le craquement d'une allumette. L'instant d'après, une haleine infernale enveloppa Lawrence. Il se tordit en tous sens, de douleur et de terreur.

En vain.

23

Le lundi, en fin de matinée, alors qu'elle s'apprêtait à préparer le déjeuner, Aileen vit arriver la voiture de police. Assis sur le rocking-chair de la terrasse, Andrew fumait une cigarette.

— Tiens, on dirait que ton ami Sean vient nous rendre une petite visite...

La jeune femme sentit son cœur battre plus vite. L'angoisse qui s'était emparée d'elle la veille remonta à la surface. L'image de Lawrence ne l'avait pas quittée depuis. Elle n'avait même pas osé parler de son cauchemar à Andrew, de peur de l'inquiéter. Elle n'avait pas envie de discuter avec lui à propos d'un éventuel retour à Londres. Elle avait trop à faire à Inverdeen. Dès qu'elle vit le visage de Sean, elle comprit qu'une nouvelle tragédie s'était produite.

— Lawrence Mac Murhan a été tué à son tour, déclara le policier d'une voix blanche.

Les jambes d'Aileen se mirent à trembler. Elle prit une chaise et s'y laissa tomber, le souffle court.

— Ça ne va pas, ma chérie ? s'inquiéta Andrew.

Il lui prit la main tandis que Sean, embarrassé, ne savait plus trop quelle attitude adopter. Aileen prit une profonde inspiration et dit à son mari :

— Je n'ai rien voulu te dire, hier, mais j'ai fait un cauchemar dans lequel je voyais qu'il arrivait malheur à Lawrence.

— Je suis désolé, dit Sean. Je pensais que je devais t'avertir. Tu le connaissais un peu.

— Comment est-ce arrivé ?

— On a retrouvé sa voiture sur une grève, de l'autre côté d'Oban. Il avait été entravé et aspergé de whisky, comme son frère et sa sœur. Son meurtrier ne lui a laissé aucune chance.

— Et personne n'a pu lui venir en aide ? s'étonna Andrew.

— L'endroit est loin de tout. Il y a une grande demeure isolée, pas très loin. Malheureusement, ses propriétaires sont en vacances en France. En leur absence, personne ne s'est rendu compte de rien avant hier soir, quand un pêcheur venu relever ses filets a aperçu la carcasse calcinée de la voiture. Il a aussitôt prévenu mes collègues d'Oban. Brenner et Robson étant à Glasgow pour le week-end, ils m'ont contacté. Je suis allé sur place. Ce n'était pas beau à voir. En revanche, à l'inverse des deux autres, il n'avait aucun doigt coupé. Ce qui tendrait à confirmer ton hypothèse, Aileen. Le tueur a obtenu la réponse qu'il souhaitait auprès de Murdoch, et il n'éprouve plus le besoin de torturer ses victimes pour les faire parler.

— Mais… vous avez une idée de ce qu'il voulait leur faire dire ? demanda Andrew.

— Aucune, hélas.

Bouleversée, Aileen éclata en sanglots. Lawrence lui avait proposé de nouer des liens d'amitié avec elle. Elle avait eu envie d'y répondre. L'homme lui était sympathique.

— Et dire que je l'ai soupçonné parce que ses toiles ressemblaient à des incendies !

— C'était peut-être prémonitoire, dit Andrew. Comme une vision de sa propre fin… Mourir comme ça, c'est horrible.

Il la prit par les épaules.

— Allons, remets-toi.

Elle se blottit contre lui. Embarrassé, Sean poursuivit .

— Il y a un élément bizarre. Les traces de la voiture provenaient de la villa, comme si Lawrence s'y était rendu juste avant.

Aileen ravala ses larmes, s'essuya les yeux et, reprenant son sang-froid, dit :

— Il m'avait dit qu'il avait rendez-vous avec un certain monsieur Smith. Ce monsieur Smith voulait l'inviter à participer à une exposition de peinture qui devait se tenir en septembre à Oban...

— C'était une exposition bidon, et ce monsieur Smith n'est autre que notre assassin. Il devait savoir que la maison était vide, et il l'a utilisée pour tendre un piège à Lawrence...

— Ça paraît logique, dit Andrew.

— Et ça confirme ce que nous a appris son père, poursuivit Sean. Lawrence devait se rendre à Oban ce dimanche pour rencontrer l'organisateur de l'exposition. Le vieil Angus est comme fou. Il a passé un savon monumental à Brenner et Robson, qu'il accuse de n'avoir rien fait pour défendre sa famille.

Aileen se tordait les mains, désespérée. Un vif sentiment de culpabilité s'était emparé d'elle. En se réveillant, la veille, elle avait pensé passer un coup de téléphone à Lawrence pour l'avertir. Mais elle avait eu peur de passer pour une folle à ses yeux et elle avait renoncé. A présent, il était trop tard. Elle se remit à pleurer.

— J'aurais dû l'appeler, sanglota-t-elle.

— Tu ne pouvais pas savoir, dit doucement Andrew.

— Ce cauchemar était prémonitoire. J'aurais pu le sauver.

— Rien n'est moins sûr, intervint Sean. D'après les premiers résultats, cela s'est passé hier matin, entre onze heures et midi. Il est parti du manoir vers neuf heures et demie, dix heures.

Juste au moment de mon cauchemar, songea Aileen. La cage étrange pourvue de roues s'expliquait clairement. Il s'agissait de la voiture de Lawrence. Elle serra les dents pour reprendre contrôle sur elle-même. Lorsqu'elle s'était éveillée, Lawrence était déjà parti. Elle n'aurait pas pu le joindre. Alors, pourquoi ce rêve stupide ? Elle en aurait hurlé.

— De toute façon, pourquoi t'aurait-il écoutée ? la consola Sean. Il n'avait aucune raison de se méfier de ce rendez-vous. Angus nous a dit que Lawrence avait eu ce monsieur Smith plusieurs fois au téléphone. Lui-même lui avait parlé. Smith avait l'air très intéressé par ce que peignait Lawrence. Et pour lui qui n'exposait jamais, c'était une occasion inespérée. Mais Smith n'était pas un amateur de peinture. Il y avait une douzaine de toiles dans le coffre ; elles ont brûlé avec lui.

Sean parti, Andrew proposa à Aileen d'aller visiter Oban.

— Tu as besoin de te changer les idées, ma chérie. Il ne sert à rien de rester ici à te morfondre.

Elle finit par accepter. Andrew avait raison. Elle ne pouvait plus rien pour Lawrence.

Après avoir visité le centre de la petite ville de style victorien et le port, d'où partaient les innombrables ferries à destination des îles, ils se rendirent sur les hauteurs, jusqu'à la bizarre tour Mac Craig, construite à la fin du dix-neuvième siècle par un banquier excentrique qui voulait combattre le chômage en donnant du travail aux autochtones. La tour avait ceci de particulier qu'elle était une copie baroque du Colisée, et qu'elle n'avait jamais été achevée du fait de la mort du banquier. Mais on bénéficiait de là-haut d'une vue imprenable sur la cité et la baie. Ils déjeunèrent ensuite sur les quais, dans un restaurant spécialisé dans les fruits de mer.

Aileen, toujours bouleversée, ne parlait guère.

— Pardonne-moi, dit-elle. Je suis stupide, je gâche ta journée.

— Ce n'est pas grave, ma chérie. Mais j'avoue que je ne comprends pas. Je conçois que la mort de ces gens t'émeuve, mais tout de même, ils ne faisaient pas partie de ta famille...

— Non, mais c'est la première fois qu'il se produit des événements aussi graves à Inverdeen. Ici, tout le monde se connaît. Même s'il existe un antagonisme entre les Mac Cullins et les Mac Murhan, cela fait partie de l'histoire du pays. Et puis, je suis allée plusieurs fois chez eux, ces derniers temps. Angus m'a même fait visiter la distillerie et il m'a offert une bouteille de whisky. Il paraît qu'il ne le fait jamais. Quant à Lawrence...

Un bref sanglot la secoua.

— Je ne sais pas pourquoi, mais je sentais qu'on aurait pu devenir amis, tous les deux. Je sentais comme une complicité.

Andrew fit la grimace.

— Ne sois pas bêtement jaloux, ajouta-t-elle. Cela n'a rien à voir. J'aimais beaucoup ses tableaux.

Soudain, elle explosa :

— Mais qui peut être assez lâche et assez salaud pour commettre des crimes dans des conditions aussi écœurantes ? Et pourquoi ? POURQUOI ?

— Calme-toi, souffla Andrew. Nous ne sommes pas seuls.

Autour d'eux, plusieurs personnes regardaient dans leur direction. Embarrassée, elle essuya ses larmes d'un geste vif. Ces imbéciles risquaient de croire que c'était lui qui la faisait pleurer.

— A présent, poursuivit-elle plus bas, je suis sûre que le vieil Angus va se faire tuer à son tour. Il est clair que l'assassin veut exterminer la totalité du clan Mac Murhan.

— Les flics ont peut-être eu tort de relâcher ce Monroe Mac Cullins, si tu veux mon avis. Il n'était pas là, samedi soir.

— Monroe est innocent. C'est un impulsif. Je ne le vois pas organiser des crimes aussi monstrueux. En revanche, cela pourrait être le fait de Stephen Mac Leod.

— Le mari de Fenella ? Ça ne tient pas la route : il était avec nous, samedi soir. J'ai même bavardé avec lui. Et vu l'état dans lequel il était quand nous sommes partis, je ne pense pas qu'il aurait été capable de commettre un meurtre. D'ailleurs, je crois que lui et sa femme sont restés dormir au manoir.

— Cela ne les innocente pas à mes yeux. S'ils ont fait appel à un tueur professionnel, ils pouvaient très bien donner le change samedi soir.

— A ce compte-là, tout le monde peut être coupable.

— En tout cas, je vais continuer à aider Sean. Je ne sais pas comment, mais je vais tout faire pour démasquer cette ordure.

Andrew poussa un soupir.

— Et moi, je pense que tu risques de te retrouver embarquée dans une aventure dangereuse. Tu devrais laisser la police faire son travail.

Butée, elle ne répondit pas.

— Tu me fais peur, Aileen. Je dois repartir dans deux jours. Tu ne veux pas rentrer à Londres avec moi ? Je serais plus tranquille de te savoir en sécurité.

Elle secoua la tête.

— Pour me retrouver seule dans l'appartement ? Non merci. Tu m'as dit que tu serais encore absent pour au moins deux ou trois semaines.

— Bien sûr, mais..

— Alors, je reste.

— Je savais que les Ecossais étaient des têtes de mule, mais à ce point...

— N'insiste pas !

— Bien, bien !

Andrew écarta les bras. Il savait d'expérience qu'il n'était pas possible de discuter avec Aileen quand elle avait décidé quelque chose.

Le lendemain, en fin d'après-midi, ils firent une halte au pub. Tout le monde ne parlait plus que de l'arrestation de Monroe, effectuée le matin même par Brenner et Robson, qui se basaient sur le fait qu'il était absent du manoir Mac Cullins lorsque Lawrence avait été assassiné. Les conversations allaient bon train et les esprits commençaient à s'échauffer. Les partisans des Mac Murhan accusaient ouvertement les Mac Cullins, tandis que les autres les défendaient bec et ongles.

— Et pourquoi que le Monroe il était jamais chez lui quand les meurtres ont eu lieu ? demandait le père Mac Cormack. Ça veut tout dire ! Les flics, ils ont bien fait de le coincer. On va être enfin tranquilles !

— Le Monroe y est pour rien, riposta un autre. Et toi, t'étais où, dimanche matin ? Pas à la messe, en tout cas. Je t'y ai pas vu !

— Je fous jamais les pieds à la messe ! répliqua Mac Cormack. Surtout si c'est pour y voir ta face d'âne !

— Cela va encore finir par une bagarre générale... soupira Aileen. Et je n'ai pas ma trousse sur moi.

Certains enfin prétendaient que les Mac Murhan n'avaient pas été tués par un être humain, mais par les fantômes des Amants de Feu.

— Toujours la vieille légende ! s'esclaffa Andrew.

Dans son coin, le vieux berger, Malcolm, bougonnait tout seul. Il était persuadé, quant à lui, que Paul Mac Cullins était revenu et n'en démordait pas.

— Paul Mac Cullins ? demanda Andrew.

— Je t'en ai déjà parlé. C'est celui que l'on a cru parti pour les Etats-Unis il y a vingt ans.

— Ah oui, je me souviens. Et il n'est pas parti ?

— Apparemment non. Lorsque Malcolm a affirmé l'avoir aperçu sur la lande de Moorkyle, Sean a mené son enquête. Il a fait circuler la photo de Paul quand il avait vingt ans. Un marin de la région d'Oban l'a reconnu pour l'avoir rencontré à l'époque de sa disparition. D'après ce marin, Paul n'avait sur lui que des lambeaux de vêtements et il avait perdu la mémoire.

— Sa famille ne l'a pas réclamé ?

— Pourquoi l'auraient-ils fait ? Ils pensaient qu'il était parti pour l'Amérique avec Margareth. Tous deux avaient laissé des lettres pour les avertir de leur décision. Les Mac Cullins n'avaient aucune raison de le faire rechercher en Ecosse.

— C'est vrai. Et ensuite ?

— Il s'est engagé sur un bateau de pêche. Mais celui-ci a été coulé par les Allemands au début de la guerre. Il est mort noyé.

— Donc, ce berger, Malcolm, n'a pas pu le voir. Il a dû se tromper. A son âge, ça n'a rien d'étonnant.

— Malcolm a quatre-vingt-dix ans, mais il a toute sa tête. S'il dit avoir aperçu Paul, c'est qu'il a vu un homme qui lui ressemblait. Et il y a une autre hypothèse : admettons que Paul a survécu...

Elle laissa passer un silence, puis demanda :

— Est-ce qu'un amnésique peut retrouver la mémoire au bout de vingt ans ?

— Il y a très peu de chances. Les amnésies de longue durée sont dues à des dommages graves, le plus souvent irréversibles. Une partie de la mémoire reste à jamais inaccessible. Cependant, je me garderai bien d'affirmer que ce soit impossible. En vérité, nous ne savons pas grand-chose sur le sujet. L'étude du cerveau et du phénomène de la mémoire n'en est qu'à ses balbutiements. Mais pourquoi me poses-tu cette question ?

— A cause de ce que mes camarades et moi avons vu avant la guerre. Paul et Margareth avaient l'habitude de se retrouver dans la cabane que nous avons vue brûler. J'ai pensé que le vieil Angus pouvait avoir surpris leur secret. Il les aura suivis et aura tenté de les tuer tous les deux en mettant le feu à la cabane. Mais ils ont réussi à s'échapper. Malheureusement, Angus s'en est aperçu et il les a rattrapés...

— Tout seul contre deux ?

— Murdoch était peut-être avec lui. Ils les ont frappés et ont jeté leurs corps dans le loch Starav. Margareth est morte noyée, mais Paul a réussi à s'en sortir, par miracle. Seulement, les coups l'ont rendu amnésique. Il a alors erré jusqu'au petit port de Ganavan, où il a été recueilli par des pêcheurs. Plus tard, son bateau fait naufrage, mais il survit. On ignore ce qu'il devient, mais imaginons qu'au bout de vingt ans la mémoire lui soit revenue. Il aura alors eu l'envie de se venger d'Angus et de tous les Mac Murhan.

— Pourquoi le clan tout entier ?

— Peut-être parce qu'il pense qu'ils sont tous complices...

Andrew secoua la tête.

— C'est une hypothèse intéressante, mais elle est probablement fausse.

— Pourquoi ?

— Parce qu'il y a peu de chances que ce Paul Mac Cullins ait réchappé à un naufrage provoqué par un sous-marin. Et il y en a encore moins pour qu'il ait récupéré ses souvenirs au bout de vingt ans.

Il regarda en direction de Malcolm, qui continuait son soliloque en sirotant son verre de whisky.

— Tu sais, le témoignage d'un vieux berger imbibé de bière et de whisky jusqu'à la moelle ne me paraît pas très fiable. Et il y a autre chose : si Angus avait balancé le cadavre de sa fille à la mer, celle-ci aurait rendu son corps, à un moment ou un autre.

Aileen médita les paroles d'Andrew. Son raisonnement se tenait. Après tout, seul le vieux Malcolm avait aperçu Paul Mac Cullins sur la lande proche de Moorkyle. L'enquête menée par Sean auprès du marin d'Oban leur avait seulement permis d'apprendre que Paul n'était jamais parti pour l'Amérique, et qu'il était mort apparemment depuis dix-sept ans. Mais le vieux marin de Ganavan avait peut-être été abusé par une ressemblance.

— Tu as sans doute raison, admit-elle enfin. Paul suivait des études de médecine. Comment aurait-il pu se transformer en un tueur impitoyable ?

— Bien sûr.

Andrew posa la main sur le bras de sa femme.

— Ecoute, tu ne devrais pas trop penser à tout ça. Laisse la police faire son boulot. Je vais bientôt repartir. Je n'aime pas trop te savoir sur la piste d'un assassin qui a déjà tué trois personnes dans des conditions particulièrement atroces.

Elle hocha la tête, à la fois triste et découragée. Le souvenir de Lawrence ne quittait pas son esprit.

Andrew quitta Inverdeen le lendemain, laissant une Aileen quelque peu désemparée. Cependant, c'était elle qui avait choisi de rester. Elle décida d'assister aux obsèques de Lawrence, comme elle l'avait fait pour Elizabeth et Murdoch.

24

Ce nouvel enterrement avait attiré beaucoup plus de monde qu'Aileen ne l'aurait imaginé. Cette fois, les habitants d'Inverdeen étaient venus très nombreux rendre un dernier hommage au jeune homme, qui était apprécié de tous. Il était le seul membre de la famille Mac Murhan que l'on jugeait fréquentable. Une foule de curieux encore plus nombreuse s'était mêlée aux autochtones. Les journaux nationaux ayant largement relayé l'affaire, l'événement avait attiré du monde. Beaucoup espéraient qu'il se passerait quelque incident au cours duquel celui que la presse appelait le « tueur fantôme au whisky » se manifesterait. Les hypothèses les plus farfelues circulaient. Une bonne partie des visiteurs croyaient dur comme fer que les meurtres avaient été commis par un spectre. Ils en voulaient pour preuve le fait qu'on n'ait jamais réussi à retrouver la moindre trace de son passage. Beaucoup s'appuyaient sur la légende des Amants de Feu, désormais relatée par les magazines dans le moindre détail. Pour eux, il ne faisait aucun doute qu'on assistait là à l'accomplissement de la malédiction lancée par la mère de Moray, Eimhir Nik Cullins, plus de six siècles auparavant. Cela avait commencé avec la disparition de la bride du kelpie. Les morts allaient donc se succéder jusqu'à la mort du dernier des Mac Murhan.

Et il n'en restait plus qu'un...

Angus marchait seul en tête, le regard dur. Personne, hormis le maire, n'osait s'approcher de lui. Aileen resta en retrait. Qu'aurait-elle pu lui dire ?

Une petite pluie fine tombait sur les Highlands, estompant les sommets des montagnes et noyant le loch sous la brume. Le temps lui-même semblait porter le deuil.

A la grande déception des curieux, il n'y eut pas d'apparition fantastique, pas de manifestation surnaturelle. Rien que de la douleur et des larmes.

Lorsqu'elle regagna sa maison, Aileen avait l'esprit vide. Plus que jamais elle avait l'impression d'avoir perdu un ami. A plusieurs reprises, elle avait été prise de sanglots qu'elle avait eu toutes les peines du monde à réprimer. Pourtant, elle ne connaissait Lawrence que depuis peu de temps. Elle n'éprouvait pour lui aucun sentiment pouvant s'apparenter à de l'attirance. C'était autre chose, la sensation d'un immense gâchis, une colère impuissante contre l'absurdité et l'horreur de ces crimes.

Epuisée et en proie au doute, elle prit place dans le fauteuil à bascule de sa mère et se servit un verre du whisky offert par Angus, qu'ils avaient entamé avec Andrew juste avant son retour à Londres. La force de l'alcool l'apaisa un peu.

Tout à coup, des coups violents résonnèrent contre la porte d'entrée. Elle s'éveilla en sursaut, en proie à une panique soudaine. Désorientée, elle regarda autour d'elle. Après avoir bu son verre, elle s'était assoupie. Elle jeta un coup d'œil à la pendule. Incrédule, elle constata qu'elle avait dû dormir pendant au moins trois heures. Il était presque huit heures du soir et le temps s'était encore dégradé. Au-dehors, la tempête sévissait.

— Aileen ! Tu es là ?

Reconnaissant la voix de Moyra, elle se leva et alla ouvrir. Une bourrasque de pluie et de vent pénétra dans la maison, achevant de la réveiller.

— Excuse-moi, je m'étais endormie.

Moyra entra, dégoulinant de pluie.

— Il fallait que je te voie, dit-elle en se débarrassant de son imperméable.

— Et tu es venue par ce temps ? Il faut que ce soit vraiment urgent.

— Peut-être. Je sais pas. J'aurais pu aller à la police, mais je voulais d'abord que tu me donnes ton avis.

— Entre, tu vas m'expliquer.

— Voilà, samedi, je faisais mes courses à Oban quand tout à coup, sur le port, j'ai aperçu quelqu'un que je ne m'attendais pas du tout à voir.

— Qui ça ?

— Patrick !

— Patrick ? Notre Patrick ?

— Oui, Patrick O'Hara. De retour à Oban.

Le visage d'Aileen s'éclaira.

— C'est une excellente nouvelle ! Mais ce n'était pas la peine de risquer de t'enrhumer pour venir me l'annoncer. Ça pouvait attendre demain.

— Attends, tu sais pas tout. Quand je l'ai vu, j'ai voulu aller vers lui. Et là, il m'a regardée, et il a filé en courant, comme pour m'éviter.

— Il était peut-être pressé, et il ne t'a pas reconnue.

— Oh si, il m'a reconnue, c'est certain. J'ai croisé son regard. Il savait qui j'étais. Et malgré ça, il m'a fuie comme s'il avait vu le diable. Tu trouves pas ça drôle ?

— C'est bizarre, en effet. Mais tu es sûre que c'était lui ?

— Evidemment. Ça fait douze ans qu'il est parti. Mais je l'ai bien reconnu. C'est devenu un bel homme, grand et plutôt costaud. Avant qu'il me voie, je l'ai observé. J'étais tellement surprise. Je voulais être sûre que c'était lui. Je t'assure que je me suis pas trompée. C'était bien notre Patrick O'Hara. Alors pourquoi s'est-il sauvé ? C'est la question que je me pose depuis. En fait, cela m'aurait pas vraiment inquiétée s'il y avait pas eu la mort de Lawrence Mac Murhan dimanche dernier. Mais justement, je me suis rappelé que Patrick est parti pour l'Amérique après s'être copieusement accroché avec le père Angus. Ils ont failli se foutre sur la gueule, d'après ce qu'on m'a dit. Alors, je me suis demandé… s'il y avait pas un rapport…

Aileen la regarda, ébahie.

— Tu penses que Patrick pourrait avoir un lien avec ces crimes abominables ? Mais c'est de la folie, voyons ! C'était un gentil garçon. Il n'aurait pas fait de mal à qui que ce soit.

— Je sais. Il était comme ça, autrefois. Mais ça fait longtemps. Les gens peuvent changer, tu sais. Et il y a peut-être des choses qu'on ignore. On sait pas pourquoi Patrick et le vieil Angus se sont engueulés.

Aileen secoua la tête.

— Une engueulade n'amène pas les gens à tuer, rétorqua-t-elle. Surtout de manière aussi atroce.

— Alors pourquoi a-t-il refusé de me dire bonjour ? Nous étions en très bons termes, la dernière fois qu'on s'est vus. Nous avons même un peu flirté, après ton départ pour Londres.

— Je ne sais pas quoi te dire.

Elles restèrent un long moment silencieuses.

— J'ai hésité, reprit Moyra. J'ai pensé aller voir Sean, mais j'ai pas pu. J'aurais eu l'impression de trahir un copain. Mais maintenant je me dis que s'il a commis ces crimes…

— Rien ne le prouve. Et puis, il ne t'a peut-être pas vue, tout simplement.

— Si, si ! Il m'a regardée. Il m'a bien reconnue, c'est sûr. Et c'est après qu'il s'est mis à marcher très vite pour s'échapper. Il avait l'air contrarié que je l'aie vu. Pour quelle raison, si c'est pas parce qu'il a quelque chose sur la conscience ?

Aileen ne répondit pas. Evidemment, le comportement de Patrick – si c'était bien lui – était plutôt étrange. Mais de là à le soupçonner d'avoir commis ces crimes...

— Que comptes-tu faire ? demanda-t-elle.

— Je sais pas. Je pensais que tu pourrais me conseiller.

— Ecoute, si Patrick n'a rien à se reprocher, il ne risque rien. Il y a peut-être une explication toute simple pour laquelle il n'a pas voulu te parler, une femme, ou quelque chose comme ça. En revanche, si c'est bien lui qui a commis ces crimes, nous ne pouvons pas le laisser dans la nature. Il faut prévenir Sean.

— Patrick ? Il est de retour ?

Dès le lendemain, Moyra et Aileen avaient appelé leur ami, qui était venu immédiatement. Lorsque Moyra eut expliqué sa rencontre inattendue, Sean se gratta le menton, perplexe.

— Je dois dire que je ne comprends pas son attitude, dit-il enfin. C'est bizarre aussi qu'il ne soit pas venu nous voir. Je vais passer discrètement la consigne à mes collègues d'Oban, afin qu'ils tentent de le localiser, voire de le surveiller. Mais j'ai peine à imaginer qu'il puisse avoir un rapport avec cette histoire.

— Et Monroe ?

— Ils ont été obligés de le relâcher une nouvelle fois. Il semblerait que l'un des appels du mystérieux monsieur Smith ait été passé alors qu'il était en prison. Ce qui prouverait son innocence. Mais Brenner et Robson ne sont pas du tout convaincus.

Le lendemain soir était un samedi. A la suite du meurtre de Lawrence, Brenner avait décidé d'octroyer une protection à Angus Mac Murhan. Quatre policiers avaient été réquisitionnés, qui faisaient les cent pas dans la cour du manoir, inspectant les recoins sombres à l'aide de lampes torches.

Dans sa chambre, Angus avait nettoyé ses armes, deux pistolets qu'il conservait depuis la guerre. Si le criminel tentait de s'en prendre à lui, il trouverait à qui parler.

Pourtant, passé minuit, il ne s'était toujours rien passé. Cela faisait cinq jours que les flics surveillaient le manoir. Peut-être leur présence avait-elle découragé l'assassin. Mais il en doutait. Angus ne croyait pas aux fantômes. S'il s'agissait bien de l'homme auquel il pensait, il avait une idée précise de ses motivations, et il savait qu'il ne renoncerait jamais. Les flics ne resteraient pas ici éternellement. L'autre était patient, il attendrait qu'ils abandonnent. Alors, il serait seul pour lui faire face. Il devait s'y préparer. Mais il combattrait. Comme il l'avait toujours fait.

Le pire, c'est qu'il ne pouvait même pas aller confier ce qu'il savait à la police. Il aurait alors dû répondre de ses propres crimes.

Il n'y avait qu'une chose qu'il ne comprenait pas. Pourquoi ce fumier avait-il tué Lawrence et Elizabeth ? Ils n'étaient pour rien dans ce qui s'était passé vingt ans plus tôt. Seul Murdoch était en cause, comme lui, mais les deux autres ne savaient rien. Il n'y avait donc aucune raison de se venger sur eux. Mais peut-être l'assassin l'ignorait-il. De toute façon, il était trop tard maintenant.

Angus n'éprouvait aucun remords. Il n'en avait jamais éprouvé. Il avait toujours défendu ses intérêts sans le moindre scrupule. Le monde était ainsi fait ; les forts devaient dominer les faibles, c'était la loi de la nature. Tant pis pour ceux qui s'étaient dressés sur son chemin. Et si l'autre salopard avait décidé de se frotter à lui, il ne serait certainement pas aussi facile à tuer que ses trois enfants. Par moments, Angus en venait même à souhaiter que l'affrontement final ne tardât pas, afin d'avoir en face de lui le visage de son ennemi.

La nuit était déjà bien entamée. Un froid humide s'était installé, pénétrant l'épaisseur des vêtements, engourdissant les membres des policiers qui montaient la garde. L'agent Neville frissonnait, se dandinant d'un pied sur l'autre. Son collègue, Stanley, se tenait à quelques pas. Il avait fumé cigarette sur cigarette au début de la garde, afin de ne pas céder au sommeil. Mais les heures avaient tourné et le calme nocturne les avait engourdis insidieusement. Les deux autres agents faisaient une ronde de l'autre côté du manoir. Neville pestait. Il lui importait peu que le vieux fou se fasse griller comme les autres. C'était un sale type, sur lequel circulaient des rumeurs peu flatteuses, auxquelles il croyait lui-même volontiers. Alors, s'il crevait, ça ne ferait qu'une ordure de moins. Il ne les saluait même pas quand ils venaient prendre leur tour de garde.

Vers trois heures du matin, ce fut à Stanley et à lui d'effectuer le tour du manoir. Ils étaient parvenus de l'autre côté quand son collègue l'arrêta.

— T'as rien entendu ?

— Ben non.

— On aurait dit que ça venait de l'entrée.

— Il y a Burrage et Cornrigs. Ne t'inquiète pas.

Stanley fit la moue, puis hocha la tête.

— Ouais, t'as raison. Ils sont deux, comme nous.

Ils poursuivirent leur ronde, tous les sens à l'affût. Mais il ne se produisit rien. Jusqu'au moment où ils revinrent vers l'entrée du manoir.

— Bah ? Où ils sont ? s'étonna Stanley.

Leurs collègues avaient disparu. Normalement, ils auraient dû se tenir devant le large escalier à double révolution menant au perron. Il n'y avait personne.

— Ils ont peut-être entendu quelque chose, eux aussi, suggéra Neville. Ils sont partis voir. Ils vont pas tarder.

— Non, on va aller les chercher. J'aime pas ça du tout.

Ils se mirent en chemin, hélant leurs compagnons dans la nuit sombre.

Ils n'allèrent pas très loin. Comme ils passaient l'angle du manoir, ils entendirent un bruit feutré derrière eux. Ils n'eurent pas le temps de se retourner. Presque simultanément, ils reçurent chacun un coup violent derrière la nuque et s'effondrèrent, assommés.

Quelques instants plus tard, ils allaient rejoindre leurs collègues, solidement entravés et bâillonnés, derrière une petite cabane à outils. Une haute silhouette noire et cagoulée se glissa ensuite jusqu'au perron. Un instrument apparut dans les mains de l'inconnu. La porte d'entrée du manoir s'ouvrit sans difficulté.

A présent, l'assassin se tenait devant la porte de la chambre d'Angus. Celui-ci avait lutté de toutes ses forces contre le sommeil. Mais, du fait de son état de santé déficient, il avait cédé plusieurs fois à des périodes de somnolence. L'une d'elles avait eu raison de sa détermination et c'est dans une sorte de rêve éveillé qu'il vit une silhouette furtive s'introduire dans sa chambre.

Ces cons de flics avaient laissé entrer le criminel ! Peut-être même ne l'avaient-ils pas vu ! Tas d'incapables ! Il voulut hurler pour les avertir, mais, avant qu'un cri puisse sortir de sa gorge, il vit l'homme porter un objet court à sa bouche, genre sarbacane, il n'entendit qu'un sifflement léger, suivi d'une légère sensation de piqûre au cou. Il y porta la main, découvrit avec stupéfaction une sorte de fléchette. Il tenta d'appeler, sentit alors une étrange paralysie s'emparer de tout son corps. Il ne pouvait plus bouger ! Il crut qu'il allait s'évanouir. La fléchette était sans doute imprégnée d'un puissant narcoleptique. Pourtant, il resta parfaitement conscient.

A la lueur d'un rayon de lune, il vit la silhouette s'avancer et le contempler d'un œil glacial. Il aurait voulu dégorger sa rage et sa haine. Mais il était impuissant à réagir. Il s'était laissé avoir comme un débutant.

Il contempla le visage de son ennemi, qui avait ôté son passe-montagne. Il le connaissait, il savait très bien qui il était, même si cela faisait très longtemps qu'il ne l'avait pas vu. Il savait aussi pourquoi il allait le tuer. Il ne fallait pas compter sur un miracle. Personne ne viendrait à son secours.

L'autre se pencha sur lui et le souleva sans effort apparent. Si au moins il l'avait insulté, s'il s'était mis à parler ! Mais il ne disait rien. Angus se retrouva en travers de ses épaules, incapable de bouger, de se défendre. Il sentait contre son ventre rouler les muscles puissants de son agresseur. Il émanait de lui une force invincible.

Agile comme un chat, l'homme sortit de la chambre, son fardeau sur l'épaule. Il n'avait même pas pris la peine de bâillonner sa victime. Le cœur d'Angus se mit à cogner dans sa poitrine. Il ne voulait pas mourir. Il s'y refusait de toutes ses forces ! Peut-être l'un de ces crétins de domestiques allait-il entendre du bruit. A moins qu'il ne les ait supprimés... Mais les domestiques dormaient dans un bâtiment annexe, à l'autre extrémité du manoir. Même s'il avait pu crier, il n'était pas certain qu'ils l'auraient entendu.

Sans comprendre comment, il se retrouva dehors. Le froid de la nuit lui mordit les membres. Ils étaient sortis par une porte située à l'arrière du manoir. A foulées souples, l'homme s'enfonça dans l'épaisseur ténébreuse du parc, indifférent à la charge qui pesait sur son dos. Angus n'était pourtant pas chétif. Plus loin, en bordure du parc, une camionnette hors d'âge attendait. L'agresseur jeta Angus à l'arrière, puis s'installa au volant.

Toujours paralysé, le vieil homme vit défiler la nuit, à l'envers, les arbres, les sommets des montagnes vaguement éclairés par la lune. Il finit par comprendre qu'ils se dirigeaient vers les ruines de Moorkyle. Un chemin cahoteux y menait, que personne n'empruntait jamais.

Arrivée près des décombres de la vieille cabane envahie par les ronces et les mauvaises herbes, la voiture s'arrêta. Le conducteur extirpa Angus du véhicule et le porta à l'intérieur des ruines. Alors seulement, Angus prit conscience qu'il allait mourir. Tout en lui se révolta. Mais il n'y avait rien à faire.

Il allait payer ses crimes.

25

A l'aube, ce fut le majordome qui découvrit les quatre policiers, toujours saucissonnés dans leur taillis, les membres engourdis par le froid et l'humidité, le nez pris par un rhume aussi désagréable qu'humiliant. Après en avoir délivré un, il se précipita vers la chambre de son patron et en ressortit aussitôt en hurlant :

— Monsieur ! Monsieur n'est plus là !

La nouvelle fit immédiatement le tour d'Inverdeen. Le vieil Angus Mac Murhan avait disparu à son tour. Brenner et Robson lancèrent aussitôt un avis de recherche, non sans avoir passé un savon sévère aux quatre malheureux flics qui s'étaient révélés incapables d'exécuter correctement leur mission. Cela ne ramena pas Angus pour autant.

Le lendemain matin, des chasseurs qui s'étaient aventurés sur les contreforts du Ben Etive furent témoins d'un phénomène étrange. Au loin, en direction des ruines de Moorkyle, une silhouette incertaine titubait en limite de la zone occupée par le scrub. Posant son fusil, le vieux Mac Donald observa l'individu et se mit à rire.

— Eh bien, il en tient une sévère, celui-là ! Il est à peine neuf heures. Il n'est pas en retard.

Les autres s'esclaffèrent.

— Mais... on dirait que c'est le Monroe Mac Cullins ! s'écria Mac Dermot.

Intrigués, ils s'approchèrent, et virent la silhouette vaciller, puis s'écrouler.

— Bon Dieu ! Il est peut-être blessé, ce nigaud ! Il faut aller voir.

Abandonnant leur traque, ils dévalèrent la colline. Quelques instants plus tard, ils arrivaient près de Monroe... et furent instantanément renseignés sur les raisons de son état. Ils ne s'étaient pas trompés. Une épaisse odeur de whisky leur emplit les narines.

Les voyant arriver, Monroe tenta de se relever avec peine. Les yeux vitreux et les jambes flageolantes, il s'agrippa à Mac Dermot et éructa quelques paroles incompréhensibles.

— Qu'est-ce que tu racontes ? demanda le chasseur en le soutenant.

— Y... y sont tous morts ! Tous ! Tous les Mac Murhan !

Puis il fut pris d'un hoquet et se mit à vomir sur la veste de Mac Dermot qui le repoussa avec brusquerie.

— Ah, merde ! Le dégueulasse !

Mac Donald s'avança à son tour.

— Il ne sent pas que le whisky, cet imbécile !

En effet, une âcre odeur de fumée et de viande calcinée émanait de ses vêtements. Le vieux chasseur montra l'endroit d'où semblait venir Monroe.

— Les ruines de Moorkyle.

Ils se regardèrent. Aucun d'eux n'ignorait la disparition d'Angus Mac Murhan. Ils se mirent en route d'un pas rapide, parvinrent bientôt en vue des restes de la cabane.

— Brûlé vif avec du whisky, dit Sean. Lui aussi.

Il était passé voir Aileen dans la soirée pour la tenir au courant.

— Ainsi, la malédiction s'est bien accomplie, à six siècles de distance, dit enfin la jeune femme. La bride du kelpie a disparu, et tous les membres du clan Mac Murhan sont morts.

Sean acquiesça.

— Et tout accuse Monroe Mac Cullins. Brenner l'a coffré aussitôt. Il n'a d'alibi pour aucun des meurtres. Et il semble s'être vanté qu'ils soient tous morts. C'est ce que les chasseurs ont prétendu.

— Et tu y crois, toi, qu'il est coupable ?

Il secoua lentement la tête.

— Je ne sais plus ce que je dois croire.

— Eh bien, moi, je suis sûre que tout ça fait partie d'une mise en scène. Monroe n'a pas pu commettre ces crimes.

— On l'a retrouvé complètement ivre, à peu de distance de la vieille cabane, là où Angus a été assassiné. Il puait le whisky et ses vêtements sentaient la fumée. Pour Brenner, c'est la preuve qu'il est coupable. Il a tué le dernier des Mac Murhan, et il s'est saoulé pour fêter sa victoire.

— C'est complètement ridicule. Comment réagit-il ?

— J'ai réussi à le voir, malgré l'interdiction de Brenner. Il ne sait pas ce qui lui est arrivé. La veille au soir, il était chez lui, dans la petite maison qu'il possède sur la route de Fort William. Souvent, il dort chez sa mère, mais en ce moment il est en froid avec son frère Nichol, qui lui reproche de saboter sa campagne. Il m'a dit avoir entendu du bruit à l'extérieur. Il est sorti et là, il ne se souvient plus de rien. Il a probablement été frappé. Plus tard, il se souvient vaguement que « quelqu'un » l'a forcé à boire du whisky. Effectivement, il a bien une plaie à la tête. Mais pour Brenner il s'est fait ça en tombant parce qu'il était saoul. Et il était saoul parce qu'il avait accompli la sinistre mission qu'il s'était assignée.

— Ça ne colle pas. Ces crimes n'ont pas été commis n'importe quand. L'assassin s'est arrangé pour agir aux moments où Monroe était seul. Il devait le surveiller.

Monroe faisait un bon coupable à cause des menaces qu'il a proférées contre les Mac Murhan. Mais je suis persuadée que c'est un coup monté. Il y a une autre personne derrière tout ça. Une personne qui savait par exemple qu'il n'avait pas assisté à la soirée des Mac Cullins.

— D'après ce qu'il dit, il est resté chez lui ce soir-là parce qu'il n'avait pas envie de voir son frère Nichol, qui lui reprochait son attitude belliqueuse envers les Mac Murhan. Mais il s'était aussi fâché avec Fenella et Stephen.

— Tiens donc !

— Ils l'avaient accusé d'attirer l'attention sur le clan Mac Cullins de manière « inconvenante ». Il n'a pas eu envie de les supporter toute une soirée.

— Et l'assassin le savait. Il en a profité pour tuer Lawrence. Il s'agit donc d'un proche de la famille. Une personne qui surveillait Monroe de très près dans le but d'agir aux moments où il n'avait aucun alibi. Monroe a un esprit trop simple pour avoir commis ces crimes avec un tel sang-froid et une telle cruauté.

Sean renchérit :

— Cela expliquerait pourquoi Elizabeth et Murdoch n'ont pas été tués immédiatement. Le meurtrier attendait à chaque fois que Monroe soit seul. Il faisait un coupable idéal. Il appartient au clan ennemi, et il a proféré des menaces violentes contre les Mac Murhan.

— Et Brenner est tombé dans le piège.

— J'ai tenté de discuter avec lui, il n'a rien voulu entendre. Pour lui, Monroe mérite la corde.

— Brenner est un imbécile ! s'écria Aileen. Il ne voit pas plus loin que le bout de son gros nez. Le criminel a commis ces meurtres en prenant un luxe de précautions, à tel point que l'on n'a jamais découvert la moindre trace de son passage. Et voilà qu'au dernier meurtre il reste sur les lieux et se saoule pour arroser ça ! Ça ne tient pas debout.

— C'est bien mon avis. Mais Brenner n'en démord pas. Pour lui, l'affaire est claire. Nichol a déjà repris contact avec son avocat pour défendre son frère. Malheureusement, cette fois, il aura du mal à le faire libérer. Et si Monroe tombe sur un juge aussi stupide que Brenner, il va être condamné à la pendaison, ça ne fait aucun doute [1]. Pendant ce temps-là, Brenner se pavane comme un coq parce qu'il est persuadé d'avoir résolu l'affaire. Il prétend que si on l'avait écouté Monroe n'aurait jamais été libéré, et Angus serait encore vivant.

Ils se turent un long moment. Tous deux éprouvaient un grand sentiment d'injustice. Mais que faire ? Sean ne pouvait intervenir directement. Il aurait fallu qu'il apporte un nouvel élément. On pouvait compter sur Brenner pour clore l'enquête le plus vite possible.

Soudain, Aileen demanda :

— Au fait, tu as du nouveau sur Patrick ?

— Mes collègues d'Oban ont mené leur enquête. Ils ont rendu visite à ses parents. Ils n'ont plus de nouvelles depuis plusieurs années. A tel point qu'ils se sont demandé s'il était toujours vivant. Je suis allé les voir, moi aussi. Sa mère m'a dit qu'elle était extrêmement inquiète. Elle m'a confié qu'elle avait eu l'intuition que Patrick traficotait quelque chose de pas clair la dernière fois qu'il était venu. Il s'était même sérieusement engueulé avec son père. Mes collègues ont vérifié les aéroports, les ports, les hôtels. Mais nulle part n'apparaît le nom de Patrick O'Hara.

— Donc, aucune preuve de sa présence en Ecosse. Moyra a dû se tromper.

— C'est probable.

— A moins... qu'il ne voyage sous un faux nom, suggéra Aileen.

— Bon sang, s'exclama Sean, je n'y avais pas pensé ! Et si c'est le cas, cela veut dire...

— Qu'il a quelque chose à cacher.

---

1. En Grande-Bretagne, la peine de mort a été abolie en 1969 (en 1981 en France). La dernière exécution capitale a eu lieu en 1964 (en 1977 en France).

Aileen n'aimait pas l'idée que son camarade d'enfance puisse avoir un rapport avec les meurtres. Mais le doute s'était installé en elle. Moyra avait l'air convaincue. Elle connaissait bien Patrick. Elle n'aurait pas pu commettre une erreur pareille. Et surtout, elle avait été suffisamment bouleversée pour venir la voir toutes affaires cessantes. Aileen et Sean demeurèrent un long moment silencieux. Ni l'un ni l'autre n'avait envie d'imaginer leur copain Patrick dans la peau d'un tueur sanguinaire. Mais cela faisait tellement longtemps qu'ils ne l'avaient pas revu. Certains événements transforment les hommes. Que pouvait-il s'être passé dans sa vie ?

Au-dehors sévissait une violente tempête, dont les hurlements faisaient écho aux tourments qui agitaient l'esprit de la jeune femme. Ses pensées revenaient sans cesse vers les Mac Murhan. En toute logique, elle n'aurait pas dû se sentir aussi affectée par leur mort. Ils n'étaient pas de sa famille. Hormis Lawrence, avec lequel elle avait tissé des liens qui auraient pu se transformer en amitié, elle ne pouvait pas dire qu'elle éprouvait de l'affection pour eux. Alors, pourquoi les crimes la touchaient-ils autant ? Pourquoi l'insidieuse sensation de menace avait-elle resurgi, plus intense encore qu'à son arrivée ? C'était ridicule.

Elle tenta de se raisonner, mais rien n'y fit. Etait-ce la tempête ? L'orage démentiel qui crachait sa rage sur le loch semblait incarner les démons invisibles acharnés à la harceler. Bien qu'il ne fût pas encore sept heures du soir, la nuit paraissait s'être abattue sur les Highlands.

Sean ressentit son désarroi.

— Veux-tu que je reste ? demanda-t-il.

— Rester ? Mais Kirsteen doit t'attendre !

Sean hésita, puis répondit :

— Kirsteen est repartie pour Glasgow. Elle m'a quitté. Elle en avait marre de la vie de province.

— Oh ! Je... je suis désolée. Je ne savais pas. Tu vas... divorcer ?

— Probablement.

— Mon pauvre Sean, tu dois être malheureux...

— Je ne sais pas. Parfois, elle me manque et cela me fait très mal. Parfois, je me sens soulagé. Comme si j'étais débarrassé d'un poids. J'en arrive à me demander si je l'aime vraiment, et si tout ça n'est pas que l'expression d'un orgueil stupide de ma part. J'étais fier de montrer que j'avais été capable de séduire une belle femme. Malgré mon handicap.

Aileen comprit qu'il faisait allusion à sa claudication. Elle n'avait jamais remarqué qu'il souffrait d'un sentiment d'infériorité à cause de cela. Il n'avait pu prendre part à la guerre et en concevait une certaine amertume.

— Tu sais, dit-elle pour le réconforter, les femmes n'attachent pas d'importance à ce genre de détail.

— C'est possible.

Elle sentit qu'il s'était quelque peu fermé.

— Tu ne m'as jamais dit comment c'était arrivé.

Il ne répondit pas immédiatement. Enfin, il déclara :

— Tu ne vas pas le croire : c'est à cause de Murdoch Mac Murhan. Le centre de regroupement des nouvelles recrues écossaises se situait à Glasgow. Cet imbécile avait le grade de sergent et s'occupait de l'entraînement. Sans doute son père s'était-il arrangé pour qu'il ne soit pas envoyé au casse-pipe. Un planqué ! Je te jure qu'il nous en a fait baver. J'avais dix-huit ans, à l'époque. Moi, je m'en suis tiré avec une jambe cassée, mais il y a eu deux ou trois morts, qu'on a fait passer par pertes et profits. L'un était mon meilleur copain. Il n'y a même pas eu d'enquête. Le gouvernement avait d'autres soucis. Je n'aimais... pas du tout Murdoch Mac Murhan.

L'éclat de haine pure qui était passé dans son regard impressionna Aileen. Elle se souvint de la manière particulièrement brutale avec laquelle il lui avait parlé lors de la bagarre générale. Elle s'abstint de tout commentaire. Mais un malaise indéfinissable s'était insinué en elle. Sean lui aussi avait des raisons de détester les Mac Murhan. Tout au moins l'un d'entre eux. Quant aux autres...

Puis elle chassa ces idées stupides. Sean ne pouvait pas avoir de rapports avec les crimes.

Soudain, il dit :

— Je vais rester un peu avec toi. Je vais attendre que la tempête se calme et je partirai après.

Elle hésita. Des craquements sinistres se faisaient entendre. Un volet claquait à l'extérieur. D'ordinaire, la tempête ne l'effrayait pas, mais, ce soir, il flottait dans l'air quelque chose de mauvais.

— D'accord.

Malgré ses doutes, elle n'avait aucune envie de se retrouver seule dans la grande maison. Pour briser sa gêne, elle ajouta :

— Je vais nous préparer un repas. Sers-toi un verre si tu veux.

Elle gagna la cuisine et se mit en devoir de battre des œufs pour confectionner une omelette. Lorsque ce fut terminé, elle alla prélever un oignon à la botte suspendue à la poutre de la cheminée. Une fenêtre s'ouvrait immédiatement à gauche. Machinalement, elle jeta un regard à l'extérieur. Elle distingua vaguement les formes tourmentées des arbres malmenés par l'ouragan et frissonna devant la fureur des éléments. Rarement elle avait assisté à semblable tempête. Tout à coup, un éclair déchira la nuit, suivi immédiatement d'un terrible craquement. L'instant d'après, Aileen poussa un hurlement de terreur. Sean accourut aussitôt.

— Qu'est-ce qui se passe ?

— Là, dehors ! Il y avait un homme. Il me regardait !

Sean s'approcha de la fenêtre. Mais les ténèbres avaient repris possession des lieux et on ne distinguait plus rien.

— Tu es sûre ?

— Je l'ai vu, distinctement. Il était près des arbres, au pied du grand chêne.

— Je vais aller voir…

— Non ! C'est trop dangereux !

— Ne t'inquiète pas. Je suis armé.

Sans attendre de réponse, Sean passa un imperméable et vérifia son pistolet. Puis il s'empara de la lampe torche qu'Aileen conservait toujours dans l'entrée à portée de main et sortit. Le vacarme de la tempête s'engouffra dans la demeure.

Morte d'angoisse, Aileen le vit disparaître dans la nuit infernale. Pour accéder au grand chêne, il fallait contourner la maison. Elle referma la porte, saisit le solide bâton de marche qui l'accompagnait dans ses randonnées pédestres dans la montagne et se dirigea vers la fenêtre de la cuisine. Quelques instants plus tard, elle perçut le halo incertain de la lampe qui fouillait l'épaisseur nocturne. Tremblant de la tête aux pieds, Aileen redoutait de voir le faisceau lumineux s'éteindre. Si l'inconnu attaquait Sean par surprise, elle serait alors seule pour lui faire face.

Lorsque Sean parvint près de l'arbre, elle s'attendait presque à le voir éclairer le visage de l'individu. Mais il n'y avait plus rien. Sean examina attentivement les lieux, puis revint vers la maison, dégoulinant de pluie.

— Je n'ai rien vu, dit-il.

Aileen le débarrassa de son imper, grelottant encore de frayeur. Alors, il la prit dans ses bras et la serra contre lui. Elle sentit à peine qu'il lui caressait les cheveux, la joue, le dos.

— Là, c'est fini, dit-il doucement.

Elle leva les yeux vers lui, plongea dans son regard bleu. Rassurant. Attirant. Irrésistiblement, leurs lèvres se rapprochèrent, s'unirent…

Jusqu'au moment où Aileen reprit ses esprits et s'écarta brusquement.

— Je suis folle ! murmura-t-elle. Excuse-moi, excuse-moi !

Il lui prit la main. Elle la retira aussitôt, comme si elle s'était brûlée. Il recula, désemparé lui aussi.

— Ce n'est rien, dit-il. Tu as eu très peur.

Il hésita, puis se lança :

— Je sais bien qu'il serait plus raisonnable que je m'en aille, mais je ne peux pas te laisser seule s'il y a vraiment un homme qui rôde autour de la maison...

Osant à peine le regarder, elle acquiesça d'un signe de tête.

— Je vais... je vais faire mon omelette.

Quelques instants plus tard, elle pleurait comme une Madeleine. Avec l'excuse d'éplucher un oignon.

Ils commencèrent à dîner, dans un silence embarrassé.

— Ton omelette est délicieuse, Aileen, dit Sean pour briser la gêne.

— Merci.

— Ecoute, je suis désolé de ce qui s'est passé. La peur fait parfois commettre des actes que nous regrettons ensuite. D'un coup, je me suis souvenu que j'étais amoureux de toi quand nous étions gamins. C'est idiot. Pardonne-moi.

— Je n'ai rien à te pardonner. Je suis aussi fautive que toi. Nous n'aurions pas dû.

Il eut un sourire triste.

— Nous n'y pouvons rien. Mais je ne voudrais pas que notre amitié soit gâchée à cause d'un instant d'égarement. Ce n'est pas très grave, au fond. On pourrait très bien... ne plus en parler.

— D'accord.

— Tu sais, à propos de cette apparition, il ne faut pas trop s'inquiéter. Cet homme était probablement un rôdeur. Il a pris peur en me voyant et il s'est enfui. Je ne pense pas qu'il revienne. Cependant, ta maison est isolée. Il serait plus prudent que tu aies un chien de garde.

Aileen hésita, puis déclara :

— Ecoute, est-ce que tu ne pourrais pas tout de même rester cette nuit ? Je serais plus rassurée. Le canapé du salon est confortable. Ça ne t'ennuie pas ?

— Pas du tout.

Après lui avoir fourni des couvertures, Aileen regagna sa chambre, l'esprit en proie au doute. Elle avait réussi à chasser le malaise qui l'avait saisie après le baiser de Sean. Il avait raison. Ce n'était qu'un accident et il aurait été stupide de ternir leur amitié à cause de ça. Mais elle ne pouvait s'empêcher de penser aux révélations qu'il lui avait faites concernant le grief qu'il conservait envers Murdoch Mac Murhan. Etait-il possible qu'il y ait autre chose de plus grave ? Quelque chose qui motiverait des crimes ? Mais c'était absurde. Sean ne pouvait pas être un criminel.

Elle fut longue à trouver le sommeil, cette nuit-là. La tempête semblait avoir encore forci et ses hurlements déchiraient la nuit, faisant vibrer les murs, craquer les grands arbres, claquer les vantaux de la remise.

L'image de l'homme qui l'épiait hantait sa mémoire. Elle espérait que Sean ne s'était pas trompé, que la silhouette entrevue était celle d'un vagabond attiré par la lumière. Mais son intuition lui soufflait qu'il n'en était rien. L'inconnu était là pour elle.

26

Dès le lendemain, Aileen appela Andrew pour l'informer de la mort d'Angus. Elle avait besoin d'entendre sa voix rassurante. Par chance, il était présent à l'hôpital. Elle hésita à lui parler de la silhouette aperçue sous le grand chêne, préféra se taire. Elle n'avait aucune envie de s'expliquer sur la présence de Sean auprès d'elle ce soir-là. Surtout après ce qui s'était passé entre eux.

— Ainsi donc, la malédiction s'est accomplie, conclut-il. Il y a au moins un avantage, c'est que maintenant, vous allez être tranquilles.

— Ce n'est pas si sûr. J'ai l'intuition que ce n'est pas encore fini.

— Que pourrait-il se passer, maintenant que tous les Mac Murhan sont morts ? Même si ton copain Monroe n'est pas coupable, l'assassin a rempli son contrat.

— Je ne serai vraiment tranquille que lorsqu'il aura été arrêté.

— S'ils l'arrêtent ! J'ai l'impression qu'il est un peu plus malin que les flics envoyés par Glasgow.

— En effet.

— De ton côté, tu as trouvé quelque chose ?

— Rien. Comme d'habitude, l'agresseur n'a laisse aucune trace. Il a neutralisé les quatre flics qui gardaient le manoir Mac Murhan. L'un d'eux l'a entrevu avant d'être assommé. Il portait une cagoule noire et il n'a pas pu voir son visage. Il était très grand et semblait d'une force peu commune. On sait qu'il a ensuite enlevé Angus et l'a brûlé vif comme les trois autres. Ce sont des chasseurs qui ont retrouvé son corps, hier matin. Et là encore, aucun indice. Sauf Monroe, qui était sur les lieux, complètement ivre.

— Ce serait donc lui ?

— C'est ce que l'assassin veut faire croire, mais je n'y crois pas une seconde. Pourquoi serait-il allé se faire prendre bêtement alors qu'il avait préparé minutieusement ses crimes les fois d'avant ? A part ce crétin de Brenner, personne n'y croit. Ici, les gens sont de plus en plus persuadés qu'il s'agit de la vengeance des Amants de Feu. Même les plus sceptiques commencent à se poser des questions.

— Et toi ?

— Je n'y crois pas, bien sûr. Il y a bien un assassin, mais il s'agit d'un type extrêmement adroit et intelligent. Il prend grand soin d'effacer toute trace de son passage à chaque fois.

— Fais bien attention à toi. Je vais essayer de te rejoindre le plus tôt possible. Quoique je pense qu'il ne se passera plus rien à présent.

— Espérons-le.

L'enterrement d'Angus Mac Murhan eut lieu deux jours plus tard. Une fois de plus, à la foule des habitants d'Inverdeen se joignit une multitude de curieux et des journalistes venus de tout le Royaume-Uni pour couvrir l'événement. Les journaux faisaient leurs gros titres du tueur fantôme, narraient dans le détail la légende des Amants de Feu et élaboraient les hypothèses les plus fantaisistes. On n'était pas loin du loch Ness et certains farfelus avaient ressorti le mythe du kelpie pour expliquer l'extermination du clan Mac Murhan. D'autres spéculaient sur les règlements de comptes consécutifs aux malversations dont

Angus se serait rendu coupable pendant la guerre. On ressortait la mort de Graham Mac Cullins, on attisait la vieille haine entre les deux clans. Certains avançaient même un complot du gouvernement pour couvrir des activités louches commises par l'armée après la chute des nazis. Ils prédisaient d'autres disparitions et les rumeurs allaient bon train au pub.

Lorsque Gowan Mac Kensie regagna la baraque fatiguée qui lui servait de domicile cette nuit-là, il ne tenait plus guère sur ses jambes. Il avait retardé au maximum le moment où il devrait se retrouver seul face à lui-même. Car il savait, lui, ce qui s'était passé vingt ans auparavant, par une nuit de pleine lune sur la lande maudite de Moorkyle. Il savait même beaucoup d'autres choses, des histoires auxquelles il regrettait maintenant d'avoir été mêlé. Mais toujours il avait été protégé par l'ombre puissante de son seigneur, Angus Mac Murhan.

A présent, le seigneur n'était plus là. Les démons s'étaient emparés de lui et l'avaient fait périr dans des circonstances atroces. Il avait payé ses crimes. Des crimes auxquels Gowan avait lui-même pris part. Et la peur l'avait envahi. Il avait tenté de la noyer dans la bière et le whisky, mais elle était toujours là, tapie au fond de lui, comme un serpent glacé qui lui nouait les tripes.

Les autres pensaient qu'il existait un tueur, un assassin sans pitié qui avait éliminé toute la famille. Mais il savait bien, lui, qui avait frappé tous les Mac Murhan. C'était une puissance démoniaque contre laquelle toutes les forces de police ne pourraient rien. Personne ne croyait plus à la légende des Amants de Feu. Mais lui, il y croyait. Le seigneur Angus les avait défiés, autrefois. Il l'avait payé de sa vie. Et bientôt, ce serait son tour.

La nuit s'était installée depuis longtemps sur la petite ville lorsqu'il poussa la porte de sa bicoque d'une main tremblante. L'esprit lourd, embrumé par les vapeurs d'alcool, il tâtonna pour trouver l'interrupteur. La lumière jaillit, faible, jaunâtre, illustrant un capharnaüm qui trahissait l'absence d'une femme. Aucune n'avait voulu de lui. Et pour cause. Il buvait et il avait tendance à se montrer violent. Quelle épouse aurait accepté de le supporter ? Il s'était fait une raison. Plus jeune, il avait coutume de se rendre à Oban où, sur le port, rôdaient quelques filles de joie. Si l'on pouvait appeler ainsi les malheureuses créatures décharnées et faméliques, méprisées par tous, dont le commerce lui laissait, après consommation, un goût de cendre et d'inachevé dans la gorge. Il avait fini par y renoncer. De toute façon, l'alcool avait eu raison depuis longtemps de sa virilité.

Il fit quelques pas en titubant, se laissa tomber sur un fauteuil hors d'âge qui gémit sous son poids. Une migraine atroce lui vrillait le crâne. Il ne se rendit pas compte que quelqu'un avait refermé la porte derrière lui. Il était prêt à sombrer dans un sommeil d'ivrogne lorsqu'une lame glacée se posa sur sa gorge. Puis une poigne d'acier saisit ses cheveux crasseux et les tordit pour ramener brutalement sa tête en arrière, offrant son cou au poignard. Il voulut crier, mais il ne réussit à émettre qu'un couinement de souris. Pétrifié de terreur, il inonda son pantalon douteux et le fauteuil.

L'instant d'après, il recevait un coup d'une rare violence sur la tête.

Lorsqu'il reprit conscience, le jour était déjà bien avancé. A demi inconscient, il porta la main à son crâne. Il la retira tachée d'un sang coagulé. Il se mit à gémir. La douleur ne s'était pas estompée depuis la veille, mais elle se colorait d'une souffrance aiguë au cuir chevelu. Les images des corps des Mac Murhan dévorés par le feu lui vinrent à l'esprit. En proie à la panique, il regarda autour de lui. Il n'y avait personne. Et pourtant, quelqu'un s'était introduit chez lui cette nuit ! Il gardait le souvenir de la lame sur sa gorge.

Ce fut alors que son attention fut attirée par des lettres rouges tracées sur le mur de la pièce. Hagard, il s'avança et lut. Il n'y avait qu'un seul mot : *AVOUE !* Tremblant de peur, il constata que les lettres avaient été écrites avec du sang. Le sien, qui avait coulé de sa blessure, probablement.

Sous le message, sur une petite table basse, se trouvait un sac de toile qui n'était pas là la veille. Grelottant de plus belle, il hésita à l'ouvrir. Puis il se décida. D'une main fébrile, il vida le sac de son contenu. Il ne put retenir un hurlement de terreur.

Sur la table venaient de tomber des doigts humains couverts de sang séché, dont se dégageait une écœurante odeur de putréfaction.

27

Dans l'après-midi, Sean s'apprêtait pour une ronde lorsqu'il vit venir vers lui Gowan Mac Kensie, le visage décomposé. Tenant son bonnet de marin entre ses doigts fébriles, il dit :

— Chef, il faut que je vous parle...

Sean l'observa. Visiblement, l'homme mourait de frayeur.

— Bien. Si vous voulez entrer, nous allons nous installer dans mon bureau...

— Non, non, chef, s'il vous plaît. Pas ici. Ailleurs, mais pas ici. Et il faut d'abord que je vous montre quelque chose. Chez moi.

Quelques instants plus tard, Sean examinait l'étrange message en lettres de sang et les doigts coupés. Il en dénombra treize. Les neuf plus petits appartenaient vraisemblablement à Elizabeth Mac Murhan, les quatre autres à son frère Murdoch. Ils n'avaient jamais été retrouvés.

— Il semblerait que vous ayez reçu la visite du tueur. Apparemment, vous l'avez échappé belle. Mais que veut-il dire par ce mot : « avoue » ?

L'autre hésita, puis se résolut à parler, d'une voix basse, mal assurée :

— Certains disent que toute cette histoire, ça pourrait être une vengeance pour ce qui s'est passé à la fin de la guerre. Et aussi avant.

— Comment ça ?

Mac Kensie tortilla un peu plus son bonnet, avant d'ajouter :

— Je peux pas... je peux pas garder tout ça pour moi, chef. Avant d'aller vous voir, je suis allé me confesser.

Il fit une grimace et précisa :

— Moi qui foutais jamais les pieds à l'église... Mais ça, dit-il en montrant les lettres de sang, ça, c'est pas un homme qu'a pu écrire ça.

Sean ne répondit pas. Le regard de Mac Kensie se fit suppliant.

— Le curé, il sait tout. Il peut rien vous dire, à cause du secret de la confession. Mais il m'a dit que je devais venir vous parler. Pour soulager ma conscience, qu'il a dit. Alors, je vais tout vous dire.

— Je vous écoute, dit Sean.

— C'est pas facile, chef. Il y a tellement de choses. Enfin voilà, tout d'abord, je dois vous parler de ce qui s'est passé avant la guerre, il y a vingt ans. Vous vous souvenez sans doute. On a dit que Paul Mac Cullins et Margareth, la fille de m'sieur Angus, ils étaient partis pour l'Amérique. Mais c'est pas vrai. Ils y sont jamais arrivés. M'sieur Angus avait appris que Margareth, elle avait décidé de se marier avec le Paul. Un fils du clan ennemi ! Quand il a su ça, il a flanqué une trempe terrible à sa fille et il lui a interdit de le revoir. Mais mam'zelle Margareth, c'était une têtue. Une vraie mule ! Elle a continué à le voir en cachette, son Paul. Et m'sieur Angus, il s'en est aperçu. Il a découvert l'endroit où ils se retrouvaient. Alors... il a décidé de les tuer, tous les deux.

Sean pâlit. Ainsi, leur hypothèse n'était pas dénuée de fondements. Il ne put s'empêcher de remarquer :

— Comment un père peut-il décider de supprimer sa propre fille ?

— Vous connaissez pas la haine qui oppose les Mac Murhan et les Mac Cullins, chef. C'est très fort et ça date pas d'hier. Et m'sieur Angus, il haïssait les Mac Cullins à un point que ça peut pas se dire. Il les accusait d'avoir faussé la légende pour porter la malédiction sur les Mac Murhan. Et son père avant lui les haïssait encore plus, si c'est possible. Alors, quand Margareth lui a dit qu'elle se fichait de la haine ancestrale et qu'elle épouserait le Paul, avec ou sans son accord, ça l'a rendu fou de rage. Une nuit, il l'a suivie. Moi, je l'ai accompagné, avec m'sieur Murdoch. Il détestait les Mac Cullins autant que son père. On avait emporté des explosifs incendiaires qu'ils avaient gardés de la guerre. Moi, j'en menais pas large, mais m'sieur Angus, c'était mon patron, et il m'avait tiré d'un mauvais pas.

Il hésita, puis précisa :

— Quand j'étais plus jeune, j'ai fait quelques conneries. C'est lui qui m'a évité la prison. Alors, je suis rentré à son service. Je discutais jamais ses ordres. Pour moi, c'était un grand monsieur. Un seigneur de l'ancien temps.

— Que s'est-il passé ?

— M'sieur Angus avait trouvé dans la chambre de sa fille une lettre dans laquelle elle disait qu'elle allait partir pour l'Amérique avec le Paul, qui avait fait la même lettre pour son père. Parce que le Graham, il voulait pas entendre parler de mariage, lui non plus. Après la trempe qu'il lui avait flanquée, m'sieur Angus a plus rien dit à Margareth. Il s'attendait à ce qu'elle disparaisse et il la faisait surveiller. C'était moi qu'étais chargé de garder un œil sur elle. Je savais où elle retrouvait le Paul. Alors, le soir où il a trouvé la lettre, m'sieur Angus, il a pris sa décision. Il a appelé son fils Murdoch et on a suivi la Margareth. Je me souviens, c'était la pleine lune. On est arrivés près de la cabane. On a vu les deux jeunes y entrer. M'sieur Angus, il disait rien. Mais j'ai vu son regard. C'était le regard de la Mort elle-même. Il a pris les explosifs et s'est approché de la cabane en silence. On y voyait presque comme en plein jour. M'sieur Angus, il a disposé les explosifs tout autour, puis il est revenu vers Murdoch et moi. Murdoch était plus d'accord. Il voulait pas être complice d'un meurtre. Il a bien essayé de l'empêcher de faire sauter la cabane. C'était sa sœur qui était dedans. Mais m'sieur Angus a pas voulu écouter. Il disait que sa fille, elle avait trahi son clan et qu'elle méritait cent fois de mourir parce qu'elle avait sali la mémoire de tous leurs ancêtres. Murdoch a fini par la boucler. Moi, je disais rien. M'sieur Angus, c'était pas quelqu'un avec qui on pouvait discuter.

Mac Kensie marqua un silence. Ses mains tremblaient de plus belle.

— Que s'est-il passé ensuite ? demanda doucement Sean, quoiqu'il eût déjà une idée de la réponse.

— La cabane a explosé et s'est mise à brûler, avec les deux jeunes à l'intérieur. Mais je sais pas comment, ils ont réussi à s'échapper. Leurs vêtements étaient en flammes. Ils se sont roulés par terre et ils ont réussi à les éteindre. Alors, ils se sont enfuis en hurlant. Ils devaient avoir mal. J'ai cru que m'sieur Angus allait les laisser partir, mais il a piqué une colère parce qu'ils étaient pas morts. Et il les a suivis. M'sieur Murdoch et moi aussi. Mais la brume est tombée d'un coup et on a eu du mal à pas les perdre. Ils se dirigeaient vers Inverdeen, sans doute pour chercher du secours. Un moment, on a cru qu'ils nous avaient échappé. Et puis tout à coup, on a entendu des cris. On aurait dit des gamins qui avaient peur.

Sean blêmit. C'étaient leurs cris qui avaient permis à Angus de localiser les fuyards.

— Continuez, dit le jeune policier.

— C'est comme ça qu'on les a retrouvés. Je sais pas qui a poussé ces braillements, mais on a su dans quelle direction ils étaient. Alors, on s'est mis à courir et on a fini par les rattraper. On était juste à côté du loch Starav. M'sieur

Angus et Murdoch se sont battus avec le Paul et ils l'ont assommé. Moi, j'ai attrapé Margareth. Elle hurlait comme une possédée.

Mac Kensie marqua un court silence, puis déclara :

— Je devrais pas vous dire tout ça. Je risque d'avoir des ennuis, hein ?

Sean secoua la tête.

— Cette histoire a plus de vingt ans. Il y a prescription. Et puis, ce n'est pas vous qui avez posé les explosifs.

— Ouais, mais tout de même, j'ai aidé à capturer mam'zelle Margareth.

— Que s'est-il passé après ?

— Je crois que le Paul, il était mort. En tout cas, il bougeait plus. Je suis pas allé vérifier. Ils ont jeté son corps dans le loch Starav, à un endroit où il y avait beaucoup de courant. Le cadavre est parti vers la mer.

— Et Margareth ?

Nouvelle hésitation.

— Je vous ai dit qu'il y avait prescription, monsieur Mac Kensie, le rassura Sean.

— M'sieur Angus l'a enfermée dans les souterrains.

— Les souterrains ?

— Ouais, ceux dont personne connaît l'entrée. Ils sont sous les ruines de Moorkyle. Autrefois, il devait exister un passage à partir de la surface. Mais maintenant, il faut passer par la mer. Et encore, il faut faire attention, parce que le chenal est très dangereux. Il y a des écueils et beaucoup de courant. C'est pour ça que les marins trop curieux meurent par là. Mais moi, je connais bien le passage. Il y a une grotte. On en voit pas l'entrée depuis la mer. C'est là que j'ai amené mam'zelle Margareth, sur l'ordre de son père.

— Il l'a enfermée, malgré ses brûlures…

— Ouais, chef. Il l'a enfermée dans les souterrains, avec seulement quelques bougies et un peu de nourriture. J'ai cru qu'elle allait mourir, à cause de ses blessures, justement, mais elle a survécu. J'allais lui porter des vivres tous les deux ou trois jours. J'ai jamais su s'il avait pas eu le courage de la tuer, elle aussi, ou s'il voulait la faire mourir à petit feu, pour qu'elle paye sa trahison.

— C'est donc elle qu'on entendait hurler sous la terre... Elle était seule dans ces souterrains humides. Elle devait avoir très peur. Elle n'avait que vingt ans. Comment un père peut-il traiter sa propre fille de manière aussi ignoble ? C'est monstrueux !

Mac Kensie baissa le nez.

— Et vous ? reprit Sean, vous n'avez jamais pensé à la délivrer ? A aller voir la police ? Vous auriez dû dénoncer votre maître !

Il redressa la tête.

— Oh non, chef. Dans le clan Mac Murhan, on trahit pas. C'est une question d'honneur. Et moi, j'appartiens au clan Mac Murhan, même si je fais pas partie de la famille. Et mam'zelle Margareth, elle avait trahi !

— Et c'est pour une stupide question d'honneur que vous avez laissé mourir cette jeune femme ! Parce qu'elle est morte, n'est-ce pas ?

Mac Kensie resta silencieux.

— Répondez, insista le policier.

— Elle a résisté pendant quelques mois, bougonna-t-il. Moi, je la voyais pas. Je faisais juste que déposer le panier de nourriture à l'entrée de la grotte. Elle venait le chercher après parce que je le retrouvais vide.

— Elle ne pouvait pas s'échapper...

— On s'échappe pas des souterrains de Moorkyle, chef. A moins de vouloir se noyer. Il faut un bateau pour la passe. Sinon, la mer vous envoie sur les falaises.

— Cette pauvre fille vivait un enfer. Elle aurait pu vouloir se suicider.

— Non, elle pouvait pas...

— Pourquoi ?

Mac Kensie se tut un instant, puis ajouta, d'une voix presque inaudible :

— C'est pas tout. Il y a encore pire.

Il se tut à nouveau. Stupéfait, Sean vit des larmes couler sur les joues ravagées de Mac Kensie. Il laissa passer un moment, puis montra les lettres de sang.

— Je crois que vous feriez mieux de tout m'avouer, monsieur Mac Kensie. Sinon, c'est celui qui a tracé ce mot qui vous fera parler. Et je doute qu'il s'y prenne de la même manière que moi.

L'autre acquiesça d'un signe de tête.

— Eh bien, au bout de huit mois, mam'zelle Margareth a arrêté de venir. La nourriture est restée là, intacte. Enfin, ce sont les crabes qui ont fini par la bouffer. J'en ai parlé à m'sieur Angus. Alors, il m'a ordonné de rentrer dans les souterrains pour voir où elle était. J'ai obéi. J'ai été accueilli par une odeur de mort. J'ai compris ce qui s'était passé. Enfin, je le pensais. Mais lorsque je suis arrivé à l'endroit où elle s'était installée, il n'y avait pas un cadavre, mais deux. Le deuxième était celui d'un nouveau-né. Mam'zelle Margareth était enceinte quand on l'a enfermée dans les souterrains. Elle a survécu jusqu'au moment de son accouchement. Puis elle est morte en mettant son bébé au monde.

Mac Kensie s'écroula en sanglots. Sean réprima son envie de le frapper. Il ne faisait aucun doute désormais que les meurtres étaient justifiés par la vengeance. La réponse à un crime épouvantable et sordide. Il comprenait mieux à présent la barbarie avec laquelle avaient été massacrés les Mac Murhan.

— Elizabeth et Lawrence étaient-ils au courant de cette horreur ?

— Non, bredouilla Mac Kensie en s'essuyant les yeux. Il n'y avait que m'sieur Murdoch et moi. Les autres, ils savaient rien. Parce que m'sieur Lawrence, il aurait été voir la police. M'dame Elizabeth, je sais pas, mais lui, il aurait dénoncé son père et son frère.

— Et il aurait eu raison.

— Quand je lui ai dit que sa fille était morte, m'sieur Angus m'a ordonné de lui donner une sépulture. « Tout le monde la croit en Amérique, qu'il a dit. Alors, elle y restera. » Il avait pas envie de devoir s'expliquer. Et moi non plus. Alors, j'ai fabriqué une tombe dans les souterrains pour mam'zelle Margareth et son bébé.

Sean contempla le bonhomme avec un regard chargé de dégoût. Il s'était rendu complice d'un double crime atroce, perpétré par un maître intransigeant et monstrueux, prêt à tuer jusqu'à ses propres enfants pour ce qu'il considérait comme une question d'honneur. Mais, dans le même temps, il ne pouvait s'empêcher d'éprouver un terrible sentiment de culpabilité. S'ils n'avaient pas eu peur, cette nuit-là, s'ils n'avaient pas crié, Paul et Margareth auraient été secourus par les gens d'Inverdeen, et Angus aurait été condamné pour tentative de meurtre. Sean ignorait qui était le criminel, mais il commençait à comprendre les raisons de sa haine. Cependant, il n'avait aucune idée de son identité. Si Paul n'avait pas péri dans le naufrage, peut-être était-il le meurtrier. Mais cela n'expliquait pas pourquoi il revenait pour se venger seulement au bout de vingt ans. Le mari d'Aileen avait été clair sur ce point : il n'y avait quasiment aucune chance pour qu'un amnésique retrouve la mémoire après un délai si long.

— J'suis maudit, chef, j'suis maudit. Je vais aller griller en enfer...

Sean soupira. Mac Kensie était un esprit simple. Tant que le vieil Angus était là pour lui dire ce qu'il devait faire, il ne se posait pas de question. Il n'avait d'autre souci que d'obéir. A présent qu'Angus était mort, il se trouvait complètement désemparé. Et il prenait enfin conscience de l'horreur de ce qu'il avait accompli.

Mais il sentit que Mac Kensie n'avait pas fini de vider son sac.

— Il y a autre chose… dit-il pour l'encourager

Le bonhomme acquiesça.

— Oui, chef. Ça s'est passé à la fin de la guerre.

— Je vous écoute.

— Les… les gens se sont pas trompés. M'sieur Angus, il a magouillé de drôles de trucs. Il a eu contact avec des nazis qui voulaient profiter du bordel qu'il y avait quand le Reich s'est écroulé, pour filer en Amérique du Sud avec des fortunes qu'ils avaient piquées aux Juifs. M'sieur Angus possédait une flotte de bateaux de pêche. Il y avait un bateau qui ne servait qu'à faire passer des nazis bourrés aux as en Angleterre, où il leur fournissait de fausses identités. Et de là, ils pouvaient s'embarquer pour Buenos Aires ou ailleurs. Les autorités militaires laissaient un peu faire, parce qu'il y avait des savants parmi eux, des médecins, des types qu'avaient travaillé sur les bombes V1 et V2. Les militaires voulaient les récupérer. Et m'sieur Angus était le mieux placé pour les repérer. Alors, les autorités fermaient les yeux sur son trafic parce qu'il leur livrait les savants sur un plateau. Il laissait seulement passer les chefs militaires nazis. Mais dès qu'il tombait sur un docteur, un ingénieur, enfin, un type qui pouvait intéresser l'armée, il le signalait, et le type était cueilli en douceur à son arrivée en Angleterre. Moi, je leur faisais traverser la Manche. Ça a rapporté gros à m'sieur Angus. A moi aussi, un peu, mais beaucoup moins qu'à lui, bien sûr. C'est comme ça que j'ai pu acheter un petit bateau, après la guerre.

— Malheureusement, Graham Mac Cullins avait tout découvert, et Angus n'a pas hésité à le supprimer.

— Ouais. Il a fait placer des explosifs dans la voiture de m'sieur Graham. Il y avait un autre type avec lui…

— Un oncle de Stephen Mac Leod, le mari de Fenella Mac Cullins. Pensez-vous que c'est lui qui a décidé de venger le clan Mac Cullins ?

— Je sais pas, je sais pas.

— Mais pourtant, le procès a innocenté Angus.

— L'armée avait pas trop envie qu'on vienne fouiller dans cette histoire de savants allemands. A mon avis, il y a quelques hauts gradés qu'ont dû en palper au passage. C'est pour ça que m'sieur Angus a été blanchi, à son procès. Mais ici, les gens se doutent bien que tout ça, c'est pas une histoire claire.

— Et vous pensez que les assassinats peuvent avoir un rapport avec ce trafic...

— Je sais pas. Si le Paul avait survécu, il serait revenu se venger avant. Alors, si c'est pas lui, ça veut dire qu'il s'est peut-être passé quelque chose depuis dans l'armée. Et ils ont décidé de supprimer tous ceux qui avaient trempé dans cette histoire. Et c'est pour ça, aussi, que j'ai la trouille, parce qu'ils hésiteront pas à me tuer, moi aussi.

— Je ne crois pas que l'armée soit en cause. Ils auraient procédé d'une manière plus expéditive. Ils n'avaient aucune raison de monter cette sinistre mise en scène de victimes brûlées vives et de doigts coupés. Et ils n'auraient pas perdu de temps à vous flanquer la trouille pour que vous déballiez votre sac.

Mac Kensie regarda Sean d'un air suppliant et effaré.

— Alors... ça voudrait dire que... c'est le fantôme du Paul qu'est revenu !

Il joignit les mains pour une supplique aussi pathétique que caricaturale.

— Faut me protéger, chef ! Je veux pas finir cramé comme m'sieur Angus et les autres...

— Ce que je pourrais faire, monsieur Mac Kensie, c'est vous arrêter pour complicité de meurtre avec préméditation.

— Mais c'est pas moi qu'ai frappé Mac Cullins. C'est m'sieur Angus.

— Vous l'avez aidé. Comme vous l'avez aidé à laisser sa fille mourir dans les souterrains.

— Vous allez me mettre en prison ?

Sean ne répondit pas immédiatement.

— Non, je ne vais pas vous arrêter. Je vous l'ai dit, pour les meurtres de Paul et de Margareth, il y a prescription. Et vous n'avez été que complice. Je vais même vous faire surveiller, au cas où l'assassin reviendrait s'en prendre à vous. Vous allez servir d'appât. Pour le reste, on verra quand tout ça sera fini. En attendant, vous allez m'indiquer où se trouve la tombe de Margareth et de son bébé. Vous êtes le seul à connaître la passe menant aux souterrains.

— Voilà, tu sais tout.

Après son entretien avec Mac Kensie, Sean avait organisé son expédition. Il leur avait fallu plusieurs heures d'errance dans les galeries souterraines de Moorkyle pour retrouver le tombeau, dans lequel on avait retrouvé les restes de la pauvre Margareth et de son bébé. On les avait ramenés à Inverdeen. Le lendemain, Sean était venu raconter ce qu'il avait appris à Aileen. La jeune femme en resta un moment abasourdie.

— Quelle histoire sordide ! dit-elle enfin. J'en viendrais presque à excuser l'assassin pour ce qu'il a fait. Sauf pour Lawrence et Elizabeth, bien sûr. Mais ce vieux bonhomme était un vrai salaud ! J'aurais dû lui faire avaler mes seringues.

Elle se sentait mal à l'aise. Jusqu'à présent, elle ne pouvait reprocher à Angus que son sale caractère, sa volonté de dominer les autres. Mais jamais elle n'aurait soupçonné qu'il possédait une âme aussi noire. Elle repensait à cet après-midi où il lui avait fait visiter la distillerie. Elle avait presque fini par éprouver une sorte de sympathie pour lui.

— Et Mac Kensie ! ajouta-t-elle. Un fourbe et un lâche qui n'a même pas trouvé le courage de se révolter contre son ignoble patron. S'il avait eu un tant soit peu de conscience, il serait revenu libérer Margareth. Tu te rends compte de ce qu'elle a dû subir ! Le froid, la peur et la faim. Et tout cela en attendant un bébé ! Quelle ordure !

— Mac Kensie est un chien de garde qui a perdu son maître. Il a peur et il ne sait plus quoi faire. Il n'est pas intelligent. C'est pour ça que le vieil Angus a pu le manipuler et le mêler à ses trafics louches. Le vrai criminel, c'est le vieux.

— Et l'autre, celui qui les a tous tués...

— Nous savons à présent pourquoi il a torturé Elizabeth et Murdoch. Il voulait leur faire avouer une chose qu'il ignorait : l'endroit où était enterrée Margareth. Malheureusement pour elle, Elizabeth n'était au courant de rien. Il a dû finir par le comprendre, mais il lui avait déjà tranché neuf doigts. Quant à Murdoch, il a avoué au bout de quatre. Cela ne l'a pas empêché de mourir.

— Murdoch n'a pas dû dire que son frère Lawrence était innocent. Le tueur l'aurait peut-être épargné.

— Possible, mais ce n'est pas sûr.

— Il a bien épargné Mac Kensie, objecta Aileen. Il a pourtant sa part de responsabilité dans le calvaire subi par Margareth.

— Oui, c'est bizarre.

— Il y a peut-être une raison. Ce mot qu'il a écrit en lettres de sang sur le mur de la baraque de Mac Kensie était destiné à le terroriser. De même que le sac contenant les doigts coupés. Il voulait que Mac Kensie aille tout révéler à la police. Il voulait que l'on sache ce qui était arrivé à Margareth. Pour justifier ses crimes, sans doute.

— Mais cela ne nous aide pas beaucoup pour l'identifier. Le seul qui aurait pu éprouver assez de haine pour les commettre, c'est Paul. Mais il nous faut alors admettre qu'il a survécu au naufrage et qu'il a recouvré la mémoire récemment.

— Il y en a peut-être un autre...

— Qui ?

— Craig Mac Murhan. On le dit mort, mais personne ne sait où se trouve sa tombe. Et s'il était encore vivant...

— C'est une piste à creuser, en effet.

— Admettons que ce soit le cas. Il a pu apprendre la mort ignominieuse à laquelle Angus a condamné Margareth. Elle était la nièce de Craig. Il a pu vouloir la venger.

— Il faudrait savoir s'il est réellement mort.

— Et si c'était lui que j'avais vu l'autre soir ?

— Craig aurait largement plus de soixante ans, à présent.

— Je n'ai fait qu'entrevoir son visage à la lueur d'un éclair. C'est trop peu pour se faire une idée de son âge.

— Je vais essayer de me renseigner.

Sean poussa un soupir.

— En tout cas, maintenant que, selon son point de vue, justice est faite, il va peut-être s'arrêter de tuer.

— Espérons-le.

— J'ai bien peur que cette affaire ne soit classée sans suites. Cependant, par précaution, à cause de l'homme que tu as vu l'autre soir, je vais demander à mes hommes de surveiller ta maison régulièrement. Quant à toi, enferme-toi à double tour et n'ouvre à personne. Je n'aime pas te savoir seule.

— Il n'a aucune raison de s'en prendre à moi. Mais si ça peut te rassurer, j'ai un fusil. Je vais le garder près de moi. Et puis, Andrew ne devrait pas tarder à revenir.

Pendant les deux jours suivants, Aileen vécut sur le qui-vive. Pourtant, il ne se passa rien. Elle finit par penser qu'elle avait peut-être imaginé cette silhouette près du grand chêne.

28

Miss Bowley ayant retrouvé l'usage de sa cheville, Aileen se trouva libérée de son travail d'infirmière. Cependant, elle continua à rendre visite à Mary Mac Cullins pour lui faire de la kiné respiratoire.

— Vous êtes un ange de continuer à vous occuper de moi, dit la vieille dame. Vous avez pourtant beaucoup de travail.

Aileen lui avait parlé de son projet de rénover sa maison.

— Je m'y mettrai cet après-midi.

Après la séance, Mary lui offrit le thé. Aileen avait senti que la vieille dame était soucieuse. Elle lui fit part de ses inquiétudes.

— La police refuse de relâcher Monroe, dit-elle. Les deux inspecteurs de Glasgow estiment qu'il joue la comédie. Ils sont persuadés qu'il est coupable.

— Je croyais qu'il avait été innocenté grâce à un coup de téléphone passé par le faux monsieur Smith..

— Après vérification, cela ne tient pas.

— Mais s'il était coupable, il ne serait jamais allé se saouler sur les lieux mêmes de son dernier crime, c'est absurde !

— Cela saute aux yeux. Mais ces deux policiers sont plus têtus qu'un régiment de bourriques. Et comme le criminel a pris toutes ses précautions pour agir au moment où Monroe n'avait aucun alibi, mon pauvre fils est dans de bien mauvais draps.

La vieille dame étouffa discrètement un sanglot.

— Il faut absolument que l'on arrête le vrai coupable, Aileen.

— Sean Kintyre est persuadé de l'innocence de Monroe, madame. Il continue à mener discrètement son enquête en parallèle. Et je lui donne un coup de main, dans la mesure de mes moyens, bien sûr.

— Alors, que le Seigneur vous aide. Sinon, mon pauvre Monroe risque d'être condamné à mort.

En fin de matinée, alors qu'elle avait regagné la maison, Aileen reçut la visite de Sean.

— J'ai enfin obtenu des renseignements sur Craig Mac Murhan. J'ai demandé à mes collègues de Londres de faire des recherches. Il est bien enterré dans un cimetière de la capitale. Ils m'ont envoyé un télex pour le confirmer.

Il tendit le document à Aileen. Elle lut

Craig Henry Douglas Mac Murhan.

Né à Inverdeen le 12 mai 1895. Mort à Londres le 17 février 1927.

Enterré à Islington. Cimetière de Bunhill Fields.

Elle soupira.

— Une piste qui tombe à l'eau… Si nous voulons sauver Monroe, il va nous falloir trouver autre chose.

Pourtant, aucun des deux n'osa prononcer le nom qui leur venait en même temps à l'esprit : Patrick O'Hara. Mais quelles pouvaient être ses motivations ?

Sean parti, Aileen réfléchit à cette hypothèse. Patrick n'avait rien à voir avec Margareth. En revanche, il avait fait la guerre. Avait-il été en rapport avec Angus Mac Murhan ?

S'était-il passé quelque chose à l'époque qui justifierait un tel massacre ? C'était inimaginable. Mais s'il n'avait rien à se reprocher, pourquoi avait-il fui Moyra ?

Afin de chasser les idées sombres qui la minaient, Aileen décida de se consacrer à la maison. En se rendant dans la remise pour chercher le matériel et les outils, elle se rendit compte qu'il y régnait un véritable capharnaüm. Lors de son passage, Andrew s'était mis en tête de réparer lui-même la voiture de location, qui faisait « un drôle de bruit ». Elle ignorait s'il y était parvenu, mais le résultat s'étalait devant ses yeux. Il avait tout chamboulé sans rien remettre en place. Elle soupira et se mit à l'ouvrage.

Ce fut ainsi qu'elle découvrit, au milieu d'innombrables caisses pleines de clous, vis et autres boulons, une petite boîte de métal rouillé contenant une douzaine de clés non moins rouillées, sauf deux ou trois, en laiton ou en bronze celles-là. L'une d'elles attira son attention. Sa forme et sa taille pouvaient correspondre au vieux coffre du grenier, qu'elle n'avait pas réussi à ouvrir. Sa curiosité éveillée, elle laissa la remise en plan et se rendit au grenier. Effectivement, la clé qu'elle avait repérée correspondait bien à la serrure du coffre. Elle l'ouvrit. Outre la poussière, il renfermait des dossiers, des boîtes pleines de photographies en noir et blanc et en sépia. Des mariages, des baptêmes, des communions, des fêtes de toutes sortes, ainsi que des pochettes contenant quantités de clichés d'animaux. Son père aimait les photographier. Il possédait des appareils sophistiqués. Une foule de souvenirs remontèrent à la mémoire de la jeune femme, des longues promenades sur les rives du loch Starav ou sur les flancs du Ben Etive. Ils s'installaient, des heures durant, dans des endroits connus d'eux seuls, pour guetter les oiseaux qui nichaient dans les anfractuosités. Aileen connaissait chacun des objectifs et les tendait à Allan. Parfois, il la laissait charger une nouvelle pellicule.

Vivement émue, elle retrouva les deux appareils, les divers accessoires d'un autre âge. Tout cela s'était endormi dès le début de la guerre et plus personne n'y avait touché depuis. Sa mère avait tout rangé après la mort d'Allan et n'avait plus ouvert le coffre ensuite.

Soudain, l'attention d'Aileen fut attirée par un dossier dont le carton paraissait plus récent que ceux des photos. Etonnée, elle l'examina. Il contenait divers documents administratifs et une enveloppe, sur laquelle la main de Molly avait tracé *POUR AILEEN*. Elle avait ajouté la mention *strictement personnel*. De plus en plus intriguée, la jeune femme ouvrit l'enveloppe, qui contenait une longue lettre. Elle reconnut l'écriture de sa mère et commença à lire.

Quelques instants plus tard, elle se mit à trembler devant la révélation incroyable que contenait la lettre.

29

Ma chère petite fille,

Je vais bientôt mourir. Je sais qu'il n'y a rien à faire et je m'y prépare. Ne me pleure pas trop, je vais rejoindre Allan et je serai heureuse près de lui. Près de lui, et près d'un autre homme que j'ai connu avant lui et dont je dois te parler. J'aimerais avoir le courage de t'avouer tout cela de vive voix, mais je ne l'ai pas. Cependant, tu dois savoir la vérité, alors, je t'écris cette lettre en priant Dieu qu'Il me donne la force d'aller jusqu'au bout.

Tu n'as probablement jamais entendu parler de cet autre homme, et pour cause. Il est mort alors que tu n'avais pas deux ans. Tu n'en gardes sans doute aucun souvenir, pourtant, il était ton véritable père. Il s'appelait Craig Mac Murhan. Il était le frère d'Angus Mac Murhan, le propriétaire de la distillerie d'Inverdeen. Je l'ai connu alors qu'il s'était déjà fâché avec Angus. Craig ne voulait pas entendre parler de la légende des Amants de Feu et de la malédiction qui y était attachée. Il voulait que le clan Mac Murhan se réconcilie avec le clan Mac Cullins. Tout jeune, il s'était opposé à leur père, qui, paraît-il, était encore plus féroce qu'Angus. Il a fini par se lasser d'être perpétuellement en butte aux attaques d'Angus et il a fui le manoir, je crois, en 1920, deux ans après la fin de la guerre de 14-18, au cours de laquelle il s'est vaillamment illustré. Il était décoré de la Military Cross. Je l'ai connu en 1922, alors que je travaillais dans un grand magasin de vêtements de Londres. Il était venu se faire confectionner un costume. C'était vraiment un très bel homme. Tu as hérité de son regard clair.

Nous nous sommes mariés en 1923. Comme il avait coupé les ponts avec sa famille, celle-ci a ignoré ce mariage. Craig ne voulait plus avoir aucun contact avec eux. En revanche, ses amis étaient présents, et parmi eux se trouvait Allan, qui était pour lui comme un frère. Ils avaient combattu côte à côte pendant la Grande Guerre.

Malheureusement, mon pauvre Craig avait été gazé dans les tranchées françaises et il souffrait de déficience respiratoire chronique. Quand tu es née, en 1925, il savait déjà qu'il ne vivrait pas très vieux. Il est mort au début de l'année 1927. Avant de mourir, il a demandé à Allan de prendre soin de toi et de moi. Allan, qui était un homme plutôt timide avec les femmes, n'était pas marié, et il a accepté. Au début, il a travaillé chez un vétérinaire de Londres. C'était une grande preuve d'amitié, car il n'aimait pas la grande ville et il avait dû abandonner sa clientèle. Il l'a fait pour Craig, qu'il a accompagné dans ses derniers instants à mes côtés.

Après la mort de ton père, Allan s'est installé dans notre maison de Londres. Au début, il m'a traitée comme une amie, comme une sœur, même. C'était l'homme le plus délicieux, le plus doux, le plus gentil dont une femme pouvait rêver. Mais j'aimais toujours Craig. Et puis, avec le temps, nous nous sommes attachés l'un à l'autre. Je savais que ton père ne reviendrait plus. Alors, nous nous sommes rapprochés et nous nous sommes mariés, en 1928. Tu avais tout juste trois ans. Tu ne dois pas te souvenir de cette période. Mais Allan souffrait de vivre à Londres. Et puis, il y a eu la crise de 1929. L'atmosphère de la grande ville devenait étouffante. Alors, nous avons décidé de nous installer à Inverdeen, où Allan avait hérité la maison de ses parents. En ce qui me concerne, je n'avais plus aucune famille dans la capitale. J'ai tout de suite aimé les Highlands. Les gens d'ici ont été heureux de le voir revenir en compagnie d'une femme et d'une petite fille. Allan était tellement content de s'occuper de toi. Il adorait les enfants. Hélas, à la suite de mauvais coups reçus pendant les combats, il ne pouvait pas en avoir. Aussi, il t'a adoptée comme sa fille. Rien n'était trop beau pour toi. Je crois que Craig lui-même n'aurait pas pris mieux soin de toi. Toi, tu l'appelais papa avec un parfait naturel. C'est ainsi qu'il est devenu ton père.

Par la suite, je n'ai pas eu le cœur de te détromper. Nous avons gardé ce secret pour nous seuls. Nous redoutions qu'Angus Mac Murhan apprenne que tu étais la fille de son frère Craig. Peut-être aurait-il cherché à te récupérer. Et cela, il n'en était pas question. Allan t'avait adoptée officiellement, et c'est son nom qui figure sur tes papiers en tant que père. Nous avons un peu triché auprès de l'état civil d'Inverdeen, mais c'était pour te protéger Cependant, la vérité est là : tu es une Mac Murhan. Ce dossier contient ton véritable acte de naissance, sur lequel est noté le nom de ton père, Craig Mac Murhan.

Pardonne-moi, ma petite fille, de ne pas avoir eu le courage de te dire tout cela de mon vivant, mais je craignais trop de te faire de la peine en te disant qu'Allan n'était pour toi qu'un ami. Il y avait une telle complicité entre vous. Il n'aurait pas pu t'aimer plus si tu avais été sa propre fille. Mais je te devais cette vérité, afin que tu choisisses par toi-même si tu as envie de faire la connaissance de la famille de Craig.

Lorsque tu liras ces lignes, j'aurai rejoint le bon Dieu. Ne m'en veux pas de t'avoir caché la vérité pendant si longtemps, mais je n'ai jamais bien su parler.

Sois heureuse, ma petite fille, et garde ce caractère volontaire et courageux que j'admire tant chez toi.

Ta maman qui t'aime,

Molly O'Donnell

Lorsqu'elle reposa la lettre, Aileen n'avait même pas conscience des larmes brûlantes qui ruisselaient sur ses joues. Elle avait l'impression que le monde s'était écroulé autour d'elle. Elle ne pouvait accepter l'idée qu'Allan ne fût pas son père. Elle avait partagé tant de choses avec lui. Il lui avait appris tout ce qu'elle savait sur la nature, sur les animaux, sur les voyages qu'il rêvait de faire à l'autre bout du monde. Il lui offrait des livres avec des photos de pays lointains. Il lui avait offert son premier cheval, nommé Arthur, comme le roi de la légende du Graal.

Mais les papiers qui accompagnaient la lettre étaient explicites. Elle était bien née le 4 mai 1925, à Londres, de Craig Mac Murhan et de Molly Dickens. Les papiers qu'elle avait utilisés depuis, et notamment pour son mariage avec Andrew, avaient été trafiqués pour que le nom de Mac Murhan n'apparaisse pas. Elle ne pouvait pas en vouloir à ses parents. Ils avaient agi ainsi pour la préserver.

Elle comprenait mieux maintenant pourquoi elle avait éprouvé une grande sympathie pour Lawrence. Il était... son cousin. Et il avait noté sa ressemblance avec les femmes de la famille. Tout comme Angus, qui lui avait dit qu'elle lui rappelait sa mère. Tout s'expliquait.

Comme s'expliquait aussi l'angoisse incompréhensible qui la hantait depuis qu'elle s'était installée à Inverdeen. Elle était une Mac Murhan.

Et peut-être le criminel le savait-il.

30

Le soir même, elle appela Andrew.

— Que se passe-t-il ? Tu as l'air affolée.

Elle lui expliqua ce qu'elle venait d'apprendre.

— Cette histoire est incroyable, dit-il enfin. Où est-ce que tu as trouvé cette lettre ?

— Dans un vieux coffre, au grenier… Avant sa mort, j'avais bien senti qu'elle voulait me dire quelque chose, mais elle n'a pas osé. Elle ne voulait pas me bouleverser davantage.

— Alors, ça voudrait dire que tu es une Mac Murhan, toi aussi.

— Oui. Mon vrai père, Craig, était le frère d'Angus, qui était donc mon oncle. Et Lawrence tout comme Elizabeth et Murdoch étaient mes cousins au premier degré. Je m'explique mieux certaines choses, à présent, cette impression de familiarité avec certains portraits. Angus m'a dit que je lui rappelais sa mère. Et le pauvre Lawrence voulait que l'on devienne amis. Je comprends pourquoi j'en avais envie, moi aussi. Ce n'est pas que j'aurais aimé fréquenter cette famille, mais je sais que je me serais très bien entendue avec Lawrence. Je l'aurais aidé.

Elle eut un bref sanglot.

— J'avais une grande adoration pour mon père, Allan. Et je viens d'apprendre qu'il ne m'était rien.

— Ne dis pas de sottises. Allan était et restera ton père. C'est lui qui t'a élevée. Il t'a aimée comme si tu étais née de son sang. Tu étais la fille de son meilleur ami. Quand celui-ci est mort, il l'a remplacé auprès de toi, afin que tu ne souffres pas de l'absence d'un père. Et il a parfaitement tenu son rôle.

— Il était le meilleur des papas. J'aimerais tellement qu'il soit encore là…

Ils restèrent un long moment silencieux. Puis Aileen déclara :

— Je ne me sens pas tranquille, Andrew. L'assassin sait peut-être que je suis une Mac Murhan. Et je ne veux pas finir brûlée vive. Le feu me fait très peur. J'ai trop vu de grands brûlés pendant la guerre. Ils souffraient abominablement…

— Tu ne vas pas mourir. A part moi, personne ne sait rien. Tout le monde l'a ignoré, même toi, pendant tout ce temps, ce n'est pas maintenant que ça va changer.

— Mais les gens vont apprendre que je suis une Mac Murhan. Je deviens l'héritière de la fortune du clan, puisque je suis la seule survivante.

— Il faudrait d'abord savoir si ton acte de naissance te permet de faire valoir tes droits à cet héritage. Tu pourrais contacter un notaire…

— Je ne veux pas. Je me moque de cet héritage. Je n'ai rien demandé à personne, moi. Et d'après ce que j'ai appris, cet argent n'est pas très propre.

— Je sais bien, mais tu n'y es pour rien. Ce serait dommage tout de même d'abandonner cette fortune à l'Etat…

— Je ne veux pas attirer l'attention du criminel sur moi. Si je dis que je suis une Mac Murhan, il risque de se manifester de nouveau.

— Oui, évidemment. Mais si tu veux, je peux me charger de me renseigner discrètement ici, à Londres. Le notaire de ma famille saura me renseigner. Ensuite, nous attendrons que le criminel soit arrêté avant de faire savoir que tu es une Mac Murhan.

— Si on parvient à l'arrêter...

— Ils vont bien finir par trouver quelque chose. Fais un peu confiance à la police. Surtout si tu lui donnes un coup de main.

Elle finit par sourire.

Il ajouta :

— Est-ce que tu veux rentrer à Londres ?

— Tu ne seras pas là ?

— Non. Je suis encore coincé quelques jours. Mais au moins tu serais en sécurité.

— Je suis en sécurité ici aussi, si personne ne sait que je suis une Mac Murhan. Et il n'y a que toi qui sois au courant.

— Alors, tu ne risques rien. Je te promets que je te rejoindrai au plus vite. En attendant, fais-moi parvenir un double de ton acte de naissance. Nous saurons comme ça à quoi nous en tenir. Et surtout, ne parle à personne de tout ça. Même pas à ton copain Sean.

— Evidemment.

Lorsqu'elle raccrocha, Aileen se sentait mieux. Entendre la voix d'Andrew lui avait redonné courage. Elle avait un instant songé à retourner à Londres, mais elle avait très vite abandonné l'idée. Elle avait trop de travail ici. Ce fut d'un cœur plus léger qu'elle se remit à l'ouvrage le lendemain.

La maison devint très vite un véritable chantier. Elle avait décollé les vieux papiers peints, démonté les portes, poncé, ôté des clous, défait les plinthes, démonté les luminaires.

Une semaine plus tard, Andrew rappela Aileen. Il avait trouvé le temps de rencontrer son notaire.

— A première vue, dit-il, il n'y a aucune raison de douter de l'authenticité de ton acte de naissance. Il va tout de même faire quelques vérifications, par précaution. Mais il pense qu'il y a de fortes chances pour que tu sois l'unique héritière de la fortune des Mac Murhan. Il est prêt à s'occuper de tout. Evidemment ! Il y voit son intérêt.

— Il ne faut rien faire pour l'instant.

— C'est ce que je lui ai dit. Je lui ai parlé des crimes. Il pense comme moi qu'il est préférable de patienter jusqu'à ce que la police ait mis la main sur l'assassin. Donc, pour l'instant, nous ne bougeons pas. Enfin, c'est à toi d'en décider, bien sûr. Mais de toute façon il faudra effectuer des recherches. Il existe peut-être d'autres héritiers Mac Murhan. Cela va prendre un peu de temps.

— Tu reviens quand ?

— Ma mission est presque terminée. Tu pourras bientôt me rejoindre à Londres. Mais avant, j'essaierai d'aller à Inverdeen. Je ne te promets rien, mais je vais faire tout mon possible pour passer un week-end avec toi.

— Tu es un amour.

— En attendant, sois prudente. Je ne voudrais pas qu'il t'arrive quelque chose... maintenant que tu vas devenir une riche héritière.

— Idiot !

Il éclata d'un rire clair au téléphone.

Lorsqu'elle eut raccroché, Aileen demeura un long moment désemparée, comme à chaque fois.

La nuit suivante, elle prit le fusil à côté de son lit. La confirmation du notaire la chagrinait. Elle savait désormais qu'elle était bien une Mac Murhan. Et malgré ce qu'en avait dit Andrew, d'autres personnes étaient peut-être au courant.

Elle eut beaucoup de difficultés à trouver le sommeil. Ses cauchemars étaient revenus la hanter. Des visions effrayantes se succédaient, dans lesquelles elle se voyait environnée de flammes, tandis qu'une silhouette imprécise regardait le feu se rapprocher d'elle inexorablement. Elle hurlait, mais personne ne l'entendait, personne ne venait à son secours.

Elle s'éveilla trempée de sueur, la respiration hachée par la terreur. Saisie par l'angoisse, elle se leva et alla vérifier à la fenêtre que l'inconnu n'était pas là. Le jardin restait désert. Elle avait seulement oublié de réduire le chauffage, rallumé deux jours plus tôt en raison du mauvais temps.

Le lendemain, elle hésita. Devait-elle parler à Sean de ce qu'elle avait appris ? Andrew lui avait conseillé de n'en rien faire, mais Sean était son meilleur ami. Elle avait abandonné les soupçons qui l'avaient un instant effleurée à cause de Murdoch. De tels crimes ne cadraient pas avec Sean. Et puis, il n'aurait eu aucune raison de s'en prendre à Elizabeth et à Lawrence. Elle avait envie de lui parler. Cela faisait plusieurs jours qu'elle ne l'avait pas vu, à cause des travaux dans la maison. Elle prit le téléphone, composa le numéro du poste de police. Elle tomba sur Eliott Mulligan, son adjoint.

— L'inspecteur Kintyre n'est pas là, madame Fergusson. Il est parti pour Oban.

Il ajouta, sur un ton rigolard :

— L'inspecteur Brenner n'est pas là non plus. Il a été rappelé à Glasgow avec son copain Robson. Bon débarras ! M'est avis qu'ils ont dû se faire remonter les bretelles. Sean m'a dit qu'on lui redonnait l'affaire. Monroe Mac Cullins a été libéré hier. Son avocat a réussi à prouver qu'il n'avait rien à voir dans les meurtres.

— C'est une excellente nouvelle ! Mais pourquoi l'inspecteur Kintyre est-il à Oban ?

— Il paraît qu'il y a du nouveau dans l'affaire. On a retrouvé un cadavre, là-bas, et il se pourrait bien que ce soit celui de l'assassin. Il aurait laissé un mot dans lequel il avoue ses crimes.

31

— C'est un pêcheur qui a retrouvé le corps, échoué sur une grève au sud d'Oban. Il ne va pas être facile de l'identifier. Cela faisait plusieurs jours qu'il était là. Le légiste va avoir du travail. A première vue, il s'agit d'un homme d'une quarantaine d'années.

Dans la soirée, Sean était passé voir Aileen, trop impatient de lui apporter la nouvelle.

— Ton collègue m'a dit qu'il s'agissait probablement de l'assassin. Comment est-ce possible ?

— Il a laissé un mot dans lequel il s'accuse d'avoir exterminé le clan Mac Murhan, par vengeance. Je t'en ai fait une copie…

Il lui tendit une feuille de papier tapée avec un carbone de mauvaise qualité.

— J'ai recopié les termes exacts, précisa Sean. C'était écrit en grosses lettres bâtons maladroites. A mon avis, le type avait déjà pas mal bu quand il a écrit ça.

Aileen saisit la feuille.

Le clan Mac Murhan est exterminé. Ma vengeance est achevée. Mais cela ne m'a pas rendu la femme que j'aimais. Je n'ai plus le courage de lui survivre encore.

Adieu.

La jeune femme demeura perplexe.

— C'est étrange, quand même. Comment est-il mort ?

— A première vue, il s'est noyé. Il semblerait qu'il soit monté à bord de sa barque et qu'il se soit éloigné de la rive avant de se jeter à l'eau. On a retrouvé l'embarcation échouée non loin de son cadavre. Il y avait des bouteilles de bière et de whisky à l'intérieur. Il a dû picoler pas mal pour trouver le courage de se donner la mort. On a découvert le mot sur la table de la petite cabane dans laquelle il vivait. C'est une baraque de pêcheur isolée, au sud d'Oban, dans un endroit où personne ne se rend jamais. On a retrouvé aussi des traces de sang dans une petite pièce. Des analyses sont en cours pour vérifier s'il s'agit du sang d'Elizabeth et de Murdoch. Mais il y a de grandes chances.

— Quarante ans.. Tu crois que ce pourrait être Paul Mac Cullins ?

— C'est probable. Le cadavre est resté plusieurs jours dans l'eau, peut-être plus d'une semaine. Il n'avait plus de visage. Mais nous avons interrogé les habitants du village proche, Ardentall. Je leur ai montré la photo de Paul à vingt ans. Quelques-uns l'ont identifié.

— C'est incroyable. Ainsi, il ne serait pas mort dans le naufrage...

— Exactement. Apparemment, le type décrit par les habitants d'Ardentall n'a rien à voir avec le Paul Mac Cullins que nous connaissions. Ils disent que c'était un vrai ours, qui ne parlait jamais à personne. Il ne répondait même pas aux questions. Il possédait une voiture, mais il ne faisait jamais ses courses sur place. Il devait sans doute aller en ville. Les pêcheurs ne venaient pas lui chercher d'histoires. J'ai cru comprendre qu'il leur faisait peur. Au début, quelques fiers-à-bras sont venus lui chercher noise. Il leur a conseillé de se mêler de leurs oignons. L'un d'eux l'a mal pris et a voulu se battre avec lui. L'autre l'a assommé en moins de temps qu'il ne faut pour le dire. Ses copains n'avaient jamais vu ça. Ils ont eu la trouille. L'un d'eux m'a dit qu'il avait la mort dans les yeux.

— Paul était assez grand, pour autant que je m'en souvienne. Mais ce n'était pas une armoire à glace. Cela faisait longtemps que ce type était à Ardentall ?

— Il s'est installé à la fin du printemps. Le pêcheur à qui appartient la baraque nous a dit qu'il avait payé plusieurs mois d'avance. Paul, si c'est bien lui, n'a presque rien dit, sinon qu'il venait là pour être tranquille. Apparemment, il avait de l'argent. Après l'histoire des forts en gueule, les villageois lui ont fichu une paix royale. Plus personne n'a fait attention à lui. Il ne dérangeait pas et ils préféraient l'éviter.

— Ce qui fait qu'il a pu s'absenter comme il voulait..

— Exactement. Sa maison était à l'écart du village. Une chose est sûre : il est venu dans l'intention d'anéantir le clan Mac Murhan et il l'a fait. Ses crimes étaient mûrement préparés. Il a exécuté ses victimes froidement, avec une détermination et une cruauté effrayantes.

Sean laissa passer un court silence et ajouta .

— Et c'est là que ça ne colle plus avec l'hypothèse Paul Mac Cullins. On peut imaginer qu'il a survécu, qu'il a retrouvé la mémoire au bout de vingt ans et qu'il a décidé de se venger. Mais Paul faisait des études de médecine et il n'avait rien d'un assassin. Or il ne fait aucun doute que nous avons affaire à un tueur professionnel, un individu pour qui la vie humaine n'avait aucune valeur. Et cela ne correspond pas à Paul.

— Il a pu changer, en vingt ans. Qui sait ce qu'il a fait pendant tout ce temps ?

— Ça ne va pas être facile de le savoir, maintenant qu'il est mort.

— Il y a quand même un fait troublant, reprit Aileen. Quand il a enlevé le vieil Angus, il aurait pu tuer les quatre policiers pour les éliminer. Mais il ne l'a pas fait. Il s'est contenté de les assommer et de les ligoter. C'est tout de même bizarre, pour un individu apparemment sans états d'âme.

— Pas tant que ça, répondit Sean. S'il s'agit vraiment de Paul, il n'avait aucune raison de tuer d'autres personnes que les Mac Murhan. Il voulait seulement se venger du clan. Nous saurons très vite s'il s'agit bien de lui. Le médecin légiste d'Oban va travailler sur le corps toute la nuit. Je te tiendrai au courant.

Le verdict tomba dès le lendemain après-midi. Le cadavre du colosse était bien celui de Paul Mac Cullins Dans la soirée, Sean vint confirmer l'information à Aileen.

— C'est à n'y rien comprendre, dit-il. Il nous faut admettre que Paul était devenu une véritable machine à tuer. C'est bien lui qui a commis tous ces crimes. Le sang retrouvé dans la barque et dans la cabane provient bien d'Elizabeth et de Murdoch. Les groupes correspondent.

— Donc, nous avons la confirmation qu'il a survécu aux blessures infligées par Angus. Mac Kensie était pourtant persuadé qu'il était mort. Qu'est-ce qui a pu se passer ?

— Notre hypothèse est sans doute proche de la vérité. L'eau du loch l'a réveillé, mais il avait perdu la mémoire à cause des coups. Il a marché sans but jusqu'à Ganavan, où il a été recueilli par les autochtones. Nous savons qu'au début de la guerre son bateau a été coulé par les Allemands. C'est là que nous perdons sa trace. Nous savons aujourd'hui qu'il s'en est sorti, une fois de plus. Mais qu'est-il devenu ? Mystère. Il réapparaît vingt ans plus tard, ayant retrouvé la mémoire et déterminé à venger Margareth. Ce qu'il fait, dans des conditions terrifiantes, allant même jusqu'à massacrer deux innocents, si l'on admet, selon les aveux de Mac Kensie, que ni Elizabeth ni Lawrence n'étaient au courant du traitement ignoble infligé par Angus à sa fille. Enfin, sa vengeance accomplie, il se suicide, n'ayant plus aucune raison de vivre puisque Margareth n'est plus là. Tout cela semble logique.

Ils restèrent un long moment silencieux. Puis Aileen déclara :

— Ça ne colle pas !

— Pourquoi ?

— A cause de Monroe. Les aveux de Paul l'innocentent totalement. Dans ce cas, pourquoi a-t-il été retrouvé sur la lande, complètement ivre, non loin de l'endroit où Angus avait été tué ? Pourquoi s'est-on ingénié à commettre les enlèvements et les crimes à des moments où il ne possédait aucun alibi ? Tout se passe comme si on avait voulu faire croire que Monroe était coupable. Or, si vraiment Paul avait été l'assassin et qu'il avait prévu de se suicider ensuite, quel besoin avait-il de faire porter les soupçons sur son jeune frère ?

Sean se gratta la tête, perplexe.

— Il n'avait peut-être pas l'intention de se suicider au départ. Ensuite, il s'est tué par désespoir.

Aileen secoua la tête.

— Il était trop organisé pour ça.

— Tu as raison. Il y a quelque chose qui ne tient pas dans mon raisonnement. Mais l'absence d'alibis de Monroe n'est peut-être qu'une coïncidence.

— Sur quatre meurtres, cela fait beaucoup, tu ne crois pas ? Et je ne parle pas du fait qu'on l'a retrouvé errant sur la lande près de l'endroit où on a découvert le cadavre d'Angus. Il n'y est pas venu tout seul. Et je vois mal Paul, ayant recouvré la mémoire, mettre tout en œuvre pour faire accuser son frère. D'après leur mère, Paul et Monroe s'entendaient à merveille. Monroe était le seul à être au courant du départ de Paul pour l'Amérique, ce qui veut dire qu'il lui faisait totalement confiance. Donc, Paul, une fois revenu, aurait sans doute repris contact avec Monroe.

— Mais il ne l'a pas fait. Pourquoi ?

Sean se prit la tête dans les mains.

— Il y a quelque chose qui ne colle pas, dans tout ça. Mais quoi ?

Sean ayant pris congé, Aileen se retrouva seule. Elle passa en revue tous les détails de l'affaire. Tout semblait correspondre, sauf l'histoire de Monroe. Paul s'étant dénoncé, tout rentrait dans l'ordre. Pourtant, son intuition soufflait à la jeune femme que l'affaire n'était pas terminée.

32

Une semaine plus tard, les travaux avaient bien avancé et la maison commençait à reprendre figure humaine. Un matin, Aileen reçut une lettre du notaire d'Andrew. Maître Mac Donald lui confirmait qu'elle était la seule héritière du clan Mac Murhan. Il avait travaillé très vite. Avec la découverte de la sépulture de Margareth Mac Murhan, que tous croyaient à tort exilée aux Etats-Unis, il n'existait plus aucun autre membre de la famille vivant, hormis elle. Angus n'avait établi aucun testament et tous ses enfants étaient morts. L'héritage qui aurait donc dû revenir à son frère décédé revenait de droit à sa fille.

Comme monsieur Fergusson le lui avait demandé, il n'avait entrepris aucune démarche. Celles-ci seraient déclenchées à la seule demande de madame Fergusson.

Cependant, il se proposait de commencer à établir le recensement des biens de la famille Mac Murhan, car celui-ci allait exiger un peu de temps. D'après ses premières investigations, outre le manoir et la distillerie, Angus Mac Murhan possédait plusieurs immeubles de rapport à Glasgow, Edimbourg et même Londres. S'y ajoutaient des placements en Bourse et des comptes d'épargne bien remplis.

Aileen appela immédiatement Andrew pour le tenir au courant.

— Tu vas devenir plus riche que moi, ma chérie !

— Ouais !

— Cela n'a pas l'air de te faire plaisir...

— Je te l'ai déjà dit, je n'ai rien demandé à personne. Et cette fortune me revient parce que quatre personnes sont mortes.

— Tu as raison, pardonne-moi. Ma réaction est un peu... indécente. Mais tu ne peux pas m'en vouloir d'être heureux pour toi.

— Mais je ne t'en veux pas.

— Il ne s'est rien passé, depuis le suicide du criminel ?

Aileen l'avait tenu au courant de la mort de Paul Mac Cullins dès qu'elle en avait été informée par Sean.

— Rien du tout. Le calme est revenu.

— Alors, tout va bien. Ma mission pour le gouvernement est bientôt terminée. Je serai très vite près de toi. D'ailleurs, j'ai pris une décision. Je pense que je vais abandonner ce travail et ne garder que l'hôpital. Ainsi, je ne serai plus obligé de m'absenter plusieurs semaines. Ils ne vont pas être très contents, mais tant pis.

— Ce serait formidable, mon chéri.

Le lendemain, Sean passa la voir en fin de matinée.

— C'est fini, dit-il. L'affaire va être classée. Le suicide de l'assassin provoque l'arrêt de l'enquête.

— Malgré les zones d'ombre qui subsistent ?

Il secoua la tête.

— Bien sûr. Le procureur estime que tout est parfaitement logique dans cette histoire. Paul Mac Cullins, après avoir miraculeusement échappé à la mort il y a vingt ans, retrouve la mémoire au bout de vingt ans. Il décide alors de se venger du clan Mac Murhan, qu'il tient pour responsable de la mort de celle qu'il aimait, Margareth, assassinée par sa propre famille. Mais sa vengeance ne lui apporte pas la paix et il se suicide. Point final. Pourquoi chercher plus loin ?

— Mais on ne sait pas ce qu'il a fait pendant ces vingt ans..

— Je sais. Mais quelle importance ? m'a répondu le proc Quant à l'histoire de Monroe, il pense qu'il ne s'agit que de banales coïncidences.

— Il ne tient même pas compte du fait qu'il a été enlevé par son propre frère ?

— Monroe est connu pour lever facilement le coude. Qui pourrait ajouter foi à ses allégations ? L'enquête de police a conclu qu'il s'était retrouvé « par hasard » sur les lieux du crime, après avoir trop bu.

— C'est tellement facile…

— Oui, mais si l'on refuse cette explication, dans quelle direction chercher ?

Aileen secoua la tête.

— Je n'en sais rien. Mais ce serait peut-être une bonne idée de retourner dans la cabane de Paul..

— Elle a été fouillée de fond en comble.

— Sait-on jamais ?

— Alors on y va. Je t'avoue que j'avais envie d'y retourner, moi aussi.

Quelques instants plus tard, ils étaient en route pour Oban.

La cabane se situait vraiment loin de toute autre habitation. L'idéal pour y détenir un prisonnier. Celui-ci aurait pu hurler à s'en déchirer les cordes vocales, personne ne l'aurait entendu. La baraque se composait de trois petites pièces empuanties par des relents de poisson en décomposition, de varech et de vase : une cuisine minuscule, une chambre et une remise. Le mobilier, sommaire, se composait d'une table, de deux chaises branlantes, d'une vieille cuisinière et de buffets de bois brut patiné par les années et le sel. Du matériel de pêche s'entassait dans un désordre indescriptible. La chambre minuscule comportait un lit hors d'âge au matelas usagé et taché, ainsi qu'une grosse armoire et une table de chevet en mauvais état.

Tout à coup, après avoir déplacé la lourde armoire, ils virent un objet glisser sur le plancher plein de sable et de poussière.

— La bride du kelpie ! s'exclama Aileen.

Sean ramassa la pièce de cuir.

— Eh bien, dit-il, mes confrères d'Oban n'ont pas très bien inspecté les lieux… J'ai l'impression que nous allons devoir refaire tout le travail. Il faut dire qu'ils avaient leur coupable. Ils n'ont pas pensé à chercher plus loin.

— En tout cas, nous avons maintenant la preuve que Paul avait minutieusement tout organisé depuis le début. Il a volé cette bride pour créer une atmosphère d'angoisse et réveiller la légende.

Tandis que Sean poursuivait ses recherches dans la chambre, Aileen se rendit dans la remise. En pénétrant dans la petite pièce, elle sentit un malaise incontrôlable l'envahir. Des taches de sang séché maculaient le plancher. Dans son esprit surgirent des images atroces, un couteau aiguisé qui tranchait les doigts de la malheureuse Elizabeth, incapable d'apporter une réponse qu'elle ignorait à son tortionnaire. Le cœur battant la chamade, elle se força à examiner l'endroit. Il y avait peut-être, quelque part, un élément important qui avait échappé aux policiers.

— Qu'est-ce qui a pu arriver à Paul Mac Cullins ? murmura-t-elle. Comment a-t-il pu se métamorphoser en un tueur aussi sanguinaire ?

Elle n'avait pas la réponse. Il aurait fallu pouvoir l'interroger pour le savoir. Mais c'était désormais impossible.

La remise contenait des cordages, dont certains avaient visiblement servi à entraver les prisonniers. Des traces de sang les marquaient par endroits. Il y avait aussi des caques, des seaux pleins de matériel divers, filets, hameçons, des pièges à homard en osier, des haveneaux. Aileen éprouvait des difficultés de plus en plus grandes à respirer. Elle ne pouvait pas rester dans cette pièce. Se tenant la poitrine, elle se dirigea en titubant vers la porte. Ce faisant, elle perdit l'équilibre et se rattrapa à une étagère. Un pot en terre glissa et explosa sur le sol.

L'instant d'après, l'attention de la jeune femme se fixait sur l'objet que contenait le pot brisé. Un objet que personne n'aurait jamais imaginé trouver dans cet endroit. Les mains d'Aileen se mirent à trembler. Son esprit se mit à travailler à une vitesse stupéfiante. En quelques instants, toute l'affaire se reconstitua, mais sous un angle totalement différent. Il y avait une autre logique. Une logique implacable, qui éclairait d'un jour nouveau les zones restées dans l'ombre. Elle sut alors qui était le vrai coupable.

33

D'un geste vif, Aileen récupéra l'objet, le fourra dans une poche et, les jambes flageolantes, elle sortit de la maison. Inquiet, Sean se précipita vers elle.

— Qu'est-ce qui se passe ? Tu ne te sens pas bien ?

— Non. Je crois... je crois que je n'aurais pas dû venir. Ce lieu est vraiment trop effrayant.

— Je suis désolé, c'est de ma faute.

— Je voudrais... je voudrais rentrer.

— D'accord. D'ailleurs, nous n'avons rien trouvé.

— Non, rien, dit-elle seulement.

Pendant le voyage du retour, Aileen resta un long moment silencieuse. La sentant bouleversée, Sean n'osait rien dire. Soudain, la jeune femme déclara :

— Et si... et si Paul ne s'était pas suicidé...

— Comment ça ? Il a laissé un mot pour expliquer son geste...

— Je sais, mais est-ce qu'on est sûr que c'est bien lui qui l'a écrit ?

— Qui d'autre aurait pu l'écrire ?

— Le véritable assassin.

— Parce que tu ne crois pas que Paul était le criminel ?! Qui d'autre que Paul aurait eu intérêt à se venger des Mac Murhan ? Et puis, pour son suicide, tout coïncide. Paul n'a pas été frappé. Il ne portait aucune trace de coups. Et je vois mal un individu suffisamment costaud pour le contraindre à boire de l'alcool dans le but de le pousser ensuite à l'eau.

— Il a peut-être été drogué ou empoisonné... Il n'était pas conscient quand on l'a jeté à l'eau...

— Le légiste n'a décelé aucune trace suspecte dans son sang ou son estomac. Il était seulement imbibé d'alcool. Il a pris la cuite de sa vie avant d'en finir. Point final.

— Mais cela n'explique pas le mystère Monroe, rétorqua Aileen.

— Il faudra donc en rester à l'hypothèse des coïncidences, soupira Sean.

Aileen ne répondit pas. Sa main se serra sur l'objet qu'elle avait mis dans sa poche.

— Ça n'a pas l'air d'aller, s'étonna Sean.

— Ce n'est rien. Un peu de fatigue, sans doute. Cette visite m'a impressionnée.

Le soir même, elle appela Andrew pour lui demander quand il comptait la rejoindre. Il lui répondit qu'il espérait venir trois jours plus tard, pour le week-end.

Le lendemain, Aileen ne sut quelle attitude adopter. Elle ne cessait d'analyser les éléments en sa possession, tentant de déceler toutes les possibilités du puzzle. A chaque fois, elle retombait sur les mêmes conclusions. Seul problème· elle n'avait aucune preuve, sinon l'objet retrouvé dans la cabane.

Et surtout, elle désirait plus que tout qu'il y ait une autre explication.

Le lendemain soir, alors qu'elle s'apprêtait à se coucher, elle entendit du bruit dans l'entrée. Quelqu'un était entré dans la maison. Une onde de frayeur la parcourut. Elle saisit le fusil et quitta sa chambre, aussi silencieusement que possible. Le bruit n'avait pas cessé. Son visiteur nocturne n'était pas du genre discret. Il avait même allumé la lumière ! Braquant le fusil, elle s'écria

— Ne bougez pas !

Andrew se retourna et la fixa, hilare.

— Eh, fais attention ! Tu pourrais blesser quelqu'un, avec ça !

— Andrew ? Qu'est-ce que tu fais ici ? Tu ne m'avais pas prévenue de ton arrivée..

— Ne m'en parle pas ! Je voulais te faire la surprise. J'ai terminé ma mission. J'ai voulu avancer ma visite

— Je n'ai pas entendu ta voiture.

— Parce que je suis venu à pied

— De... de Glasgow ?

— Non, de quelque part entre Oban et ici. La voiture que j'ai louée est tombée en panne. Sinon, j'aurais été là plus tôt.

— Personne ne t'a pris en stop ?

— Personne. Il faut dire que je n'ai pas vu grand monde à cette heure-ci.

— Evidemment, il est presque onze heures.

Il l'observa.

— Qu'est-ce que tu as ? On dirait que cela ne te fait pas plaisir de me voir.

— Si, si...

Aileen resserra sa robe de chambre sur elle. Au-dehors sévissait un vent violent et glacé en provenance des îles. Andrew était trempé.

— Pose ton fusil, dit-il. Tu as vraiment l'air bizarre.

Elle ne répondit pas, mais, sans lâcher son arme, elle alla jusqu'au buffet et ouvrit un tiroir duquel elle sortit un objet qu'elle posa sur la table, devant lui.

— Ah, je vois que tu as retrouvé mon briquet.

— Je l'ai retrouvé, en effet, répliqua-t-elle d'une voix blanche.

Il la regarda d'un air pensif, puis déclara :

— Je pensais l'avoir oublié à Londres, mais il était ici, finalement.

— Pas exactement ici. Je l'ai retrouvé dans un endroit où je n'étais pas censée me rendre.

— Ah ? Et où ça, exactement ?

— Dans la cabane où logeait l'assassin, Paul Mac Cullins.

— Qu'est-ce que tu racontes ?

La respiration haletante, elle dit :

— J'ai trouvé… ton briquet… en possession du criminel qui a tué… tous les membres du clan Mac Murhan. Comment… expliques-tu ça ?

Andrew blêmit un court instant, puis se ressaisit :

— Je n'ai pas d'explication, ma chérie. Comment veux-tu que…

— Ne me prends pas pour une imbécile ! cingla-t-elle. Tu avais partie liée avec Paul Mac Cullins. Comment ? Je n'en sais rien ; tu vas devoir l'expliquer. Mais la raison, je la connais déjà. J'ai compris pourquoi tu lui as fait assassiner tous ces gens : tu savais déjà que j'étais une Mac Murhan et que j'allais hériter, une fois qu'ils seraient tous morts…

— Mais de quoi tu parles ? C'est complètement aberrant ! Je ne savais rien du tout, je te le jure…

— Ah ne me mens pas, surtout ! Depuis que j'ai retrouvé ce briquet, j'ai bien réfléchi à ce qui s'est passé. Et tout s'est mis en ordre dans mon esprit. Quand ma mère est décédée, tu es venu avec moi pour ranger la maison. Tu t'es occupé du grenier. Tu y as ouvert le vieux coffre, tu as lu sa lettre et découvert mon véritable acte de naissance. Tu as alors compris que je représentais une vraie fortune. Seulement il y avait un obstacle : le clan Mac Murhan. Il fallait l'éliminer entièrement pour que je puisse devenir l'unique héritière. Tu as donc caché la clé de ce coffre, afin que je ne découvre pas tout de suite la vérité. Puis tu as eu l'idée d'utiliser la vieille légende des Amants de Feu, et tu as organisé l'exécution de tous les membres de la famille Mac Murhan. Il en restait seulement quatre. C'était tout à fait possible.

— Mais je n'ai pas tué ces braves gens ! Tu deviens folle !

— Bien sûr que tu ne les as pas tués. Ce n'est pas toi qui as commis les meurtres. C'est Paul Mac Cullins.

— C'est ahurissant... Comment veux-tu que j'aie pu avoir le moindre contact avec cet individu ? J'ignorais son existence jusqu'à ce que tu me racontes son histoire avec Margareth..

— Non, tu ne l'ignorais pas. J'avoue que j'ai eu un peu de mal à faire le rapprochement. En acceptant l'idée que Paul était seul responsable de ces meurtres, je me heurtais à une invraisemblance : comment avait-il pu changer à ce point et s'abaisser à pratiquer la torture ? Et pourquoi avait-il tout fait pour orienter les soupçons sur son jeune frère Monroe ? Et puis je me suis souvenue que tu travaillais sur le cerveau humain. J'ignore quelle est la teneur exacte de tes travaux, mais je suis sûre qu'elle est liée à la manipulation de soldats d'élite, des individus que l'on conditionne pour devenir de véritables machines à tuer. J'ai imaginé qu'après le naufrage Paul Mac Cullins a été recueilli par la Navy. Et il y est devenu soldat. Plus tard, il est tombé entre tes mains. C'est la seule manière d'expliquer qu'il ait pu devenir un assassin aussi cruel et aussi efficace. Il était sans doute conditionné à l'aide de drogues ou d'autres produits. Des produits que tu lui as fait absorber.

Andrew s'assit dans un fauteuil et applaudit lentement.

— Continue, ma chérie, tu m'impressionnes.

— Je sais que tu travailles pour l'armée. Des recherches couvertes par le secret militaire, comme tu dis. Cela explique tes absences. Des absences au cours desquelles tu as mis ton projet au point. Et tu as failli réussir. Sean était prêt à classer le dossier. Comment aurait-on pu te soupçonner ? Tu n'étais pas à Inverdeen. Et la seule fois où tu es venu et qu'il y a eu un meurtre, lors de la fête de Robert Burns, tu étais avec moi tout le temps. Tu étais donc hors de cause. Mais en réalité tu tirais les ficelles dans l'ombre.

Andrew hocha la tête. Il avait l'air de beaucoup s'amuser.

— Tu es stupéfiante. Comment aurais-je procédé, d'après toi ?

— Tu as commencé par ordonner à Paul de voler la bride du kelpie, afin de réveiller les peurs liées à la légende des Amants de Feu, pour créer une ambiance, en quelque sorte. Tu savais que les gens d'ici étaient plutôt superstitieux et qu'ils croyaient à l'ancienne malédiction. Et la disparition de la bride annonçait son accomplissement : l'extermination du clan Mac Murhan. On ne serait donc pas étonné de les voir mourir.

— Ces Ecossais sont tellement naïfs...

Aileen frissonna. Ses traits avaient totalement changé. Son visage, son regard qui savait se faire si doux pour la contempler reflétaient désormais le cynisme le plus pur. Elle riposta :

— Naïfs, peut-être, mais ce ne sont pas des assassins, eux !

— Oh, pour ça, il y en a tout de même quelques-uns. Regarde ce que le vieux salopard a fait subir à sa propre fille.

— Mais les autres ? Murdoch a aidé son père, c'est vrai. Mais Elizabeth et Lawrence étaient innocents. Pourquoi les avoir massacrés ainsi ? Lawrence était un type bien. Et il était mon cousin !

— Tu as déjà la réponse, ma chérie : pour que tu hérites, il fallait que toute cette famille disparaisse.

— Tu avoues !

— Bien sûr, j'avoue ! J'aurais préféré que tu abandonnes ta petite enquête stupide, mais tu t'es obstinée. C'est dommage. Si tu n'avais pas retrouvé ce foutu briquet, tu n'aurais jamais rien deviné.

— C'est moi qui te l'ai offert. Et tu ne peux pas prétendre qu'il ne t'appartient pas. Il est en or, avec un A et un F entrelacés. Andrew Fergusson ! Mais comment s'est-il retrouvé dans cette cabane ?

— Je suppose que Paul Mac Cullins se doutait que j'allais le tuer. Il était sur ses gardes, et il a dû le subtiliser et le cacher afin que quelqu'un le trouve, si par malheur pour lui je réussissais à le supprimer...

— Tu es un vrai salaud ! Tu as ordonné à ton tueur conditionné d'éliminer les Mac Murhan, l'un après l'autre. Tu t'es arrangé pour qu'à chaque fois le pauvre Monroe n'ait aucun alibi solide. A la suite des menaces qu'il avait proférées contre les Mac Murhan, il constituait un suspect idéal. Tu as même poussé le vice jusqu'à demander à Paul, son propre frère, de l'enlever et de le saouler pour qu'on le retrouve près de l'endroit où avait eu lieu le quatrième meurtre, celui d'Angus.

— Un bon avocat l'aurait tiré d'affaire...

— Pas sûr. Pire que cela encore, tu as ordonné à Paul de torturer la pauvre Elizabeth pour lui faire avouer où se trouvait le tombeau de Margareth.

— Il fallait bien qu'on le découvre. Tout le monde croyait qu'elle était en Amérique avec Paul. Elle constituait une héritière potentielle. Il fallait qu'on sache qu'elle était morte. Or, seuls les Mac Murhan savaient ce qu'elle était devenue.

— Mais Elizabeth ne le savait pas. Et elle a été torturée pour rien.

— Murdoch savait, lui. Il a craqué au quatrième doigt. C'est pour cela que je n'ai pas fait torturer les autres. J'aurais pu...

— Tu es une ordure ! hurla Aileen.

— Calme-toi, ma chérie. J'ai fait tout ça pour que tu puisses hériter...

— Mais je me fous de cet argent ! Je n'en veux pas !

— Moi si ! cracha-t-il sur un ton soudain violent. Il va me permettre de fonder ma clinique. C'est dans ce but que j'ai fait tout ça.

— Ne compte pas là-dessus ! Tu vas devoir t'expliquer devant la justice.

Comme il se levait, elle braqua le fusil sur lui. Il leva les mains en signe d'apaisement.

— Fais attention, il est chargé ! clama-t-elle. Et je n'hésiterai pas à t'abattre comme un chien si tu ne te rassois pas immédiatement. Rappelle-toi que je tire très bien. L'avantage d'avoir fait la guerre.

— Bien, bien ! Je ne bouge pas.

Il se rassit, laissa passer un silence, puis se mit à parler sur le ton d'une conversation mondaine, comme si de rien n'était. Aileen continuait de le tenir en joue. Elle avait toutes les peines du monde à maîtriser un tremblement dû à la colère et à la peur. Elle savait à présent de quoi il était capable. Elle savait aussi qu'il profiterait du moindre relâchement de son attention pour agir. Pour la rassurer, il avait posé ses mains bien en évidence sur les accoudoirs. Il lui adressa un sourire charmeur. La robe de chambre s'était entrouverte, dévoilant le corps nu d'Aileen. Andrew ne se priva pas de la contempler, avec un plaisir non dissimulé. Elle repoussa l'envie qu'elle avait de se rajuster. Il lui aurait pour cela fallu baisser sa garde. Elle recula et se plaça de biais. Il éclata de rire.

— Je confirme, ma chérie, tu m'impressionnes. Tu ne manques pas de sang-froid. Cela dit, ton raisonnement est parfaitement juste. Il est vrai que j'ai découvert ton ascendance fortunée il y a six mois, en rangeant le grenier. J'ai compris alors que nous avions là l'opportunité de devenir très riches. Mais comme je me doutais que le moyen employé ne te conviendrait pas, j'ai décidé de m'occuper de tout sans t'en parler. Et puisqu'il te manque quelques éléments, je vais te les donner. Paul Mac Cullins n'est effectivement pas mort dans le naufrage de son bateau de pêche lorsqu'il a été coulé par un sous-marin allemand. Tu as parfaitement deviné : il a été recueilli par un petit escorteur de la marine de Sa Majesté peu après. Mais il s'est révélé bien incapable de fournir le moindre renseignement quant à son identité. Et pour cause, il était amnésique. Alors, on lui a proposé de s'engager. C'est ainsi qu'il est devenu un soldat d'élite, une sorte de kamikaze que l'on n'hésitait pas à envoyer dans les opérations de commando les plus dangereuses. Pourtant, il a traversé la guerre sans une égratignure. Il possédait un sens inné de l'action et il avait la baraka, comme on dit en Afrique. Autre élément que tu ignores, c'est que j'ai croisé autrefois la route d'Angus Mac Murhan...

Aileen se souvint alors qu'Angus lui avait dit que son nom, Fergusson, lui disait quelque chose. Il pensait l'avoir lu dans une revue médicale, mais la vraie raison était ailleurs. Andrew poursuivit :

— Je travaillais déjà pour l'armée, à l'époque, dans le domaine des recherches sur le cerveau et sur la manipulation mentale. Mac Murhan gagnait beaucoup d'argent en faisant passer les fuyards nazis en Amérique du Sud après leur avoir fourni de faux papiers. Il bénéficiait de la protection des services secrets militaires parce qu'il pouvait ainsi repérer les savants allemands que recherchait l'armée. Si les militaires nazis n'étaient d'aucune utilité, les médecins, physiciens et autres chimistes intéressaient la Grande-Bretagne. Je fis partie des agents qui récupéraient les scientifiques nazis. On ne leur donnait pas le choix. Soit ils travaillaient pour nous, soit ils se retrouvaient devant des juges pour crimes de guerre. L'armée ne tenait pas du tout à cette dernière solution. Beaucoup de ces hommes avaient travaillé sur des cobayes humains, auxquels ils avaient fait subir toutes sortes d'expériences passionnantes, même si elles relevaient de la torture. Les résultats de leurs recherches nous intéressaient au plus haut point. L'un d'eux, le professeur Heinrich Stärkmann, m'a appris beaucoup de choses sur l'utilisation de drogues spécifiques permettant d'annihiler ou de contrôler la volonté d'un être humain. Ses expériences offraient des perspectives hallucinantes dans le domaine de la manipulation mentale. C'est grâce à ses drogues que nous avons pu fabriquer des soldats d'élite, des machines à tuer efficaces et sans états d'âme...

— C'est monstrueux !

— Mais non, ma chérie, c'est indispensable, au contraire. Mes travaux « top secret » portent sur une étude qui a été faite pendant la guerre, selon laquelle les soldats répugnent à tirer directement sur l'ennemi. Environ quatre-vingts pour cent des munitions sont perdues parce qu'elles n'atteignent jamais leur cible. Non pas parce que les soldats visent mal, mais parce que, plus ou moins consciemment, ils tirent à côté de l'ennemi. Même chose dans le camp d'en face. Les chefs militaires ont donc décidé de former des soldats d'un nouveau genre, des soldats chez qui on supprime les inhibitions naturelles qui les incitent à ne pas tuer leurs semblables [1]. Cela se fait à l'aide de drogues. Heinrich Stärkmann m'a permis d'élaborer des substances qui vont encore plus loin, et qui me permettent de pénétrer dans l'esprit d'un homme afin de le rendre totalement docile aux ordres, même les plus effrayants. Il y a environ deux ans, on m'a confié plusieurs soldats cobayes. L'un d'eux avait été baptisé John par l'armée. Il était amnésique. Au cours des études que j'ai menées sur lui, je lui ai fait subir des régressions sous hypnoses. Elles m'ont permis de découvrir qui il était réellement, et surtout de savoir ce qui lui était arrivé, vingt ans auparavant. John s'appelait en réalité Paul Mac Cullins, et il avait aimé une fille du nom de Margareth Mac Murhan. Tous deux avaient décidé de fuir leurs familles respectives, qui se haïssaient, et de s'exiler en Amérique. J'ai retrouvé ainsi, indirectement, le nom d'Angus Mac Murhan, avec lequel j'avais été en contact quelques années

1. Authentique.

plus tôt, et dont je savais qu'il était devenu très riche à la suite de ses magouilles. Lorsque « John » s'est réveillé de sa transe hypnotique, j'ai pensé que j'avais réussi à réveiller sa mémoire ancienne. Mais il ne s'est souvenu de rien. Il est resté John. Pour moi, à l'époque, cela n'a été qu'un élément de plus dans son dossier...

« Jusqu'au moment où j'ai découvert ta véritable ascendance. J'ai compris comment je pouvais utiliser John, en m'appuyant sur la haine inconsciente qu'il conservait vis-à-vis de ceux qui avaient tenté de le supprimer. Entre-temps, j'avais fait de lui une machine à tuer parfaitement efficace, qui exécutait à la perfection tous les ordres que je lui donnais. Il avait déjà effectué plusieurs missions pour le compte des services secrets, missions que je supervisais.

« Bien sûr, je ne lui ai jamais raconté sa véritable histoire. Je lui ai fait croire que la nouvelle mission que je lui confiais avait une haute importance stratégique pour l'Angleterre, et qu'elle avait un rapport avec ce qui s'était passé pendant la guerre. Il m'a cru, bien évidemment. Le conditionnement a joué à merveille et John, enfin... Paul, a rempli son rôle à la perfection, malgré les craintes que j'avais au début. Car cette fois, sans le savoir, son ancienne personnalité était directement impliquée, et elle pouvait resurgir à tout moment.

— Cela veut dire que.. Paul ne savait pas ce qu'il faisait ! Il ne savait pas qu'il vengeait Margareth...

— Non. Il agissait sur mon ordre, mais la haine sous-jacente qu'il éprouvait pour les Mac Murhan était bien là, tapie au creux de son inconscient. Elle a renforcé le conditionnement.

A force de tenir son arme braquée, Aileen commençait à ressentir des douleurs sourdes dans les bras. Elle serra les dents pour ne pas faiblir.

— Tu comprends, continua Andrew sur un ton à la fois détaché et professionnel, c'était pour moi une expérience complètement inédite. Paul s'est montré capable de pratiquer la torture sur une femme pour lui extorquer l'information que je recherchais, c'est-à-dire ce qu'il était advenu de Margareth Mac Murhan. Je dois reconnaître que j'étais un peu perplexe, à cause de son passé. Mais mes drogues se sont révélées efficaces. Il a parfaitement travaillé, et notamment il a effacé toute trace de son passage. C'était un soldat d'élite.

— Il a emmené cette malheureuse chez lui et il a tenté de la faire parler...

— Il a œuvré avec une conscience digne d'éloges. Mais Elizabeth ne savait rien et il a fini par le comprendre.

— Au bout de neuf doigts !

— Il me fallait cette information. La fin justifie les moyens. Quand j'ai compris qu'Elizabeth ignorait tout de ce qui était arrivé à sa sœur, j'ai indiqué à Paul l'endroit où il devait jeter le corps dans le loch après l'avoir brûlé. Je ne pensais pas que c'était toi qui trouverais le corps.

— Mais toi, où étais-tu pendant tout ce temps ? Cette mission, le voyage en Amérique, c'était du bidon ?

— Bien sûr. Il me fallait rester non loin d'Inverdeen pour contrôler Paul. Je me suis installé dans un village proche d'Oban, là où je pouvais être en contact régulier avec lui.

— Mais... tes collègues ? Ils ne se sont pas étonnés de te voir t'absenter ?

— Je suis le patron de mon laboratoire. Je n'ai de comptes à rendre à personne. Je les appelais et je rentrais régulièrement à Londres.

— Et le voyage en Amérique ?

— Faux également, bien entendu. Le déshabillé que je t'ai offert a été acheté à ma demande par l'une de mes laborantines, qui devait effectuer un stage à New York.

Aileen serra les dents. Les crampes dans les bras se faisaient de plus en plus vives. Elle ne devait pas relâcher son attention. Elle devinait qu'Andrew prenait un malin plaisir à tout lui expliquer, pour lui montrer l'intelligence qu'il avait apportée à la réalisation de son projet immonde.

Mais surtout pour l'endormir. N'empêche, elle voulait en savoir plus.

— Et ensuite ? Après Elizabeth ?

— Paul a continué à exécuter parfaitement mes ordres. Murdoch a fourni le renseignement que je désirais obtenir. Puis je me fis passer pour un galeriste pour attirer Lawrence dans un piège.

— C'est toi qui as passé les coups de téléphone !

— Exactement. Paul n'en aurait pas été capable. Sa voix était un peu... déformée par les drogues. Je dois préciser que c'est toi qui m'as donné l'idée de la fausse exposition. Tu m'avais tellement parlé des tableaux de Lawrence...

— Fumier !

Elle dut lutter pour ne pas tirer. Elle sentit des larmes brûlantes ruisseler sur ses joues. D'un geste brusque, elle releva le fusil.

— Continue !

— Paul a fini par Angus. Remarque le tact que j'ai eu : je lui ai dit de ne pas massacrer les policiers et il a obéi. Cela aussi, c'était un test. Mais que pouvaient faire de malheureux flics contre un tel soldat ?

« Après la mort d'Angus, il fallait que l'on apprenne que Margareth était morte elle aussi, et donc que l'on retrouve son tombeau dans les souterrains. Gowan Mac Kensie était le dernier à connaître la vérité. Paul s'est rendu chez lui et lui a flanqué une peur bleue afin de l'inciter à tout avouer. Ce que l'autre a fait. Margareth reconnue décédée, tu restais la seule héritière vivante. J'ai donc profité d'un moment où tu t'étais absentée pour venir remettre la clé du coffre en place, mélangée avec d'autres. Il y avait bien un moment où tu allais tomber dessus.

— Et une fois sa mission criminelle accomplie, tu as tué Paul, afin de supprimer ton complice. Tu as même signé ses aveux afin que l'on croie qu'il avait agi seul.

— Exact. Mais je n'avais pas prévu de l'éliminer immédiatement. Il m'aurait encore été utile pour te supprimer Plus tard.

— Lorsque j'aurais touché l'héritage

— Exactement. Malheureusement pour lui, il s'est passé quelque chose que je n'avais pas prévu. Au cours de ses pérégrinations discrètes à Inverdeen, il t'a remarquée. Il me l'a dit. Il t'a observée plusieurs fois, sans que tu t'en doutes. Sauf une fois où il a été surpris par l'orage et où tu l'as aperçu. Quand je lui ai demandé pourquoi il avait agi ainsi, il m'a dit que tu lui rappelais une autre femme, très belle, une femme qu'il avait aimée. Son histoire commençait à remonter à la surface, malgré son amnésie. Il était incapable de lui donner un nom, mais le seul fait de t'avoir vue a réveillé une partie de ses souvenirs et de ses sentiments. Il m'a demandé qui tu étais. Je ne pouvais bien sûr pas lui avouer la vérité. J'ai dit que je l'ignorais.

— Margareth était ma cousine. Elle devait effectivement me ressembler un peu. Mais je n'ai jamais vu son portrait. Angus l'avait bannie du manoir

— Le subconscient de Paul ne l'avait pas oubliée. Et il risquait de se mettre en travers de mes ordres lorsque je lui commanderais de te tuer. J'ai compris que je n'obtiendrais rien de plus de lui. Il m'était donc désormais inutile. Mais il pouvait aussi devenir dangereux si sa mémoire se réveillait complètement.

— Alors, tu as décidé de le tuer. Comment as-tu procédé ? Il était beaucoup plus fort que toi.

— Rien de plus facile. Nous avons longuement bavardé. Je l'ai amadoué en lui disant qu'il avait remarquablement rempli sa mission et qu'il allait pouvoir regagner la base. J'ai endormi sa méfiance. Je lui ai proposé de boire un whisky, sa boisson préférée. Nous avons trinqué. Mais j'ai glissé à son insu dans son verre une petite dose d'un puissant somnifère de ma composition, indécelable à l'analyse. J'ai attendu qu'il s'endorme, je lui ai fait ingurgiter une dose d'alcool supplémentaire, pour faire croire qu'il était complètement saoul – le remords, bien sûr –, puis je suis allé le jeter dans l'océan, à distance du rivage. Je lui ai maintenu la tête sous l'eau afin de m'assurer qu'il était bien noyé, et j'ai laissé la nature faire le reste. Je savais que son corps reviendrait vers la côte, ramené par les courants. Ensuite, j'ai griffonné « ses » aveux sur un papier, en prenant soin de déguiser mon écriture et d'effacer toute trace de mon passage. Le tour était joué. Paul faisait un coupable idéal. Et il avait confessé ses crimes.

— Malgré les invraisemblances de son comportement. Comment expliquer qu'il ait pu vouloir faire porter la responsabilité des meurtres à son jeune frère Monroe ?

— Rien de bien grave. A l'origine, j'avais en effet décidé de faire de Monroe un coupable idéal à cause des menaces qu'il avait proférées contre les Mac Murhan. Paul a donc commis les crimes aux moments où Monroe n'avait pas d'alibi.

— Et il est même allé jusqu'à l'enlever pour le placer à l'endroit où Angus a été brûlé. C'était incohérent.

— Une petite maladresse, en effet, je le reconnais. Mais je n'avais pas prévu de tuer Paul. Malheureusement, sa curiosité vis-à-vis de ta petite personne m'a amené à changer mes plans au dernier moment. Ceci explique cette... fausse manœuvre. Mais elle n'était pas bien grave. Personne, après avoir lu la lettre justifiant son suicide, ne se serait douté que Paul était encore amnésique. Qui aurait pu deviner la vérité ? Paul avait toutes les raisons du monde de vouloir éliminer les Mac Murhan, après ce qu'ils avaient fait subir à Margareth. Pour la police, il aurait retrouvé la mémoire au bout de vingt ans et il serait revenu accomplir sa vengeance. Quoi de plus humain ?

— Comment vas-tu expliquer la perte de ton soldat d'élite à tes supérieurs ?

Andrew ricana.

— Je n'ai pas de supérieurs, ma chérie. C'est moi qui pilote l'ensemble du projet. Il m'a donc été facile de falsifier les dossiers pour m'approprier John, enfin Paul Mac Cullins. Officiellement, il est en mission dans un pays d'Afrique extrêmement dangereux, où il est facile de disparaître. Comme son nom véritable n'apparaît nulle part dans le dossier que je tiens pour l'armée, qui pourrait faire le rapprochement avec un soldat sans nom ?

— Tu es un beau salaud !

— Tu te répètes, ma chérie.

— Tu aurais attendu combien de temps avant de m'éliminer ? Car je suppose que tu ne m'aurais pas laissée vivre...

— Oh, tu aurais eu un sursis de quelques mois, je pense, le temps que tous les papiers soient en règle. Je t'aurais peut-être même laissé vivre un peu, si tu m'avais laissé gérer ta fortune à ma convenance. Le temps que l'on oublie de faire le rapprochement avec cette série de meurtres étranges.

— Mais tu avais prévu malgré tout de me supprimer.

— Evidemment. Il fallait bien que tu laisses la place à ma nouvelle compagne.

Elle le regarda avec des yeux ébahis.

— Parce qu'en plus tu me trompes ?!

— Les soirées sont si longues à Londres, quand tu n'es pas là. Et puis, elle a sept ans de moins que toi. Que veux-tu, j'ai toujours aimé les femmes très jeunes. Et tu commences à prendre de l'âge, ma chère.

Aileen voulut répondre à sa goujaterie, mais y renonça. Comment avait-elle été assez aveugle pour ne pas deviner quelle ordure il était en réalité ? Comment avait-elle pu croire qu'elle était amoureuse de ce fumier ?

— Tu me dégoûtes ! Mais tu ne t'en tireras pas comme ça.

— Qu'en sais-tu ? Tu vas seulement m'obliger à changer mes plans.

Elle releva le fusil.

— Ne bouge pas !

— Je ne bouge pas, regarde

Elle le vit seulement tendre la main vers elle. L'instant d'après, elle entendit comme un léger claquement. Puis elle ressentit une petite piqûre à hauteur de l'épaule droite Comprenant qu'il venait de se jouer d'elle, elle voulut appuyer sur la détente. Mais ses doigts refusèrent de lui obéir. Elle le vit se lever, marcher jusqu'à elle pour lui ôter l'arme des mains. Elle sentit ses muscles s'engourdir, puis ses jambes se dérobèrent sous elle et elle s'écroula, d'abord sur les genoux, puis sur le sol, où elle fut incapable de bouger. Elle aurait voulu parler, cela lui était impossible Elle vit Andrew ramasser tranquillement le fusil et le déposer sur le buffet, hors de portée. De toute façon, elle ne pouvait même plus lever les bras. Dans une sorte de brouillard, elle vit Andrew relever ses manches et lui montrer, sur l'avant-bras, un dispositif destiné à lancer de petites fléchettes.

— Lorsque l'on travaille avec des machines à tuer, expliqua-t-il, il convient de prendre certaines précautions. Parfois, ces soldats ont des réactions imprévisibles. Il faut alors pouvoir les neutraliser. Lorsque tu m'as téléphoné hier, j'ai bien senti que ta voix était bizarre. Je te connais beaucoup trop, ma chérie. Je me suis douté que tu avais découvert quelque chose. Tu faisais preuve d'une perspicacité redoutable dans cette affaire. Tu m'avais même confié tes doutes. J'avais bien essayé de te dissuader de poursuivre ton enquête, mais tu t'es obstinée. C'est pourquoi je suis revenu plus tôt que prévu, afin de te surprendre. Ayant envisagé la possibilité que tu aurais découvert la vérité, j'ai pris mes précautions. Il apparaît que ce n'était pas inutile

Aileen aurait voulu répondre, mais c'était impossible Pourtant, elle restait parfaitement lucide. Seul son corps lui refusait tout service. Elle s'en voulait de s'être ainsi laissé manipuler. Elle aurait dû se douter, à son ton détaché, qu'il était sûr de lui parce qu'il possédait un atout en réserve. Comment avait-elle pu être aussi naïve ?

Andrew se rassit sur le fauteuil. Il conservait le même sourire satisfait.

— Il me faut maintenant me débarrasser de toi, bien sûr. Mais je ne peux pas faire ça n'importe comment. Te tuer ici serait éminemment suspect, surtout à cause de cette histoire d'héritage. J'y ai pensé, et je crois que j'ai eu une excellente idée..

Impuissante, Aileen le vit se lever et se diriger vers le téléphone sur lequel il composa un numéro après avoir consulté son carnet.

— Allô ? dit-il d'une voix presque chuchotante. Inspecteur Kintyre ? Ici Andrew Fergusson, le mari d'Aileen... Oui, je suis rentré plus tôt que prévu. Ma mission a pris fin et j'ai voulu faire la surprise à Aileen. Pardonnez-moi de vous déranger si tard, mais il se passe quelque chose de bizarre, ici. Nous nous sommes couchés de bonne heure. Aileen s'est endormie, mais je me suis relevé pour boire un verre d'eau. C'est là que j'ai aperçu une silhouette dans le jardin... Un homme, probablement. Je n'ai fait que l'entrevoir. J'ai bien un fusil, mais je ne suis pas familier des armes à feu... Ah ? Ce n'est pas la première fois ? Elle ne m'en a pas parlé. Sans doute ne voulait-elle pas m'inquiéter... Je vous remercie, inspecteur. Soyez prudent. Avec tous ces meurtres, je ne me sens pas tranquille.

Quelques instants plus tard, Sean, muni d'une lampe torche et de son pistolet, abandonnait sa voiture à quelque distance de la maison d'Aileen. Bousculé par les violentes sautes de vent nocturne, il fit le tour du jardin. Puis, n'ayant rien trouvé, il alla frapper à la porte. Andrew, le fusil à la main, l'accueillit avec un regard anxieux.

— Bonjour, inspecteur. Désolé de vous avoir importuné aussi tard. Avez-vous trouvé quelque chose ?

— Non, rien, répondit Sean.

Il entra dans le salon. Ce fut à ce moment qu'il découvrit Aileen installée sur un fauteuil, les yeux grands ouverts, l'air totalement hébétée.

— Mais que...

Il ne put en dire plus. Il ressentit un léger choc dans le dos. L'instant d'après, ses muscles s'amollirent et il s'effondra sur le sol, sans pour autant perdre conscience.

— Bienvenue, inspecteur, dit la voix d'Andrew. Il ne manquait plus que vous.

Puis il le souleva et le porta sans effort apparent jusqu'au second fauteuil. L'esprit en déroute, Sean, incapable de réagir, ne comprenait plus rien.

— Juste un petit détail, inspecteur, lui dit Andrew. Il n'y a jamais eu de silhouette dans le jardin. Mais je savais que cela vous déciderait à venir, parce que cela s'est déjà produit. Et vous êtes venu. Je vous en remercie bien vivement.

Il lui tapota la joue avec familiarité.

— Ne vous inquiétez pas, ajouta-t-il d'un ton doucereux. Vous n'allez pas mourir. Tout au moins pas tout de suite. Le produit contenu dans ces fléchettes ne provoque qu'une paralysie passagère. Disons quelques heures. Il convient donc de mettre ces heures à profit utilement.

Il prit le temps d'allumer une cigarette avec son briquet. Il tira une bouffée avec une volupté affectée et examina l'objet avant de poursuivre, à l'attention d'Aileen :

— Mon ami John était apparemment plus malin que je ne le pensais. Après avoir retrouvé le souvenir de Margareth en t'observant, il a dû prendre conscience des crimes qu'il avait commis. Son amnésie commençait à s'atténuer. Peut-être un effet secondaire de mes drogues. Il a sans doute profité d'un moment d'inattention pour subtiliser mon briquet et le cacher quelque part, afin que l'on puisse plus tard établir un lien entre lui et moi. Je me souviens de l'avoir cherché, sans succès. J'ai pensé l'avoir oublié dans la voiture, ou perdu dans le sable. Cela m'a contrarié, mais j'avais d'autres soucis à ce moment-là. Je devais supprimer Paul, et je n'ai pas accordé assez d'importance à cet incident. C'est une erreur. Une erreur qui m'oblige à envisager de t'éliminer plus tôt que prévu. Dommage pour toi. Et pour ton amant. Mais au fond, cela m'arrange. De toute façon, nous sommes mariés, et c'est donc moi qui vais hériter de tes biens. De tous tes biens. Même cette maison.

Aileen frémit. Une angoisse sourde s'infiltra en elle. Totalement paralysés, Sean et elle étaient à la merci du monstre Andrew eut un petit rire, puis lâcha, comme s'il s'agissait d'une proposition guillerette :

— Nous allons faire ça cette nuit, qu'en dites-vous ? Vous êtes prêts à mourir ?

34

Une angoisse incontrôlable broyait le cœur d'Aileen. Elle aurait voulu éprouver de la haine, mais la peur l'emportait. Ses pensées demeuraient parfaitement claires, mais ses muscles lui refusaient tout service. Elle parvenait à peine à bouger ses doigts. Même sa respiration était difficile. Elle avait l'impression d'être enfermée dans un vêtement trois fois trop petit pour elle. Par moments, l'air avait du mal à se frayer un chemin jusqu'à ses poumons et elle devait forcer pour pouvoir reprendre son souffle. Près d'elle, Sean était écroulé dans une position inhabituelle. Seuls leurs yeux pouvaient encore communiquer. Elle lisait dans le regard du jeune policier un mélange de colère et d'inquiétude. Il s'en voulait de n'avoir pas su mieux la défendre. Il était tombé bêtement dans le piège. Mais comment aurait-il pu se douter de quoi que ce soit ? Andrew était insoupçonnable. Et cette histoire de visiteur nocturne était d'autant plus plausible qu'elle s'était déjà produite.

Dans son esprit embrumé s'échafaudaient toutes sortes d'hypothèses. Aucune ne tenait debout, mais cela n'avait plus d'importance à présent. Le criminel n'était autre qu'Andrew, et ses motivations étaient limpides : il voulait s'approprier l'héritage d'Aileen. Et cette dernière avait deviné juste lorsqu'elle avait soupçonné, deux jours plus tôt, que Paul Mac Cullins ne s'était peut-être pas suicidé. Maintenant, il était trop tard. Sean se concentra autant qu'il put pour parvenir à bouger ne fût-ce qu'un doigt. Mais la drogue se révélait d'une efficacité redoutable. Andrew n'avait même pas pris la précaution de les entraver.

Il était sorti de la maison. A l'extérieur régnait une tempête rageuse qui annonçait les intempéries de l'automne. Il ne pleuvait pas. Seul le vent soufflait, en rafales violentes, sur la baie. Andrew affichait un sourire de triomphe lorsqu'il revint.

— Il est bientôt une heure. Nous ne serons pas dérangés, annonça-t-il sur un ton patelin.

Il saisit Aileen à bras-le-corps, la jeta sur son épaule, puis l'emmena jusqu'à la propre voiture de la jeune femme. Il la bascula sans ménagement sur la banquette arrière, jeta un coup d'œil aux alentours, puis retourna dans la maison. Quelques instants plus tard, il revenait, portant Sean de la même manière. Contournant le véhicule, il installa le policier sur le siège du passager avant. Puis il prit place au volant et démarra, roulant en veilleuse. La nuit était claire, illuminée par la pleine lune que masquaient par moments des nuages pressés.

— Quelle nuit magnifique ! s'exclama Andrew. Une nuit rêvée pour des amoureux. Vous allez pouvoir en profiter pleinement, car elle promet d'être chaude. Brûlante, même.

Il éclata de rire.

Aileen sentit que le véhicule grimpait une côte. Ils n'allèrent pas très loin. La voiture s'arrêta au bout d'à peine un kilomètre, selon son estimation. Andrew sortit, puis il revint chercher Aileen, qu'il installa au volant, près de Sean. La jeune femme se rendit compte qu'il les avait amenés près de la distillerie, plongée dans une obscurité totale.

— Regarde ! dit Andrew en s'adressant à Aileen. Vous avez d'ici une vue magnifique sur le loch, sur la ville et, si vous tournez la tête, sur la montagne. Pourrais-tu rêver d'un plus bel endroit pour mourir ? Surtout si l'on est entre les bras de son amant.

Ce disant, il la poussa contre Sean, dont il ramena les bras autour d'elle. Incapables de réagir, ils se retrouvèrent serrés l'un contre l'autre, leurs lèvres se touchant presque. Aileen aurait voulu hurler, pleurer, s'arracher à cette gangue poisseuse qui la paralysait. Mais il n'y avait rien à faire. Elle n'était qu'un pantin désarticulé, une poupée de chiffon livrée à la volonté d'un fou. Car Andrew était fou. Il n'y avait pas d'autre explication. Mais un fou lucide, capable de concevoir les projets les plus machiavéliques et les plus criminels pour parvenir à ses fins. Et pendant les deux années qu'elle avait passées près de lui, elle ne s'était rendu compte de rien, elle n'avait jamais rien soupçonné. Comment l'aurait-elle pu ? Il se montrait si charmant, si attentionné avec elle. Cela ne l'avait pas empêché de la tromper avec une fille plus jeune. Là encore, elle n'avait rien vu. Elle s'en voulait de s'être ainsi laissé berner. Tout était de sa faute. Elle aurait dû penser avant à cette étrange histoire d'héritage. Mais il avait manœuvré si adroitement...

— Voilà ! Je crois que tout est au point. Profitez bien de ces derniers moments que vous allez passer ensemble. Ils ne vont pas demeurer aussi agréables, bien sûr. Parce qu'il faut bien que je me débarrasse de vous. Vous en savez trop. Mais vous comprendrez bien qu'il faut que cela passe pour un accident. J'aurais bien mis le feu à la voiture, mais ce serait trop simple. Et on risquerait de retrouver des traces du départ des flammes. Cela compliquerait les choses, on provoquerait une enquête. Non, non, ce n'est pas une bonne idée. Alors j'ai pensé à un autre moyen. Si vous étiez victimes d'une catastrophe si énorme qu'elle frappe les imaginations, les enquêteurs auront moins de chances de s'intéresser de trop près à votre voiture..

Il se tourna vers la distillerie.

— Je me suis renseigné. Les entrepôts Mac Murhan renferment près de cinq mille fûts de whisky. Si tout cela prend feu, cela va provoquer un incendie d'une ampleur encore jamais vue. Et comme le terrain est en pente et que vous êtes juste sur la trajectoire, le flot de whisky en flammes va couler vers vous et mettre le feu à votre voiture. Trop occupés à vous livrer à des ébats adultères condamnés par la morale, vous n'allez pas réagir tout de suite. Ensuite, pris de panique, vous essaierez bien de faire démarrer votre véhicule, mais... et là, c'est dramatique, vous n'y parviendrez pas. Et voilà le torrent de feu qui est sur vous, qui vous environne... Vous êtes à l'intérieur, votre voiture s'embrase... et vous renouvelez d'une manière parfaitement moderne la légende des Amants de Feu. N'est-ce pas une belle fin pour un couple d'amoureux illégitimes ? Et une magnifique conclusion à cette affaire ?

« Quant à moi, je vais regagner ma propre voiture, que j'ai pris la précaution de laisser à plusieurs kilomètres d'Inverdeen, dans un endroit tranquille. Je n'avais pas envie qu'un autochtone m'aperçoive aujourd'hui. Vous comprendrez facilement pourquoi. En revanche, je vous promets de revenir demain pour pleurer abondamment sur vos cadavres réduits en cendres, et devenir, aux yeux de tous un veuf éploré, certes un tant soit peu cocufié, mais très riche de l'héritage de sa malheureuse épouse...

Aileen lui jeta un regard furieux. Andrew éclata de rire, puis referma la portière sur elle. Il leur adressa ensuite un petit signe amical et disparut dans la nuit.

La jeune femme sentit sa respiration déjà difficile s'accélérer. Tout contre elle, Sean roulait des yeux effarés. Pas plus qu'elle, il ne parvenait à bouger la tête. Ils étaient coincés l'un contre l'autre, dans l'impossibilité totale de bouger. La drogue utilisée par ce fumier était redoutablement efficace. Aileen sentit à peine les larmes qui ruisselaient sur ses joues. Avec un ouragan pareil, personne ne risquait de venir à leur secours. Les gens d'Inverdeen devaient s'être calfeutrés chez eux et dormir.

Plus haut, Andrew se dirigeait d'un pas alerte vers la distillerie plongée dans les ténèbres. Les bourrasques le bousculaient, mais il n'en avait cure. La pleine lune lui évitait d'utiliser une lampe de poche, ce qui était préférable. Il en possédait une, qu'il n'allumerait qu'une fois à l'intérieur des bâtiments. Il savait exactement où se rendre. Aileen lui avait décrit les lieux avec un luxe de détails après sa visite.

Il n'eut aucune difficulté à ouvrir la porte de l'entrepôt. A cette heure-ci, il n'y avait plus personne, bien sûr. La lumière de sa lampe torche éclaira chichement les rangées de fûts, empilés sur plusieurs hauteurs, parfois couchés, parfois debout selon la qualité du whisky recherchée. Il y en avait pour une fortune. Dire que tout cela allait partir en fumée ! Mais c'était pour la bonne cause. Et la distillerie bénéficiait d'un contrat d'assurance. Il n'y avait donc pas lieu de pleurer sur le whisky répandu. Le principal était de déclencher un incendie de manière parfaitement « accidentelle ». L'installation électrique était si vétuste... Andrew examina les câbles courant le long d'une rangée de fûts de grande contenance. Il dénuda légèrement l'un des fils, mit en place un système destiné à corroder les autres à l'aide de produits à action lente.

— D'où l'avantage d'être également chimiste, murmura-t-il sur un ton joyeux.

Il se releva, fort satisfait de lui-même. Le feu effacerait efficacement toute trace de son passage. On conclurait à un court-circuit, ce qui n'étonnerait personne. Il était temps pour lui de s'éclipser discrètement. Il ressortit dans la nuit venteuse, jeta un coup d'œil en contrebas. La voiture était toujours là. Il distingua les deux silhouettes serrées l'une contre l'autre. Tout fonctionnait comme il l'avait prévu. Cependant, il était hors de question de passer par la ville. Il emprunta un sentier menant vers la montagne, qu'il avait repéré lors d'une promenade à cheval en compagnie d'Aileen, et qu'il avait déjà pris pour venir. Il poussa un soupir. Elle allait lui manquer, malgré tout. Au lit, elle se défendait plutôt bien. Mais il se consolerait avec la nouvelle, la petite Jacky, dont la perversion et l'appétit de sexe l'avaient littéralement subjugué. Il avait hâte de la retrouver Il se sentait une redoutable envie de femme après ce triomphe. Il était déjà riche ; bientôt, il serait *très* riche.

A ce moment, une lueur déchira la nuit en contrebas. L'incendie venait de se déclarer. Quelques minutes plus tard, une série d'explosions se déclencha. Bientôt, une nappe de feu se répandit dans la distillerie, embrasant les bâtiments l'un après l'autre. Puis, après une hésitation, le feu déborda les murs et s'orienta inexorablement en direction de la pente, en direction de la voiture. Andrew éclata de rire à nouveau, puis se mit en route d'un pas rapide. Il le regrettait, mais il ne pouvait pas rester pour assister à la mort de son épouse adultère. Il n'aurait pas été très judicieux pour lui qu'on le trouvât sur les lieux.

35

A Inverdeen, ce fut le vieux docteur Samuel Honegger qui donna l'alerte. Il souffrait depuis longtemps d'insomnies et passait une grande partie de ses nuits à lire et relire de vieux classiques. Intrigué par la lueur étrange qui était apparue à l'orient, il alla à sa fenêtre. Il était encore bien trop tôt pour voir le soleil se lever.

— Dieu tout-puissant ! s'exclama-t-il. La distillerie est en flammes !

Il se précipita vers son téléphone.

Quelques instants plus tard, la sirène d'alarme se déclenchait, réveillant la petite ville. Bien vite, on se rendit compte de l'ampleur de la catastrophe : comment allait-on pouvoir arrêter la vague de feu qui s'écoulait en direction de la cité ?

Le lendemain, lorsque Andrew arriva à Inverdeen, il eut l'impression de se retrouver aux pires heures de la guerre. Une épaisse fumée noire planait sur la baie, masquant le soleil par endroits. Il aperçut, au loin, quelques maisons incendiées. Des flammes continuaient de courir sur la lande, au nord, attisées par un vent qui n'avait pas faibli de la nuit. Une épaisse odeur d'alcool brûlé flottait dans l'air.

Il lui avait fallu près de deux heures par les chemins de montagne pour retrouver l'endroit où il avait garé sa voiture. Mais personne ne l'avait vu. Il avait pris un peu de repos dans son véhicule, puis avait passé un costume de ville. Il était censé arriver directement de Londres.

Prenant soin de se montrer ostensiblement, il se fraya un chemin parmi les véhicules de secours qui encombraient la rue principale. Il finit par stationner près du poste de police et descendit en criant très fort :

— Mais que s'est-il passé ? Que s'est-il passé ?

Des inconnus lui répondirent :

— C'est la distillerie qui a brûlé ! Le whisky a coulé vers la ville et certaines maisons ont été touchées. Toute la lande a pris feu.

— C'est la vengeance des Amants de Feu qui continue, assura une vieille femme.

— Il paraît qu'il y a des morts, ajouta un homme.

— Ouais. On dit qu'on a retrouvé une voiture calcinée, là-haut.

Une onde de satisfaction parcourut Andrew. Ainsi, son plan avait fonctionné. Mais il adopta un visage de circonstance.

— Une voiture ?

— Oui. On sait pas encore qui c'est. Les pompiers ont du mal à approcher.

Un policier surgit du poste. Andrew le reconnut. C'était le sergent Eliott Mulligan, l'adjoint de Sean.

— Professeur Fergusson ?

— C'est moi, oui. Que s'est-il passé ? Où est ma femme ?

L'autre baissa le nez.

— Je ne sais pas comment vous dire ça, monsieur. Il semble que la carcasse de la voiture retrouvée près de la distillerie soit celle de votre femme.

— Mais… elle ?

Le policier secoua la tête.

— Il a été impossible d'aller jusque-là cette nuit, monsieur. L'incendie était trop violent. Les pompiers n'ont rien pu faire. Votre maison a été épargnée, elle est située en hauteur. On y est allé. Mais il n'y avait personne.

— Dieu tout-puissant ! Ce n'est pas possible ! Aileen ! Elle n'a pas pu mourir comme ça. Vous êtes sûr que c'est sa voiture ?

— Oui, monsieur. Elle n'était plus dans votre jardin. Par contre, celle de notre chef se trouvait à proximité. Et il a disparu, lui aussi. Ils.. ils devaient être ensemble. Je suis désolé.

Andrew, jouant parfaitement la comédie, acquiesça, comme hébété, et recula vers son véhicule.

— Aileen et Sean étaient amis depuis l'enfance, justifia-t-il. Elle avait décidé de l'aider à mener son enquête..

— Sans doute, monsieur Si vous voulez, je vais vous amener jusqu'à chez vous.

— Ça va aller, merci.

Andrew, la mine lugubre, se glissa derrière le volant et mit le moteur en marche. Puis, jubilant intérieurement, il se dirigea vers la maison. Tout marchait comme sur des roulettes.

A la sortie de la ville l'attendait une vision d'apocalypse. La route n'était plus bordée que par des squelettes noircis, là où s'élevaient encore hier des arbres magnifiques. Par endroits couraient encore quelques flammèches.

La Deen avait formé comme un canal par lequel s'était écoulé l'essentiel du flot d'alcool en flammes jusqu'aux rives du loch. Mais une bonne partie avait débordé et dévalé la pente depuis la distillerie, embrasant tout sur son passage. Le vent violent avait favorisé le sinistre. Là-haut, les ruines de la distillerie continuaient de brûler. Il ne restait plus un mur debout, mais l'entrepôt où se trouvaient les fûts contenait encore une importante réserve de combustible qu'il était apparemment impossible d'éteindre. L'écho d'explosions lointaines lui parvint. Dans ce chaos, il n'y avait aucune chance pour que l'on retrouvât trace de son système de mise à feu. Les pompiers n'avaient pas encore réussi à approcher de la distillerie tant la chaleur était forte. Par chance pour la cité, la pente menait directement vers le lac.

Seules une demi-douzaine de baraques construites sur les rives avaient brûlé. Les habitants avaient juste eu le temps de s'enfuir, sans rien pouvoir emporter.

Le policier n'avait pas menti. La maison d'Aileen n'avait pas été touchée par les flammes en raison de sa situation surélevée. Seul le bas du jardin avait subi quelques dommages. En contrebas, la voiture du flic, garée sur la trajectoire du feu, n'était plus qu'une carcasse noircie. Dans le jardin, il y avait une autre voiture de police. Sans doute en raison de la mort d'Aileen.

Il gara son propre véhicule à côté et sortit. Avant d'entrer, il tenta de repérer les restes de la voiture d'Aileen. Par endroits, des îlots de feu continuaient de brûler. La rivière, qui passait en contrebas de la route, continuait de charrier des nappes de flammes. Il faudrait attendre que tout le whisky soit consumé pour accéder aux ruines. Depuis sa situation en surplomb, il scruta les abords de la distillerie. Il s'étonna de ne pas apercevoir la carcasse de la voiture. Puis il se rendit compte qu'elle n'était plus à l'endroit où il l'avait laissée. Elle avait glissé jusqu'à la rivière et seul l'arrière en émergeait. Curieux. Il avait pourtant serré le frein à main. Sans doute le feu l'avait-il endommagé et le véhicule avait-il été entraîné par son poids. Tout autour, la lande n'était plus qu'une terre dévastée par le feu. Cette drogue était vraiment efficace. En admettant même qu'ils aient pu réussir à bouger un peu, ils n'auraient pas pu échapper à la vague de flammes coulant de la distillerie. Il haussa les épaules et gravit les marches menant à l'entrée. Il ouvrit.

A l'intérieur l'attendaient trois policiers. Il reconnut les deux flics de Glasgow. Il adopta une mine de circonstance.

— Inspecteur Brenner ?

— Professeur Fergusson. Vous n'avez pas eu trop de difficultés à venir jusqu'ici ?

— Un peu. Avec tous ces véhicules de secours...

— Mais vous êtes là, c'est le principal. Nous avons... beaucoup de choses à vous dire.

— Je suis déjà au courant, inspecteur. J'ai vu vos collègues à Inverdeen. L'un d'eux m'a dit que la voiture de ma femme a été retrouvée près de la distillerie. Il a précisé qu'elle se trouvait en compagnie de son ami l'inspecteur... Sean. Je ne sais même pas son nom, veuillez m'en excuser.

— Oh, mais vous êtes tout excusé, professeur. Savez-vous que votre femme avait aidé le lieutenant à résoudre cette sordide affaire criminelle ?

— Oui. Elle m'en avait parlé au téléphone. Elle m'avait dit que l'assassin n'était autre qu'un certain Paul Mac Cullins, qui était censé avoir quitté l'Ecosse il y a vingt ans, mais qui en réalité avait été laissé pour mort par Angus Mac Murhan. A la suite de quoi il était devenu amnésique.

— Exactement.

— Il s'est suicidé il y a quelques jours, je crois.

— Tout à fait, tout à fait. Tout au moins... c'est ce que vous avez voulu faire croire, professeur Fergusson.

En raison du ton amical de l'inspecteur, Andrew ne réagit pas immédiatement. Puis, il pâlit et s'étonna :

— Comment ça, c'est ce que j'ai « voulu faire croire » ? Je ne comprends pas. Je n'ai rien à voir avec cette histoire !

— Ce n'est pas ce que nous ont raconté votre épouse Aileen et notre collègue, Sean Kintyre, après que vous avez tenté de les faire disparaître dans l'incendie de la distillerie.

Andrew se mit à trembler.

— Qu'est-ce que ça veut dire ?

— Ça veut dire que vous avez échoué, professeur.

A ce moment, la porte menant vers les chambres s'ouvrit et Andrew vit Sean et Aileen apparaître, serrés l'un contre l'autre.

— Ce... ce n'est pas possible ! Je viens de voir leur voiture, là-haut...

— La voiture a brûlé, c'est vrai, répondit Sean. Mais nous n'étions plus à l'intérieur.

— Mais comment...

Sean montra sa main recouverte d'un bandage.

— J'avais lu quelque part que l'on pouvait combattre l'effet d'un conditionnement aux drogues grâce à la douleur. Juste après votre départ, ma main droite est redevenue un peu plus sensible. Je l'ai frottée autant que j'ai pu sur un élément métallique. Je me suis tailladé les chairs. Peu à peu, j'ai récupéré suffisamment de mouvement pour pouvoir desserrer le frein à main. La voiture a dévalé la pente en direction de la Deen, dans laquelle elle est tombée. J'ai cru que l'eau serait suffisante pour empêcher les flammes de nous toucher. Mais je me suis rendu compte au contraire que la rivière allait canaliser l'essentiel du flot d'alcool en feu. Il fallait à tout prix que nous sortions de ce piège. Heureusement, en pénétrant dans la voiture, l'eau glaciale a combattu les effets de la drogue. Nous avons récupéré assez de forces pour nous sortir du véhicule. Il était temps. La distillerie était en train d'exploser. Nous avons à peine eu le temps de nous réfugier sur une hauteur. Puis nous avons marché vers la maison, où nous avons trouvé refuge. Vous avez échoué, professeur. C'est la corde qui vous attend.

Andrew demeurait pétrifié

« Ce n'est pas possible », murmuraient ses lèvres muettes.

— Une petite précision, ajouta Sean. En nous faisant mourir ensemble, vous avez voulu faire croire que votre femme et moi étions amants. C'était faux. Aileen vous a toujours été fidèle. Mais il faut que vous sachiez que ce n'est plus le cas depuis cette nuit.

Furieux, Andrew poussa un rugissement de rage. Puis, avant que les policiers aient pu réagir, il frappa Brenner et bondit vers la porte. L'instant d'après, il courait jusqu'à sa voiture et démarrait en trombe. Sean le suivit aussitôt, gagna le véhicule de police et se lança à sa poursuite. Brenner, un peu sonné, n'eut que le temps de monter à bord d'extrême justesse.

— Il ferait beau voir que je manque la fin de cette affaire, déclara-t-il d'un ton enjoué. J'ai commis assez d'erreurs jusqu'à maintenant. Je vous dois des excuses, Kintyre...

— Accrochez-vous, répondit le jeune policier en actionnant la sirène.

Devant, Andrew appuyait sur l'accélérateur. Des plans aussi futiles qu'éphémères s'échafaudaient dans son esprit pour se tirer de ce mauvais pas. Tous s'écroulaient dans la seconde qui suivait. Il ne voulait pas finir pendu. C'était hors de question. Mais comment avait-il pu échouer ? Il avait pourtant tout bien calculé, tout réglé, mis au point. La drogue qu'il avait utilisée était puissante. Mais ce chien avait employé le seul antidote capable d'y résister : la douleur. Andrew poussa un rugissement de rage. C'était trop bête. Il avait été à deux doigts de réussir le crime, non, pas *le*, mais *les* crimes parfaits. Il était insoupçonnable. Ce n'était pas lui qui avait tué.

Faisant hurler son klaxon, il fonça dans la rue principale d'Inverdeen, qu'il traversa en trombe. Devant lui les gens s'écartaient, se jetaient sur les trottoirs. Il heurta violemment un véhicule mal garé, mais cela ralentit à peine sa course. Enfin, il atteignit l'autre extrémité de la ville, passa devant le manoir Mac Cullins où il entrevit Nichol qui, les manches retroussées, s'affairait à secourir des gens en haillons. Toujours occupé à soigner sa popularité, celui-là.

Un coup d'œil dans le rétroviseur le renseigna : Sean avait du mal à le suivre, la voiture de police étant moins puissante que la sienne, et il roulait moins vite pour ne pas risquer de blesser quelqu'un. Andrew eut un petit rire. Il allait le semer.

Un plan lui vint, qui semblait tenir la route. Il ne devait pas aller jusqu'à Oban, où la police locale allait sans doute être prévenue. Il tomberait sur des barrages. Il fallait passer par Stronmilchan. Là, il dissimulerait la voiture et se rendrait sur les rives du loch Fyne. Il emprunterait une barque et, déguisé en pêcheur, gagnerait la haute mer pendant qu'ils seraient occupés à le chercher dans les gares et les ports. Il ricana de nouveau. Derrière lui, la voiture de Sean perdait du terrain. Ce crétin avait baisé sa femme. Grand bien lui fasse ! Mais il n'était pas à la hauteur, à sa hauteur à lui !

Roulant à tombeau ouvert, il arriva bientôt à l'embranchement de la route reliant Oban à Stronmilchan. Il vira sur les chapeaux de roue dans cette dernière direction, manqua de percuter un véhicule pourtant prioritaire, appuya à fond sur l'accélérateur. Devant lui se dressaient les contreforts du Ben Cruachan. Quittant les rives du loch Starav, la route se mit à monter régulièrement, longeant, en contrebas, un torrent tumultueux caché sous une végétation arbustive de genévriers et de fougères. Andrew transpirait à grosses gouttes. L'autre le suivait toujours, même si sa voiture diminuait de plus en plus dans son rétroviseur.

Soudain, un virage un peu plus serré apparut. Andrew appuya sur le frein pour ralentir, mais la pédale ne répondit pas. Il insista, s'arc-bouta. Sans résultat. Il vit le bord de la route se rapprocher dangereusement. Le temps sembla alors s'étirer et il songea soudain à l'ironie du sort. Il avait utilisé une panne de voiture fictive comme prétexte pour mettre son stratagème au point.

Mais cette nouvelle panne-là n'était pas fictive !

Il tenta de négocier le virage à pleine vitesse, mais c'était impossible. Il y eut un choc violent. En proie à une terreur totale, il sentit que la voiture se retournait. Puis le monde sembla pris de folie. Il se mit à tourner autour du véhicule, qui heurta plusieurs fois le sol en une impitoyable série de tonneaux, avant de basculer dans le vide, en direction du fond du ravin, plusieurs dizaines de mètres en contrebas, où il s'écrasa sur le toit. Tremblant de tous ses membres, Andrew demeura conscient. Autour de lui, il distingua, à l'envers, le torrent tumultueux et la végétation aquatique échevelée. La respiration hachée par la panique, il comprit qu'il était encore vivant et poussa un cri de soulagement. Il ne se rendit pas tout de suite compte que l'une de ses jambes faisait un angle bizarre avec son corps et qu'un flot de sang jaillissait de son cou. Pas plus qu'il ne s'aperçut que le manche de son volant brisé avait pénétré à l'intérieur de son abdomen. Lorsqu'il voulut bouger pour sortir, il ne put faire un mouvement. Il était paralysé. Alors, il prit conscience que son corps s'était mêlé intimement au métal de son véhicule disloqué. Il poussa un gémissement d'angoisse. Puis d'effroyables douleurs jaillirent de partout en même temps.

Il ne perdit pas connaissance pour autant. Il eut le temps de sentir qu'une odeur écœurante était en train de se répandre dans la voiture. Puis il vit de petites flammes courir çà et là, se diriger comme de fragiles lutins vers l'endroit où devait se trouver le réservoir crevé. Il allait périr de la mort qu'il avait infligée à ses victimes : brûlé vif. Alors, il poussa un terrifiant hurlement d'angoisse.

Un peu plus loin, en bordure de la route, Sean avait arrêté son véhicule en voyant celui de Fergusson basculer dans le vide. Il l'avait regardé percuter le fond du ravin, s'immobiliser. Quelques instants plus tard, il y eut une explosion d'une rare violence et la voiture s'embrasa. A ses côtés, Brenner dit d'une voix morne :

— Eh bien, je crois que justice est faite. Mais j'aurais tout de même aimé lui poser quelques questions avant de l'envoyer au bourreau.

Epilogue

Quelques jours avaient passé depuis la catastrophe. L'incendie avait été maîtrisé. Il ne restait plus rien de la distillerie sinon quelques murs branlants. Il faudrait tout raser pour reconstruire. Autour, la campagne n'était plus qu'une terre de désolation, hérissée çà et là de squelettes d'arbres et d'arbustes calcinés. Par chance, la Deen avait permis à la part la plus importante du flot d'alcool en feu de s'écouler jusqu'au loch Starav ; la petite ville avait été épargnée par le sinistre. On l'avait échappé belle. La moitié des maisons auraient pu brûler, avec leurs habitants à l'intérieur.

Inverdeen commençait à reprendre visage humain. Les curieux qui s'étaient précipités en masse dès l'annonce du désastre à la radio et à la télévision étaient repartis. Les journalistes, les caméras et les micros avaient disparu, à la grande déception de certains habitants, qui avaient apprécié de se retrouver au centre de l'actualité. Inverdeen allait retomber dans son anonymat habituel et ils trouvaient cela un peu triste. Mais la plupart des autochtones étaient soulagés.

Ce matin-là, Aileen et Sean chevauchaient botte à botte sur les contreforts du Ben Etive, non loin des ruines de Moorkyle. Ils avaient éprouvé l'envie de s'éloigner, d'échapper à l'odeur de fumée qui planait encore sur la cité. Aileen avait récupéré Skye, ravie de se dégourdir les paturons loin de cette puanteur qu'elle ne pouvait s'expliquer mais qui avait provoqué en elle une panique incontrôlable. Sean, qui montait lui aussi depuis son plus jeune âge, avait emprunté un cheval au père Brown.

Ils ne parlaient pas. Ils se comprenaient sans avoir besoin d'utiliser le truchement des mots. Un flot de sentiments bouillonnait dans l'esprit de la jeune femme. Elle regrettait de ne pas s'être aperçue plus tôt que la complicité qu'elle avait toujours partagée avec Sean était bien autre chose qu'une simple camaraderie d'enfance. Elle avait à présent conscience qu'elle s'était complètement fourvoyée. Elle avait épousé un assassin et ne s'était rendu compte de rien.

Elle devait la vie à Sean. S'il n'avait pas eu l'idée de combattre l'engourdissement de la drogue par la souffrance, jamais il n'aurait trouvé la force de manœuvrer le frein à main. Elle ne pouvait effacer ces images de sa mémoire. Alors qu'elle était parfaitement incapable de bouger, elle avait senti soudain la voiture se mettre à rouler, de plus en plus vite. Puis la rivière s'était rapprochée tandis que derrière, au-dessus d'eux, une lueur intense reflétait l'explosion de la distillerie. La voiture avait basculé dans l'eau. Heureusement, la Deen n'était guère profonde. L'eau glaciale descendue des Highlands avait contré en partie les effets de la drogue. Aileen avait recouvré un peu de sa capacité à se mouvoir. A la lumière de l'incendie, elle avait aperçu la main ensanglantée de Sean, qui l'avait extirpée sans ménagement du véhicule. Puis il l'avait soutenue, presque portée, pour sortir du courant violent. Le cœur battant la chamade, elle avait vu les gigantesques explosions pulvériser les entrepôts qu'Angus lui avait fait visiter. Mais son esprit encore embrumé par le produit psychotrope la ralentissait, malgré sa volonté de fuir. Elle avait l'impression de peser trois fois plus lourd que d'ordinaire. Pendant ce temps-là, une boule de feu s'était formée à l'extérieur de la distillerie, une nappe létale qui, après quelques secondes d'hésitation, s'était déversée dans leur direction, suivant la pente de la rivière dont elle embrasait les rives. Un vacarme formidable les assourdissait. Elle avait cru qu'ils ne s'en sortiraient pas, que la muraille de flammes allait les rattraper, les engloutir. Mais la volonté de Sean les avait entraînés toujours plus loin, toujours plus haut, en direction de la barre surélevée qui dominait le vallon, et au bout de laquelle se dressait sa propre maison. Ils n'avaient échappé que de quelques mètres à l'enfer liquide. Elle sentait encore sur sa peau l'haleine ardente de l'incendie, le hurlement du vent qui rabattait les flammes dans leur direction, l'odeur âcre, mélange d'alcool et d'herbe brûlés qui leur emplissait les poumons, la toux provoquée par la fumée épaisse. Plusieurs fois elle avait failli s'écrouler. Mais Sean l'avait forcée à poursuivre, la relevant à chaque fois qu'elle s'effondrait, ignorant lui-même la douleur provoquée par sa boiterie.

Enfin, au prix d'efforts surhumains, ils avaient atteint la maison, préservée par sa situation surélevée. Ils s'étaient barricadés à l'intérieur pour échapper à la fumée épaisse.

Aileen se souvenait d'avoir éclaté d'un fou rire nerveux lorsqu'elle avait compris qu'elle était sauvée, qu'elle avait échappé à la mort ignominieuse que lui avait réservée un homme qu'elle avait cru aimer. Il avait fui, mais il ne perdait rien pour attendre.

Toute la nuit, réfugiée contre le corps solide de Sean, elle avait contemplé, fascinée, le spectacle apocalyptique de la lande livrée aux flammes. Elle avait tremblé, redoutant qu'un flot plus important ne finisse par atteindre la vieille demeure. Au loin, la distillerie n'était plus qu'un enfer, où les fûts embrasés continuaient d'exploser les uns après les autres, alimentant la rivière de feu qui s'écoulait à présent jusqu'au lac, comme la lave d'un volcan.

Ce n'est qu'au petit matin que le flot avait commencé à se tarir. Ils étaient définitivement hors de danger. Alors, Aileen s'était tournée vers Sean, avait attrapé sa tête entre ses mains et lui avait mordu les lèvres. Puis elle l'avait entraîné vers sa chambre, où ils avaient fait l'amour avec rage, avec l'intensité d'un défi jeté à la face de celui qui avait tenté de les tuer, à la face de la fatalité, de la Mort elle-même, dont ils avaient triomphé. Leur union avait été un hymne à la vie, parsemé d'éclats de rire, de chuchotements, de mots tendres ou interdits, un flot de caresses toutes plus audacieuses les unes que les autres qui leur avaient permis de comprendre qu'ils s'entendaient merveilleusement sur ce plan-là aussi.

Et si Aileen ne disait mot ce matin-là sur les pentes des Highlands, c'était parce qu'elle se rendait compte du temps qu'elle avait perdu, gâché en compagnie d'un autre homme, un assassin cynique et pervers qui n'avait même pas eu le courage de commettre ses crimes lui-même. Un homme dont elle avait partagé les nuits, mais qui n'avait pas hésité un instant à la livrer aux flammes pour satisfaire son ambition et sa cupidité. Elle s'en voulait de s'être montrée si crédule. Elle ne parvenait pas encore à accepter l'idée qu'elle avait été totalement bernée par un mari manipulateur et sans scrupules.

— Comment aurais-tu pu le soupçonner ? lui dit soudain Sean, qui semblait deviner ses pensées. Personne ne pouvait imaginer qu'il était derrière tout ça. Si Paul n'avait pas eu l'idée de subtiliser son briquet, nous n'aurions jamais rien su.

— Et je serais morte dans un accident stupide quelques mois plus tard, après avoir touché l'héritage. On peut lui faire confiance pour avoir imaginé un stratagème dans lequel, une fois de plus, il aurait été au-dessus de tout soupçon.

Elle arrêta son cheval sur un promontoire d'où l'on dominait, au loin, les ruines de Moorkyle encombrées par une végétation rageuse de ronces et de genévriers.

— Kirsteen a entamé une procédure de divorce, dit soudain Sean.

Aileen répondit par un sourire. Elle laissa passer un silence, puis déclara :

— Je ne pense pas que je vais retourner à Londres.

Du coin de l'œil, elle nota la mine réjouie de Sean. Elle tendit la main vers lui. Il la saisit, y déposa un baiser léger, mais ne dit rien.

— Il y a beaucoup de travail, avec la distillerie qu'il va falloir reconstruire. Un ami avocat de Londres m'a contactée. Il m'a proposé de s'occuper de mes affaires. J'ai accepté. Il a déjà jeté un coup d'œil au dossier. Apparemment, Angus possédait une fortune importante depuis la fin de la guerre. Elle comporte le manoir et la distillerie, une flottille de pêche toujours en activité, mais aussi une douzaine d'immeubles de rapport dans plusieurs grandes villes. Sans compter les dépôts en banque. Il va lui falloir plusieurs mois pour estimer tout ça. Il va aussi devoir se battre contre les compagnies d'assurances pour la distillerie. Elle employait quelques dizaines de personnes qui vont se retrouver au chômage si je ne fais rien.

— Tu comptes la gérer toi-même ?

— Oh non. Il y a là-bas du personnel qualifié. Je vais choisir un gérant parmi les anciens employés. Et j'embaucherai un comptable. Je vais instituer un système de participation. Ils seront tous actionnaires de la distillerie. Ainsi, ils auront plus de cœur au travail.

— Cela va les changer de ce vieux rat d'Angus...

— En attendant, je vais prendre en charge leur manque à gagner.

— C'est très généreux de ta part.

— Je trouve ça normal. Et puis, que veux-tu que je fasse de toute cette fortune dont la provenance est plus que douteuse ?

— Rien ne t'empêche de faire le bien avec. La région n'est pas très bien équipée sur le plan médical. Pourquoi n'ouvrirais-tu pas ta propre clinique, avec un dispensaire pour les plus modestes ?

— Pourquoi pas ? C'est une bonne idée.

Elle resta un instant silencieuse, puis une bouffée d'enthousiasme l'envahit devant ce projet, auquel elle avait refusé de penser dans un premier temps, à cause d'Andrew Elle se cramponna alors au cou de Sean et l'embrassa à pleine bouche.

— Nous avons beaucoup de choses à rattraper, dit-elle lorsqu'elle lui laissa enfin reprendre son souffle.

Il éclata de rire. Il avait l'impression d'être revenu vingt ans en arrière, à l'époque où elle peuplait ses rêves d'adolescent, dans lesquels elle terminait toujours blottie dans ses bras.

— Au fait, dit-il. J'ai eu des renseignements sur Patrick. Je sais pourquoi il a évité Moyra. Apparemment, il s'est engagé dans la branche armée de l'IRA. Son rôle consiste à trouver des fonds aux Etats-Unis auprès des Irlandais. Il achète ensuite des armes, qu'il fournit aux rebelles de l'Ulster. Par prudence, il passe par l'Ecosse, où des bateaux transportent clandestinement le matériel en Irlande.

— C'est vrai qu'il est d'origine irlandaise..

— Comme les Américains qu'il a rencontrés pendant la guerre. Ce sont eux qui l'ont convaincu de les rejoindre pour lutter contre la domination des protestants. L'IRA prône le rattachement de la province à l'Irlande, qui est indépendante depuis 1948.

— Mais ils posent des bombes et assassinent des innocents.

— Oui. Il faut dire aussi que les Anglais ont fait beaucoup de mal en Irlande. J'ai bien peur que la haine ne soit pas près de s'éteindre dans ces régions, malheureusement.

— Ce qui signifie que nous ne reverrons probablement jamais notre copain Patrick.

— S'il revenait, je serais obligé de l'arrêter. Je n'y tiens pas particulièrement. Je n'approuve pas ce qu'il fait, mais je le comprends.

Ils reprirent lentement leur chemin.

En direction de Moorkyle, le brouillard s'était épaissi. Ils restèrent un long moment à contempler les restes du manoir orgueilleux qui s'était dressé là autrefois mais que la légende avait frappé de malédiction.

Soudain, un vent tourbillonnant fit tournoyer deux formes blanches au milieu des murs effondrés. Aileen sursauta. Une fraction de seconde, elle avait eu l'impression d'y reconnaître deux silhouettes vaguement humaines. Mais une bourrasque les dispersa et les emporta vers les hauteurs du Ben Etive, où elles disparurent au cœur de la végétation, en direction du sommet.

En direction du ciel.

— Tu les as vus ? demanda-t-elle à son compagnon.

Il hocha la tête, visiblement surpris.

— On dirait que la malédiction n'existe plus, ajouta doucement Aileen. Aileas et Dugald sont enfin libres de gagner leur au-delà.

Sean eut une moue sceptique.

— Ce n'était sans doute qu'un caprice des vents.

— Peut-être... mais peut-être pas. Qui peut savoir ?

Elle éclata de rire et l'embrassa à nouveau.

Annexes

Auld Lang Syne
(paroles anglaises du poète Robert Burns)

« Auld Lang Syne » est devenu l'hymne du Nouvel An dans tous les pays anglo-saxons. L'air de cette chanson remarquable n'est autre que celui de « Ce n'est qu'un au revoir, mes frères ». Je n'ai donc pas cherché à en traduire les paroles. Cependant, on pourrait approximativement traduire le titre par « Il était une fois ».

Should auld acquaintance be forgot,
And never brought to mind ?
Should auld acquaintance be forgot,
And auld lang syne !

Chorus :

For auld lang syne, my jo,
For auld lang syne,
We'll tak a cup o' kindness yet
For auld lang syne.

And surely you'll be your pint stoup,
And surely I'll be mine,
And we'll tak a cup o' kindness yet
For auld lang syne !

(Chorus)

We twa hae ran about the braes,
And pou'd the gowans fine,
But we've wander'd monie a weary fit
Sin' auld lang syne.

(Chorus)

We twa hae paidl'd in the burn
Frae morning sun til dine,
But seas between us braid hae roar'd
Sin' auld lang syne.

(Chorus)

And there's a hand, my trusty fiere,
And gie's a hand o' thine,
And we'll tak a right gude willie waught
For auld lang syne !

(Chorus)

Tam O'Shanter
(version française par Jean-Claude Crapoulet)

Pour les curieux, voici la traduction intégrale du plus célèbre des poèmes de Robert Burns, qui illustrent de si belle manière l'âme joyeuse des Ecossais. Ayr se trouve à quelques dizaines de kilomètres au sud de Glasgow

Quand les forains plient bagage et partent,
Et que voisin rencontre voisin, gorge sèche,
Quand le marché tire à sa fin,
Que les gens commencent à presser le pas ,

Pendant que nous restons assis devant nos chopes,
Nous saoulant de bonheur et d'ale forte,
Nous oublions les longs miles écossais restant à faire,
Les marais, les ruisseaux, les ravins, les barrières
Qu'il faudra traverser avant d'être chez nous,
Où, sur leurs chaises, les femmes font longue figure
Et froncent des sourcils aussi noirs que l'orage
Et tiennent bien au chaud leur rage.

L'honnête Tam O'Shanter découvrit tout cela,
Alors qu'un soir, au petit trot, il était venu d'Ayr
(Le bon vieil Ayr, bien supérieur à toutes les autres villes
En gens honnêtes et belles filles).

Ah ! Tam, mon gars ! Tu aurais bien mieux fait
D'écouter sagement Kate ta femme !
Elle t'avait bien dit que tu n'étais qu'un bon à rien,
Un boit-sans-soif bavard, un feignant, un vaurien ;
Que du début novembre à fin octobre,
Les jours de marché, tu n'étais jamais sobre ;
Que chaque fois que tu portais ton blé chez le meunier
Tu buvais tout l'argent, jusqu'au dernier denier ;
Qu'à chaque cheval qu'il ferrait
Le maréchal et toi preniez une cuitée ;
Que dans la Maison du Seigneur, et même le dimanche,
La Jeanne Kirkton et toi buviez jusqu'au lundi ;
Elle avait bien prédit que, tôt ou tard,
On te retrouverait noyé dans l'eau du Doon,
Ou prisonnier de sorcières, dans le noir,
Près de la vieille chapelle hantée d'Alloway.

Ah ! Nobles Dames ! Cela me fait pleurer,
De penser à tous ces conseils éclairés,
A tous ces bons et longs conseils par les épouses donnés
Et par les maris ignorés.

Mais revenons à notre histoire : par un soir de marché,
Tam s'était fermement installé,
Bien ancré dans un coin de la cheminée qui gaillardement flambait,
Buvant de la bière nouvelle, mousseuse et qui se laissait boire ;
A ses côtés, son vieux copain, Johnny le Cordonnier,
Son ami fidèle et soiffard ;
Notre Tam l'aimait comme un frère .
Ils partageaient depuis des jours une cuite princière ;
La nuit se prolongeait, avec chants et vacarme,
Et plus le temps passait, plus la bière était bonne,
Tam, en secret, échangeait avec la patronne
De douces faveurs, pleines de grâces et de charmes ;
Cordonnier racontait ses histoires, les pires ;
Le patron répondait par des éclats de rire ;
Dehors, l'orage pouvait toujours faire siffler la bise,
Tam s'en moquait comme de sa première chemise.

Le souci, rendu fou de se voir ignoré,
Dans une chope, bientôt, fut noyé.
Comme les abeilles rapportant à la ruche leur tresor,
Les minutes se succédaient, alourdies de plaisir ;
Les rois, peut-être, sont bénis, pour Tam, c'était la gloire :
Sur tous les malheurs de la vie, il avait la victoire !

Les plaisirs, comme les coquelicots dans les pres,
Se fanent si vous les cueillez ;
Ou comme un blanc flocon qui tombe dans un ru,
Blanc un instant, puis pour toujours fondu ;
Ou le chatoiement boréal merveilleux
Qui fuit dès qu'on y veut poser les yeux ;
Ou comme la forme gracieuse de l'arc-en-ciel,
Evanescente dans l'orage.
Nul ne peut arrêter la marée ou le temps ;
Ce fut enfin, pour Tam, du départ le moment ,
Triste moment, clef de voûte de l'arche de la nuit,

Morne moment, où Tam enfourcha son cheval et partit ;
Jamais pécheur ne fut par les chemins
Par une nuit pareille à celle-là.

Le vent soufflait comme à son dernier souffle ;
La pluie crépitante tourbillonnait dans la bourrasque ;
L'éclat bref des éclairs se perdait dans l'obscurité ;
Longuement, sourdement, le tonnerre grondait :
Cette nuit-là, même un enfant aurait compris
Que le Diable avait sur terre à faire quelque affaire.

Bien installé sur Meg, sa jument grise,
La meilleure jument qui ait jamais trotté,
Tam avançait dans les flaques et dans la mouise,
Méprisant pluie, tonnerre et vent ;
Tantôt tenant d'une main son bleu bonnet,
Tantôt de son pays chantant d'anciens sonnets,
Tantôt jetant autour des regards redoutables,
Afin de n'être pas surpris par quelque diable.
L'église d'Alloway n'était plus loin, où l'on entend,
La nuit, pleurer spectres et chats-huants.
Tam avait à ce moment déjà franchi le gué
Où le colporteur, dans la neige, s'était étouffé.
Il avait passé les bouleaux et l'endroit, près des gros cailloux,
Où Charlie, ivre mort, s'était rompu le cou.
Il avait traversé les joncs et le tas de pierres entassées
Où les chasseurs avaient trouvé l'enfant assassiné ;
Il était près des ronces, à hauteur du vieux puits
Où la mère de Mungo s'était pendue, une nuit ;
Devant lui, le Doon en crue roulait des eaux tourbillonnantes ;
L'orage redoublait de rage dans les branches ;
Les éclairs encerclaient le monde ;
Le tonnerre se rapprochait, de plus en plus :
Lorsque à travers les arbres gémissants, étincelante,
Parut l'église d'Alloway, illuminée, brillante ;

Par chaque trou, des rayons de lumière s'agitaient,
Des bruits de réjouissance et de danse résonnaient.

Ah ! Insolente boisson ! Quel courage tu nous inspires !
Un peu de jus d'orge, et le danger nous fait sourire,
Deux sous de bière, et le monde est aimable,
Un bon coup de whisky, et nous bravons le Diable !
L'alcool bouillonnait tant sous le crâne de Tam
Que le Diable, il s'en moquait pas mal.
Mais Maggie, la jument, s'arrêta de saisissement,
Il fallut la forcer, de la bride et du pied,
Pour qu'elle avance enfin vers la lumière ;
Et alors, Tam vit un spectacle étrange !
Des sorcières et des démons menant la danse,
Pas un de ces cotillons à la mode de France,
Mais gigues et strathspeys, et rondes,
Avec des cornemuses pour faire frapper les talons.
Dans un coin de fenêtre, à l'est,
Satan lui-même était assis, changé en bête,
En énorme chien noir, hirsute et menaçant !
Il s'était chargé de faire la musique !
Il pressait les pipeaux et les faisait couiner .
Les poutres et le toit en tremblaient !
Autour, les cercueils, couvercles ouverts, dressés,
Montraient leurs morts, endimanchés,
Et grâce à quelque diablerie
Chaque mort tenait, dans sa main froide, une bougie,
Dont la lumière illuminait la Sainte Table,
Où l'héroïque Tam put voir des choses épouvantables :
Les os d'un assassin, encore dans leurs chaînes ;
Deux minuscules cadavres de nouveau-nés non baptisés ;
Le corps d'un voleur frais dépendu, la bouche ouverte,
Comme il était quand il rendit son dernier souffle ;
Cinq tomahawks, par le sang tout rouillés,
Cinq cimeterres, de meurtre croûtés ;
Un bas ayant servi à étrangler un bébé ;

Un couteau dont la lame avait égorgé un père
Que son propre fils priva de vie,
Avec quelques poils gris toujours collés au manche ;
Et d'autres choses encore plus horribles
Qu'il serait illégal de simplement nommer.

Sous les yeux exorbités de Tammie, stupéfait et curieux,
La joie et le plaisir devenaient fous furieux :
Le cornemuseux jouait plus fort, toujours plus fort ;
Les danseurs virevoltaient, vite, toujours plus vite,
Ils tournoyaient, sautaient, s'agitaient, se croisaient,
Tant et si bien que les diablesses, dont la sueur fumait,
Jetèrent leurs vêtements de tous côtés
Et se mirent à faire leur ronde en chemise !

Ah, Tam ! Oh, Tam ! Si elles avaient seulement été belles,
Roses et bien dodues, et jeunes demoiselles !
Si leurs chemises, au lieu de crasseuse flanelle,
Avaient été de fin lin blanc ou de souple dentelle,
Ces pantalons que j'ai, ma seule paire,
Qui étaient chics, jadis, de bonne toile bleue,
Je les aurais quittés, je les aurais offerts,
Rien que pour un coup d'œil à ces jolies caillettes !

Mais voir ces vieilles harpies desséchées, drolatiques,
Laides à vous en faire avaler votre chique,
Bondissant, à cheval sur leurs manches à balai,
C'était assez, oh, Tam, pour te tourner le cœur.

Mais Tam savait ce qu'il faisait parfaitement,
Dans le lot s'agitait une belle charmante
Qui, ce soir-là, dansait la sarabande.
On s'en souvint longtemps sur les bords du Carrick !
(Elle causa la mort de bien des animaux,
Envoya par le fond beaucoup de bons bateaux,

Pourrit les champs de blé et les récoltes d'orge,
Et fit que le pays, longtemps, eut la peur à la gorge.)

Sa chemise était courte et tissée en Paisley,
La même qu'elle portait quand elle était gamine,
Mais maintenant d'une longitude insuffisante !
Mais c'était sa meilleure et faisait sa fierté.
Ah, si ta digne grand-mère avait su que la chemisette
Offerte jadis à Nancy, la mignonne fillette,
Payée deux livres d'Ecosse (c'était son bas de laine),
Serait ainsi montrée lors d'un bal de sorcières !

A ce point, ma muse doit replier ses ailes ;
Incapable de voler assez haut pour donner une image fidèle
Des bonds et des virevoltes de Nancy
(Souple et forte friponne et bien hardie)
Et de décrire Tam, immobile, envoûté,
La dévorant des yeux, nourri par sa beauté ;
Même Satan badait, s'agitant sur sa chaise,
Et soufflait fort, et pressait dur sa cornemuse.
Enfin n'y tenant plus, devant une dernière cabriole,
Tam perdit ses esprits, sa raison devint folle,
Il s'écria : « Bravo ! Courte-Chemise ! »
Et dans l'instant, tout devint noir dans l'église !
A peine Tam avait-il la bride reprise
Que la horde démoniaque se ruait hors de l'église.

Comme s'élèvent en grondant les guêpes en colère
Quand quelqu'un s'attaque à leur nid ;
Comme l'ennemi mortel du chat soudain bondit
Quand celui-ci démarre en trombe sous ses pieds ;
Comme la foule du marché s'élance de bon cœur,
Dès qu'on entend crier : « Au voleur ! »
Ainsi courut Maggie, et les sorcières,
Hurlant horriblement, lui couraient au derrière.

Ah, Tam ! Ah, Tam ! Tu l'avais bien cherché !
En Enfer, comme un hareng, tu vas être fumé !
Kate attendra pour rien près de la cheminée !
Kate sera bientôt une veuve éplorée !
Allez ! Vas-y ! Cours, Meg ! Fais de ton mieux !
Il faut aller au pont, la pierre du milieu !
A mi-pont tu pourras leur faire un signe insolent de la queue,
Car les démons ne peuvent pas passer l'eau qui coule.
Mais avant que du pont elle ait atteint la voûte,
Il lui fallut la bouger cette queue, et de façon très leste,
Car Nancy, qui avait distancé, de loin, le reste,
La talonnait de très près.
Elle se jeta sur Tam avec fureur
Mais ne connaissait pas, de Meg, le noble cœur !
D'un grand bond elle emporta son maître en zone sûre,
Mais laissa derrière elle sa queue grise :
La diablesse, l'ayant par la croupe prise,
N'en laissa à la pauvre Meg qu'un tout petit moignon !

Vous qui lirez ce conte véritable,
Homme ou enfant, tirez-en la leçon mémorable ;
Quand la boisson vous tente un jour de fête,
Quand les chemises courtes vous courent par la tête,
Réfléchissez ! Vous risquez de payer chèrement ;
Pensez à Tam O'Shanter et à sa jument.

A tous les lecteurs désireux d'en savoir plus, je conseille la lecture du Guide Michelin sur l'Ecosse.

Pour la rédaction de ce roman, plusieurs sites remarquables m'ont fourni des informations précieuses sur différents sujets :

— sur l'Ecosse (site généraliste) :
http://www.magicscotland.fr/indexfr.php

— sur la fabrication du whisky :
http://www.whisky-distilleries.info/Fabrication.shtml#distillation

— sur l'histoire du *Cutty Sark* :
http://pagesperso-orange.fr/cutty-sark/sommaire.htm

— sur le kilt écossais :
http://www.medieval-moyen-age.net/article-6625916.html

Remerciements à M. Leizour, de la distillerie bretonne Warenghem, de Lannion, pour ses conseils sur la fabrication du whisky.

Romans

Jean Anglade
Des chiens vivants
Sylvie Anne
L'Appel de la pampa
Jean-Jacques Antier
Marie-Galante, la Liberté ou la mort
La Dame du Grand-Mât
Le Sixième Condamné de l'Espérance
La Prisonnière des mers du Sud
Erwan Bergot
Les Marches vers la gloire
Sud Lointain
tome I *Le Courrier de Saïgon*
tome II *La Rivière des parfums*
tome III *Le Maître de Bao-Tan*
Rendez-vous à Vera Cruz
Mourir au Laos
Jean Bertolino
Chaman
Fura-Tena
Jean-Baptiste Bester
Bois d'ébène
A l'heure où dorment les fauves
Johan Bourret
Petite Sœur Charité
Nathalie de Broc
Fleur de Sable
Michel Caffier
Le Découvreur du Mississippi
Anne Courtillé
Le Mosaïste de Constantinople
Paul Couturiau
Le Paravent de soie rouge
Le Paravent déchiré
L'Inconnue de Saigon
Les Amants du fleuve Rouge
Le Pianiste de La Nouvelle-Orléans
Les Brumes de San Francisco
Paradis perdu
Cent Ans avant de nous séparer
Comme un parfum d'ylang-ylang
Annie Degroote
L'Etrangère de Saint-Pétersbourg
Alain Dubos
Acadie, terre promise
Retour en Acadie
La Plantation de Bois-Joli
La Baie des maudits
Les Amants du Saint-Laurent
Elise Fischer
L'Enfant perdu des Philippines
Hubert Huertas
Nous jouerons quand même ensemble
La Passagère de la « Struma »
L'Orque de Magellan
Terminus Pondichéry
Denis Humbert
Un été d'illusions
Yves Jacob
Isabelle ou le Crépuscule des Guanches
Gérard A. Jaeger
Pour l'amour de Blanche
Hervé Jaouen
L'Adieu au Connemara
Le Testament des McGovern
Suite irlandaise
Diane Lacombe
L'Hermine de Mallaig
La Châtelaine de Mallaig
Sorcha de Mallaig
Eric Le Nabour
Orages sur Calcutta
Les Démons de Shanghai
Les Jardins d'Istanbul
Sonia Marmen
La Vallée des larmes
La Saison des corbeaux
La Terre des conquêtes
La Rivière des promesses
Dominique Marny
Du côté de Pondichéry
Les Nuits du Caire
Cap Malabata

Mes nuits ne sont pas les vôtres
Du côté de Bombay
Juliette Morillot
Les Orchidées rouges de Shanghai
Michel Peyramaure
Le Roman de Catherine de Médicis
Le Pays du Bel Espoir
Les Fleuves de Babylone
Les Tambours sauvages
Le Temps des moussons
Les Roses noires de Saint-Domingue
La Porte du non-retour
Les Prisonniers de Cabrera
Bernard Simonay
Les Tigres de Tasmanie
La Dame d'Australie
Princesse maorie
L'Appel de l'Orient
La Prophétie des Glaces
Jean-Michel Thibaux
Le Roman de Cléopâtre
La Fille de Panamá
Tempête sur Panamá
La Pyramide perdue
La Cinquième Courtisane
La Danseuse sacrée
Colette Vlérick
Le Domaine du belvédère

Composition et mise en pages · FACOMPO, Lisieux

Cet ouvrage a été imprimé en France par

CPI
BUSSIÈRE

à Saint-Amand-Montrond (Cher)
en septembre 2010

N° d'édition : 7768 – N° d'impression . 102735/1
Dépôt légal · octobre 2010